吉他 羊奶 天堂

Guitar Goat's milk Paradise

【英】克里斯·斯图尔特 著
任梦 译

中国城市出版社
·北京·

北京版权局著作权合同登记
图字：01－2009－6957

图书在版编目（CIP）数据
吉他羊奶天堂／（英）斯图尔特著；任梦译．-- 北京：中国城市出版社，2013.3
书名原文：Driving over lemons
ISBN 978-7-5074-2778-3

Ⅰ．①吉…　Ⅱ．①斯…　②任…　Ⅲ．①长篇小说－英国－现代　Ⅳ．①I561.45

中国版本图书馆CIP数据核字(2013)第050163号

策　　划　双螺旋文化
责任编辑　唐浒　李丹
插　　图　Ayako Onozuka（asterisk-agency）
封面设计　郭朝慧
责任技术编辑　张建军　张雅琴　沈永勤　杨骏
出版发行　中国城市出版社
地　　址　北京市西城区广安门南街甲30号（邮编100053）
网　　址　www.citypress.cn
电　　话　(010)63275378（营销策划中心）
传　　真　(010)63489791（营销策划中心）
总编室信箱　citypress@sina.com　电话：(010) 68171928
投稿信箱　world66@263.net（营销策划中心）
经　　销　新华书店
印　　刷　北京中科印刷有限公司
字　　数　138千字　印张9.25　插页5
开　　本　880×1230（毫米）1／32
版　　次　2014年2月第1版
印　　次　2014年2月第1次印刷
定　　价　35.00元

目录

“我说，这儿不好，我不要在这儿安家！”驱车上了另一条碎石柏油路，前面一排白色石灰墙房屋。“行行好可以吗？我想住在山里，不是乡下。”

“闭嘴，好好开车。”乔治娜坐在一边，又点起根香烟。乌黑的烟丝透出火光，车里瞬间烟雾缭绕。

我下午才刚认识乔治娜，不过一眨眼工夫，便开始跟着她东奔西跑。她很年轻，做事却不失老道，虽然是个英国女人，随遇而安的性格倒极像一个地中海人。这十年来，她一直生活在格拉纳达省南部的阿尔普哈拉斯山区——西班牙内华达山脉的山麓地带。这里时常有农民想卖掉山里的田庄，搬到镇上去；也有些外国人想买下他们的农场，搬去山里住。她于是混迹其间，牵线搭桥，也算谋得了一席之地。但以此为生，实非易事。她曾经和最粗俗鄙陋的农夫打过交道，也同最顽固不化的官僚争过水源。人们但凡见过她，都深信她是个在行的女人。若是非得给她挑出个缺点的话，那只能说，她完全受不了那些傻里傻气或者拿不定主意的家伙。

“你对所有客人都这么凶吗？”我抗议。

“不，就对你。这儿左转。”

我俯首听命，转动方向盘，甩掉身后奥尔希瓦小镇最后一排房屋，绝尘离开遇见乔治娜的这个市集。前方是条土路，坑坑洼洼。我们一路颠簸往下，向河边驶去。

“怎么连山影儿都看不到？”我怨声载道。

乔治娜不闻不问，一心只看路两旁的柑橘园和橄榄树林。远处几栋雪白的房屋，墙上爬着经年累月的藤蔓，还点缀着夺目的天竺葵和九重葛；骡子在地里辛勤耕作，农夫们一身蓝色工装，面朝黄土背朝天，散布在齐齐整整的蔬菜田埂间；棕榈树在小路上投下一片树荫，几只母鸡扑棱棱扬起一团尘土；两三只狗卧在树荫底下乘凉，四五只猫躺在日头下晒太阳。这条路上最受挤兑的就是车了。我停下来，倒车，想绕过一颗柠檬。

“从柠檬上开过去。”乔治娜一声令下。

真的，这里到处都是柠檬。它们骨碌骨碌滚过，漂浮在一旁汩汩流淌的小河里，路上时不时看到一摊果泥；树下掉落许多黄色球体，把地面装点得金灿灿的。我依稀记起几句歌词，大意是“相思成疾的吉普赛人，不断把柠檬扔进长河中，直到河水变成金色”。

柠檬路，小动物，还有花草树木，美景暖人心脾。我们穿过一片田野，田里种着卷心菜和豆子，田野尽头，兀立着一座小山。驾车刚路过一座香蕉园，我们就向右急转，爬上了陡坡。路旁山体的红色岩壁上，刻着沧桑的岁月痕迹。

“这才有点山区的意思了。”

“别急，还远着呢。”

翻过一座座山头，转过一个个弯道，河谷在万丈悬崖下延伸，像印在地上的一幅画。驶出前面的山口，我们忽然闯入一片陌生的峡谷中。身后那片田野，远在重山之外，已然不见，只听见深谷中河水奔腾咆哮。

我低下头，看见河边有座小农场，位于马蹄铁形山坳里。农场陡峭的石坡上爬满了仙人掌，上面有栋破旧的房子，房子周围是杂草丛生的田野和坡地，地里栽种着长了多年的橄榄树。

“这里是拉埃拉杜拉农庄，”乔治娜向我宣布，“怎么样？”

“喔，那样的地方，想想是不错。但我口袋里的钱连塞牙缝都不够，怎么可能买下那么大一片地？”

“你那点塞牙缝的钱，不但能把这里买下来，还能多出来一些添置点东西。”

“我不信。你不是说真的吧？”

眼前的景象本来我想都不敢想。此次到西班牙，我带来的一小笔钱在英国南部连个花棚都买不到，所以只期望能在这里买下一栋破烂的屋子，外带一小块地，这就很不错了。

“那好，不必往前走了。买就买吧。下去看看。”

我们把车停在路边，沿着羊肠小道往下走。想到或许可以把这里买下来，我又是兴奋又是开心，一时间忘乎所以，做了一件以前从没做过的事——伸手从树上摘了个橘子吃。呃，刻骨铭心的难吃。

“你吃的是蜜橘。”乔治娜说道，“这一带盛产蜜橘，很适合做橘子汁。上了年纪的人，牙齿掉得七七八八了，只爱吃这种橘子。”

“就是这儿了，乔治娜。这里是天堂！我要了，现在就买下来！”

“买卖的事别太仓促了。我们去别的地方看看再说。”

“可是我不想去别的地方看了，我想就在这里住下来。而且我不还是你的客户嘛，当然得我拿主意，不是你拿主意吧！”

我们开车走了，往山谷深处驶去。乔治娜带着我，又看了一处石屋残骸。那堆石头歪在山坡上，随时可能滑落山崖。四周都是腐烂的仙人掌，山坡上枯木凋零，死气沉沉。一汪能毒死人的污浊泉水，正从低洼处的荆棘丛中汩汩冒出来。

“见鬼，你让我看这种地方干吗？”

“这是个好地方。”

“好在离最近的高尔夫球场也得跑上十万八千里吧。除此之外，还有什么别的好处吗？”

于是，我们又去了其他地方，看过密不透风的水泥碉堡，看过鸡舍状的棚屋，看了住着蝙蝠的石穴；还有地上都是废旧报纸，随便几脚就能踩到臭烘烘粪便的山洞。

“够了，我不想再看什么了，回拉埃拉杜拉农庄吧！”

我们又开着车回去了。来到河边，坐在温暖的大石头上，我沉浸在美景中浮想联翩，仿佛多年来遥不可及的梦想，忽然之间都变成了现实。直到乔治娜闯进来，粉碎了一切。

“我知道这里不错，克里斯，但要买下拉埃拉杜拉农庄，会碰到很多棘手问题。他们那儿有好几位业主，有人想卖，有人不想卖。其中一个不想卖的业主，占着里面一间屋子，刚好是中间的堂屋。就算你觉得没什么，生活起来也不太方便。另外，还有水源问题……”

说到这里，我俩忽然听到后面时有时无飘来几句歌声，便转头循声望去。仔细倾听，我们依稀能听到那人在唱什么“青蛙”和“水晶杯”之类的，但其余歌词都含混不清地迷失在浑厚粗犷的男中音里了。接着，从大石头后面，走出来一只棕色的山羊，头上就一只角。它抬起头来，看了我们一阵，忽然“咩”一声打了个嗝儿，跟着臀部“扑哧”一响。我忍俊不禁，感叹山羊这种动物千百年来一直能讨人喜欢，无非是有这些伎俩。

“山羊那样子挺逗的，不是吗？”

乔治娜注意到的并不是羊。“朝我们走过来的那个男人，”她悄悄对我说，“就是河对岸农庄的主人。我觉得他很可能想卖掉那地方。”

独角羊身后，果然跟着一个男人，红彤彤的脸庞，下巴上留着胡茬儿。他正骑在马上，悠然自得地哼着歌儿，大概想一边给自己找点儿乐子，一边看着他的山羊，还有山羊身边结伴而行的动物们，那里面有两头奶牛，一只小羊羔子，一只脏兮兮的绵羊，以及两只形影不离的狗。他猛然勒住马，身子往前栽了一下，然后抬头从那顶脏兮兮的棉纺沙滩帽下，远远打量着我们，嘴里一声呵斥，让动物们都停下了脚步。

“嗨，下午好。您应该就是佩德罗·罗梅罗，河对岸那边农庄的主人吧？”乔治娜开始询问。

那男人叽里呱啦说了点什么。

“听说您打算卖掉农庄。”

“合适咱就卖呐。”

“那我们想过去看看。”

“啥时候来？”

“明天一早。”

“等着你们呐。”

“怎么过去呢？”

跟着那人就嘀嘀咕咕了一长串，我稀里糊涂只听到了只言片语，什么树林啊、荆棘丛啊、这些那些石头啊等等。至于吗，我有点纳闷，一眼望去，农场不过半公里远。

“这个老外想买农场呐？”他斜睨了我一眼，掂掂我的分量。

“合适了就买吧。”

“好呐，明天再谈。”

“明天见。”

说完，他领着浩荡的动物小分队，闹哄哄地顺流而下，渐行渐远，嘴里不再哼歌了，像是正忙着思考些什么。动物们扬起蹄子，在夕阳的余晖中踏起阵阵金色的尘雾。此情此景，让人沉醉。

“这桩买卖，多少我心里有数。”乔治娜说，“他的农场绝对值得一看，那地方叫巴莱罗农庄。”

第二天一早，我们出发前坐在一起喝咖啡，乔治娜细心地嘱咐我该怎么做。

“听着，你最好不要吭声。我暗示了你再说话，其他都让我来谈。”

“嗯嗯。不过先等等，你真的确定我们要去买巴莱罗农庄吗？可我怎么觉得，之前我想买的是拉埃拉杜拉农庄呢。很抱歉，我必须问一下。”

乔治娜目不转睛地看着我。“这件事我想了一下，觉得巴莱罗农庄和你很般配。等我们去了，你就明白。”

沐浴着一月的温暖阳光，我们开车进了山谷。蔬菜地里农夫们正在辛勤耕作，路两旁的家猫野狗也都待在老地方。这次眼前都是熟悉的景色。路过拉埃拉杜拉农庄的时候，我依依不舍地往下看了看，然后眺望河对面那片陌生的土地，心里疑虑重重。

过了一会儿，大路走到了尽头。我们脱了鞋跳进河里，河水冰凉刺骨，深及膝盖，有些地方水流还特别急。“如果你不介意我说点什么的话，”我对乔治娜喊了起来，“这条路真是难走得一塌糊涂！”

我们爬上了桉树林边的河岸，穿过一片田野，然后沿着一条羊肠小道爬上一片坡地，地里种着柑橘、柠檬，还有橄榄树，树荫下冒着一些小花儿。清澈的溪流，涓涓流淌，淌过有石头的地方，分成支流，灌溉了坡地上的果树和蔬菜。我们顺着脚下的路，几步跨过溪流，然后蜿蜒向上，在一片开花的杏树林中穿梭。乔治娜转身对我一笑。

“觉得怎么样？”

“还用说吗——从没见过这样的美景！”

“农庄就在那儿。”

“农庄？那是村庄吧。我可没法儿买个村庄啊。”

陡坡上几栋农舍，层次分明，错落有致，有马厩和羊圈，也有鸡舍和储藏室，一应俱全。这群屋子下面，有根软管通下来，耷拉在石榴树旁一个锈迹斑斑的油桶里。

佩德罗·罗梅罗就站在一间看起来既像住宅又像马厩的屋子旁边，搓着双手，龇牙咧嘴地笑。

“哈！你们来了。坐呐，喝喝酒，吃吃肉！”

我们坐了下来，凳子太矮，膝盖耸到了耳朵旁边。眼前两只狗正在交欢，光天化日之下，激情四射。我有点无所适从，不知道是该借眼前的场景讲个荤段子，还是装作什么都没看到。乔治娜对我愠然作色，我便像之前商量好的那样一声不吭。

出来一个干瘪瘦小的女人，她叫玛丽亚，是罗梅罗的妻子。听到男主人发号施令，她拿出一支塑料的可口可乐瓶，给客人们分别倒上了一些棕黄色的酒，又“砰”的一声摔了只火腿在木箱上，把木箱临时当成了桌子用。阳光普照，飞蝇嗡嗡。我们喝着酒，吃着火腿，观赏着两只狗的爱情表演，昏昏欲醉。

乔治娜和罗梅罗相谈甚欢，一会儿说到邻居，一会儿说到地界，一会儿又谈起水源问题，诸如水费多少、使用权限等等。我坐在矮凳上，前后摇晃，傻乎乎地咧着嘴笑。那两只狗终于消停了，怯生生地别过头去，望着不同的方向，估计已经开始后悔刚才做了那档子事儿了。酒足饭饱，我打起了瞌睡。正在眼皮打架的时候，乔治娜用胳膊捅了捅我。

“拿好，拍到他手里，郑重其事的样子。”

她递给我鼓鼓囊囊一包大面额比塞塔纸钞。

“你现在就是巴莱罗农庄幸福的新主人了，那些是订金。”

我知道跟乔治娜说什么都没用，于是照她吩咐买下了这里。接下来，就是相互哈拉哈拉，彼此握握手，四下咧嘴笑笑。

“那样的价钱卖给你，相当于白送呐。”罗梅罗和妻子悲叹起来，“我们完了，真的，把自己的家白送给别人了……你没花几个子儿就买到了天堂。我们真的是没办法呐。”

我心一软，差点想出个更高的价格给他们，但乔治娜给我递了个眼色，意思是“别说话”。于是，我用不到500万比塞塔（大约25000英镑）的价格，买下了我之前甚至不敢越过藩篱看一眼的农场。只不过短短几分钟时间，我就不再是原来那个四处流浪的剪羊毛工了，也不再是英国萨塞克斯郡机场降落跑道下边佃户房的租客了，我摇身一变，成了西班牙安达卢西亚山区的农场主。这得让人花点时间去习惯。

我抑制不住兴奋，开车跑去最近的酒吧给身在英国的妻子安娜打电话。到了酒吧，我却忽然犹豫起来。到底该怎么跟她解释我做出来的这些事呢？我把硬币胡乱摊在桌子上，呆呆地看着酒杯里的沉淀物，想找点灵感。本来，我只是到安达卢西亚地区了解情况，看看能否买栋房子买片地什么的，将来和安娜一起在这里安居乐业。如今该做的我都做了，不该做的我也做了。当然，男人做事总有点冲动……但安娜会不会这么想？

她显然没有这么想。不过当时若换了是我，估计也一样。好在安娜从来都不是爱指责的人，她很快进入了审慎询问的环节，像医生诊断之前先要了解病情一样。

“离最近的公路有多远？”她问了第一个问题。还好不是很难回答，我松了一口气。

“哦，大概就是农舍到猪圈的距离吧。”我想象着安娜从屋里往萨塞克斯后院眺望的样子，“不是太远，对吧？我是说，离猪圈不太远……没，没自来水……等等，我说错了，有根引水软管连着屋子下面二十米开外的一个油桶。”

我不厌其烦地说了很多细节，比如桶里总是漂着鲜红色的天竺葵花瓣啦，比如温顺的小动物们怎样俯身饮水啦；再比如，这个可爱的水池边铺满了亮丽的鲜花啦，等等。但安娜一点儿也没被我岔开。

“是的，其实有个浴室，里面还有坐浴器……没，浴室里的确没水……你知道，水源高度不够……如果你从桶里把软管拉起来，它就根本不滴水了。呃，自来……不不，不能喝，水很脏。他们也不用里面的水，他们都在河里洗头，估计不错吧。他们说，常常用这种水灌溉植物的话，植物就蔫了……不知道，我也不懂一开始为什么要放个桶在那儿！我怎么知道他们都怎么想的？动物们都喝里面的水，对对，没错，动物们都喝。哦，我哪儿知道为什么动物都不去河里喝——因为人们在河里洗头发？”

快要撑不住了，我赶紧换个话题。

“有电——用太阳能，不用交电费，还可以随便用。屋里有个电视机，还有几盏灯，床头有电灯按钮，开关方便……你不是真的信了吧？其实夏天也不太需要用电……

“冬天？哦，没什么，冬天我估计有太阳能也起不了什么作用。事情总没那么十全十美，不是吗？”

安娜不太相信巴莱罗农庄的生活真有我想的那么乐观，不过她说只要不刮风，再恶劣的环境她都能接受。对她来说，世界上最不能忍受的事情，就是刮风。

“巴莱罗就窝在河谷中可以遮风避雨的好地方。”我郑重其事地对她说。但实际上完全不是那么回事。农庄坐落在山脊上，正对两条河流的交汇处，直面两座连绵的大山，在这风口浪尖上显得脆弱不堪。

我没有立刻回英国，而是留了下来，想从不同的角度看看刚买下的农庄。河对岸的山顶上耸立着两座小小的山峰，我蹚过河，手脚并用地爬上山，越过干枯的灌木丛和松树林，眺望远处巴莱罗农庄上的小小绿洲，深绿色的是果林，浅绿色的是水流。我看见罗梅罗正骑着马在河边溜达，身后跟着那群怪模怪样的动物随从，他的妻子和女儿正弯着腰，在种了大蒜的梯田上辛苦忙碌。

我沿着农场后面的陡峭山脊一直往上爬，爬到听不见河流轰鸣声的地方，迷失在大片的迷迭香和百里香中，只听到黄色的金雀花丛中传来飒飒的风声，还有不知名的小鸟在歌唱。我从高处俯瞰山谷，看见地势由高到低，一端渐渐开阔，田野和橡树林随着山势连绵起伏，在断崖处一起消失在万丈深渊之下，深渊中河流奔腾而过；而另一端渐渐狭窄，伸向山谷南端格拉纳迪诺农场前山脊峥嵘的隘口。巍峨的高山下，巴莱罗农庄小得像颗芝麻绿豆，正前方还耸立着一座小丘，就像犀牛鼻子上的那只角。

趁着下午阳光明媚，我继续往上攀爬，爬到西南边的孔特拉维耶萨山，找到一个合适的位置，可以看见山谷全貌，眼前一片碧绿，景色怡人。而且满山都是灌木丛和荆棘丛，显然无路可走。

我兴奋得有些晕头转向，满脑子都是疯狂的想法，因为眼前的景色实在令人惊叹。我看看自己爬上来的路，又环顾四面八方，远处两条河流穿过高高耸立的狭窄隘口，冲进了宽阔的峡谷。如此美景，令人神往。

还没等缓过神来，我猛然一下清醒了。

这不就是个天然的水库吗？只要在隘口修建一座 50 米宽的大坝，就能在数周内让整个山谷蓄满水——北边有两条河流，一个狭窄的隘口，外加几个不识字的农民需要重新安置；而南部 20 公里外，那些海岸小镇干燥得像砖头一样，人们只能从快要干涸的水井中打到一些咸水喝。所有一切综合在一起就不难明白，为什么这里每户人家都想卖掉他们的农场了，因为不出几年，所有农场都会被淹在水底。

这个可怕的想法在我脑海里挥之不去，原本灿烂明媚的新世界忽然之间阴云密布。天哪，我要怎么跟安娜解释？她现在可能正坐在飞机上，穿过层云，朝西班牙南部飞来。我精神错乱地奔下山，来到河边，找到罗梅罗和那群动物。

“他们即将修建大坝，把整个山谷淹没吗？”

我的未来，乃至我的婚姻，都指望他这一句话了。罗梅罗吃惊地看着我，狰狞的面庞上浮现出狡诈的笑容。

“当然。”

“你是在告诉我刚刚卖给我的农场，”我厉声说道，“不出几年就会被淹没在20米深的水库中吗？”

“Claro。”①

“你怎么能……”

“哦，没事没事，你会得到大笔补偿金呐。”

“但我买下巴莱罗不是为了什么该死的补偿金，我想在这儿生活……”

“那就很困难呐，在水下生活，很困难。但现在我得走了，要跟着我的那些动物呐。”

说完，他用小棍儿给了马一鞭子，很快消失在河上游。

---

① Claro是西班牙语，意思是，那是当然。

我马不停蹄赶到小镇另一端，一头闯进“咚隆”酒吧，看见乔治娜正倚在一台老虎机旁，津津有味地翻阅着一本关于炼金术的书。

“乔治娜，天杀的大坝是怎么回事？”声音震耳欲聋。

“大坝？什么大坝？”乔治娜一头雾水。

“佩德罗·罗梅罗刚才告诉我，山谷里要修一座大坝，把农场全淹没。”

“哦，那件事。”

“什么那件事？你说‘那件事’是什么意思？”

我一脸痛苦的样子，肯定让她动了恻隐之心，语气温和了很多。“嗯，没错，25年前是有个计划，要在山口修座大坝，淹掉整个山谷。不过他们做了很多调查，发现大坝修起来太费钱。因为周围山体的石头跟海绵似的，所以事情就不了了之了。不管怎么样，即使现在旧事重提真的要修大坝，你也会得到一大笔补偿金。所以不存在什么问题。”

“千真万确吗？我的意思是说，肯定不会修大坝吗？”

她郑重想了想，随即合上书，拿起包。

“这样吧，我们去找多明戈。他也住山谷里，是你最近的邻居，就住在北边的拉科尔梅纳。这些年他们家一直生活在那里，所以他肯定清楚。刚才我看到他的车停在镇上，估计人就在附近什么地方。”

于是她像往常一样，迈着轻快的步伐，走上奥尔希瓦大街，而我却魂不守舍地跟在她身后。

“注意看，”她命令我说，“多明戈很显眼，他的样子在这儿算长得好看了。大概三十岁左右，个儿不高——这里人个子都不高，还有，就是有点秃头……”

“这不是大海捞针吗？”我很有意见。都这种情况了，发发牢骚应该也情有可原。

“呵呵，你待会儿看到他就明白了。他的身材像个职业拳击手，但是一笑起来，阳光灿烂，你简直想象不出来。”看到乔治娜兴奋的样子，我敢肯定这个男人对乔治娜施了什么魔法。

我们匆匆经过一家小超市，看见招牌上气势恢宏地写着“火腿博物馆”。跟着，我们又路过市政厅，大楼上悬挂着西班牙国旗和安达卢西亚区旗，然后我们沿着大路一直往前走，经过了几家酒吧。

我的邻居就在这儿，他正心不在焉地靠在灯柱上，跟一个吉普赛人说话，看起来像是要卖头牛给他。我们站在一旁，耐心地想等他俩把事情谈完。但这事情好像根本谈不完，因为他俩谁也不肯让步，僵持不下。渐渐有人驻足旁观，热心人开始从中斡旋。乔治娜便带我去了街对面的一家酒吧，同时给多明戈打了个手势，邀请他结束谈判后，过来跟我们坐坐。

我们坐在桌旁看多明戈做买卖。和他交易的那个人，正专心致志地听他振振有词说着什么。多明戈口若悬河，一直在滔滔不绝地说，让对方都插不上嘴。他上身穿着白色开领衫，下身是蓝色牛仔裤，脚上一双运动鞋，光秃秃的头顶亮得像颗油栗子。我瞬间想起乔治娜说过的话。

终于，他走了过来，跟我们握握手，脸上带着歉意的笑容。乔治娜介绍情况的时候，他一个劲儿瞅着桌子底下什么地方。

“你买农庄是想在这儿度假吗？”他问。

“当然不是，我们打算在这里定居，经营农场。”

听到这里，多明戈稍稍抬起头，露出笑容。乔治娜说得太对了，他只要微微一笑，就立刻变得英俊非凡。

“拉科尔梅纳山谷里修水坝的事，你都知道些什么？”乔治娜问，“佩德罗 · 罗梅罗跟克里斯说……”

“别听他胡说！”多明戈低声道，“多年前是有过修建大坝的计划，但后来不了了之，就没人再提起了。”

“你肯定不会再提了吗？”我心急火燎地问，“要知道，这件事对我们来说非同小可，因为我们想在山谷里度过下半生，并不是要拿什么赔偿金。”

“当然，我可以十分肯定。要是你想听听市政厅的准信儿，我可以带你去见市长。”

又闲话一阵，我们就出发了。多明戈穿着牛仔裤和运动鞋，大大咧咧走进了市长办公室。

“你好，安东尼奥。这位叫克里斯的外国人刚买了拉科尔梅纳附近的一个农场，但他担心那儿要修大坝。我已经把情况跟他说过了，估计他还想听听市长怎么说。你告诉他吧。”

安东尼奥把多明戈对我说过的话又重复了一遍。不过那个时候，我已经没再想着水坝的事了，心里只是暗自庆幸能和多明戈这样热心肠的人做邻居。

大坝风波尘埃落定，我心里如释重负。租来一辆饼干罐头似的小车，我从机场接到安娜，风驰电掣般朝格拉纳达市方向奔去。沿途望见内华达山脉的风景，皑皑冰峰雪岭藏在城市上空淡蓝色的云雾中，若隐若现。冬日里，夕阳的余晖照在山顶上，泛出淡淡的粉红色光晕。安娜看得如痴如醉，我也早已心醉神迷。

生活在这里多美啊！

我们把格拉纳达抛在身后，爬上了 Suspiro Del Moro[①]高地。据说曾经有一位穆斯林国王，被赶出自己深爱的城市后，就是在这里依依惜别，挥洒下伤心的泪水。所以，这里又叫做“摩尔人的叹息”，不足为奇。

佩德罗和玛丽亚两口子已经邀请我们晚上在巴莱罗留宿，所以当晚我带着安娜进入山谷，让她看看我们的新家。晚霞映红了半边天，路边田野美景醉人。安娜看得很欢喜，我便沿路把各种蔬菜瓜果指给她看：橄榄、橘子、柠檬……卷心菜……土豆……

我们翻山越岭，在山谷中穿行。

“就是那儿！”

进入山谷后，一眼就能看见巴莱罗农庄，但绕过一块大石头它又不见了。

“在哪儿呢？”

“看那边，看到了吗？就在河对岸大石头那儿。”

“就那儿呀。”

“你这句‘就那儿呀’是什么意思啊？”

---

① 西班牙文，意思是“摩尔人的叹息”。摩尔人是西班牙人对北非阿拉伯人的称呼。1492 年，格拉纳达最后的摩尔人被驱逐出西班牙的土地，而格拉纳达的阿尔汗布拉宫所在地从此被称为“摩尔人最后的叹息”。

“哦，我是说‘原来就在那儿呀’，嗯嗯。”

“好吧，的确是在那儿——巴莱罗农庄。你觉得怎么样？”

“没什么想法。大老远的，什么都看不清。我还是保留意见，等快到了再说吧。”

我们继续深入山谷，找到个不错的地方停了车。

“哎呀，它看上去真的很不错。”

听到赞叹，我又惊又喜地看着安娜。她很少如此直白地表露情感。

又继续开了一小会，前边没路了。我们把车停好，开始徒步前进。

“猪圈是吧？”安娜冷不丁冒出一句话来。这毫无疑问是个问句。

“你说什么？”

“猪圈是吗？”她又问了一遍。

“什么猪圈？这儿没猪圈啊！”

“你不是说，从大路走到巴莱罗就像从农舍走到猪圈那么远吗？”

“我说了吗？”

暮色初升，农场还在山谷那边，连影儿都见不着。我知道前面路途遥远，而且艰险重重。我们沿一条小径走下山坡，在泥泞的灌木丛中迂回前行，途中踏过浅浅的水流，然后又穿越一片高大的桉树林。林中阵阵馨香随风飘散，婆娑的树叶在晚风中低语，轻轻伴着鸟鸣声吟唱。我俩爬上了河岸。回首望去，倾斜向下的河床怀抱着清澈的河水，湍急的水流翻滚咆哮着，从嶙峋的乱石上跌入低处的水潭中，又静静地滑出潭口。

我和安娜迫不及待地跨上拱桥。我笑着牵起她的手，轻轻捏了一把，想到就要和她一起看到我们的新家，心里兴奋不已。

不知不觉过了一个半小时，天色渐黑。我俩还在泥泞的山路上跋涉，身边都是带刺的荆棘丛。英国的荆棘丛和西班牙的比起来简直是小巫见大巫，这里的每一根荆棘刺都是卷曲的钩子，一旦钩住你，便怎么都不肯放了。

“不知道你哪根神经搭错了，才会说这地方只有猪圈那么远。”安娜显然为此忿忿不平。

“山谷地带嘛，看着总觉得近。”语气一本正经，脚下却一个踉跄，东倒西歪，差点趴在了一堆荆棘中，“天知道这是怎么回事，农场才买没几天我就找不着路了。”

“这可不像是你。”

我没说话，继续朝灌木丛中张望。“看起来就是我上次走过的路，但是这些花花草草的长得也太快了。我们还是回到那棵夹竹桃大树下面，看有没有别的路吧。”

最后，我们在四面袭来的夜色中，从一片邪恶的蒲苇地突围。安娜发现了一条隐隐约约的小径，通往坚实的地面。

“找到了。我就知道路在附近。”

路果然在那里。我想起第一次来时，看到这条石阶小路曾经欣喜若狂。我俩终于气喘吁吁地踏在了石阶上。夜色中，我转身看着安娜，咧嘴一笑，像打了场胜仗。暖风习习，花香阵阵。我们吃力地爬上坡地，远远看见黑夜笼罩下的农舍。

越走越近，香气渐渐被动物粪便和羊膻味掩盖。我指着黑暗中那个若隐若现的轮廓，对安娜说：“这就是农庄。”安娜说了些什么，却被淹没在此起彼伏的犬吠声中。屋门“咣”一下打开，不堪入耳的咒骂声传了出来，在黑夜里回荡。

“我们的东道主哈。”我尴尬解释。

我们刚走近一些，门又“咣”一声关上了。我只好上前敲敲门，然后耐心等待。几只狗在我们腿边绕来绕去，有的呜呜欢迎，有的咆哮示威。屋门再次打开，罗梅罗站在我们面前，高大的身躯挡住了身后娇小的玛丽亚。“欢迎呐。”他露出灿烂的笑容。

“这是我妻子，安娜。”

“长得很漂亮呐。”罗梅罗用色迷迷的眼光打量了她一番。

“你真年轻啊，长得真好看！”玛丽亚热情地吻了吻她，“快进来，进来。”

我俩进了屋。罗梅罗腿一扫，把围在我们手提袋旁乱嗅的狗赶开，随即关上了屋门。

巴莱罗农庄里的这间客厅，面积不大，四四方方，墙壁和天花板都刷着白石灰，只有水泥地面平整光亮。屋里摆了一张黑漆漆的塑料沙发，对面有两把椅子和一张圆桌，桌上放了电视机。光秃秃的灯泡吊在天花板上，发出昏黄的光。作为装饰，屋里一面墙上挂了套塑料的娃娃餐具，另一面墙上则贴着杂志上剪下来的画报，画上有个基督。就这些了。哦，对了，屋里还一尘不染。

主人请我们坐沙发。“不用，不用！”我说着非常蹩脚的西班牙语反对，“我们不能坐这张最舒服的椅子，要坐就坐在硬硬的木头凳子上好了。”

“好吧。”罗梅罗一屁股坐在沙发上，眼睛不停在安娜身上梭巡。安娜站起身，在包里翻找了一通，取出一罐昂贵的酥脆饼干交给了玛丽亚。玛丽亚有些不知所措，便递给了罗梅罗。我们仨面面相觑，都不知该干什么好，只有罗梅罗不亦乐乎地忙着撬开罐头盖。他伸手夹出一块饼干，看了两秒钟，然后咬了一小口。

“嗷嗷！那东西我不能吃呐。有芝士味！”

“哦，这饼干在英格兰很受欢迎，我以为你们也会喜欢。”

“不，我们不喜欢。”罗梅罗咧嘴一笑，很和蔼的样子。

玛丽亚拿过了罐子，放进旁边一间黑黑的储藏室中。那可是英国著名的哈罗斯花格铁罐黄油曲奇啊，估计罗梅罗家的猪要大饱口福了。

一时间没人说话，大家都坐着，你看我，我看你。

玛丽亚终于开口打破坚冰。“欢迎你们到这里来住，”她说，“我们家又脏又穷。但我们就是穷人，能怎么办呐。”她摊开双手，一脸悲恸。

“不不，这里很好，屋里很漂亮，而且干净得一尘不染。”我对安娜点点头，想要她附和我几句。她只是对玛丽亚笑了笑。

“我们在山谷里迷了路。”我对罗梅罗说，心里还在期望安娜能接我前面的话题说上几句，比如干净啊，屋子啊，什么都行。

“当然会迷路，你们不知道怎么走呐。”罗梅罗稍稍表示同情，但不太愿意继续深入讨论。

又是一阵漫长的沉默。我咳嗽两声，捏捏腿，然后轮流对每个人笑一笑。罗梅罗嘀嘀咕咕念叨着什么，然后挪动了庞大的身躯，哐啷哐啷走到电视机旁，按下开关。灯泡发出的亮光似乎昏暗了很多。电流的嘶嘶声充斥了整个房间，分贝大小堪比远处池塘里大片青蛙不绝于耳的呱呱声。电视屏幕上到处都是雪花点，人影不停上下滚动。罗梅罗退到一边，好让我们全都能看到屏幕。他昂着头，一脸得意，等我们用崇拜的眼光看向他。

“这台电视机太棒了！”我不失时机地恭维起来，“真难以相信，这么大老远，你能有台电视机。哈！20世纪的奇迹啊！”没人听我说话，大家都聚精会神地看节目。天知道里面在演些什么。

罗梅罗坐回沙发上，跟我们一起凝视着人影闪动的屏幕，足足看了五分钟。我这一生，曾有过无数次难熬的五分钟，全部输给了这次。很快，罗梅罗站起身，去按了个键换台。另一个雪花点的世界，更多跳动的影子，电流嘶嘶声仍然不绝于耳，差异之处十分微妙。大家都端坐如常，继续欣赏屏幕上的华丽表演。

又一个漫长的五分钟。

罗梅罗终于觉得第二个节目也看够了，于是又起身换了台。

“太棒了，”我说，“真是刮目相看啊。跟我说说吧，你那台不可思议的设备上，究竟有多少个台可以看？”

“哦，就两个嘛。”他不以为然地说道，“这又是第一个了呐。”

于是，我们就那么坐着，四个人痴痴迷迷地看电视，尽管谁都不知道电视里演的是什么。偶尔有些动静，不过是彼此点点头，咧嘴笑笑。最后，罗梅罗终于站了起来，把这个邪恶的东西关了。

“好吧，就看到这儿。”我笑笑，“倒不是说我不爱看电视……不过，看电视真的无法取代……怎么说呢……交流的甜蜜和快乐……不是吗？”

接下来，彼此无话，又陷入沉默。我渴望自己张嘴就能滔滔不绝，却实在什么都说不出来，于是又开始掐腿。尽管只有我一个人说话，我也能自得其乐，但脸皮厚到我这个地步还是得承认，我已经说得太多了。

“呃，对了，住到镇上去感觉怎么样？我肯定那地方很适合你们。”

“像噩梦一样，”玛丽亚如泣如诉，“像死了一回。我们只属于这里，我们深爱着巴莱罗农场。我们住在这里很幸福。但是我们不得不卖掉它。你们几乎没花几个子儿就买到了它。我们本来就是穷人，现在更穷了——但又能怎么办呐？”她摊开双手，表示绝望，但说这一切的时候，脸上却带着温暖动人的笑容。

“别这样，我们不是要把你们赶出家园。我们还要过段时间才会搬来。你们整个夏天都能住在这儿。不，不只是住到夏天，看在上帝的分儿上，只要你们想住就一直……”安娜忽然咳得很历害，声音大得盖过了我没说完的那些话。

沉默如影随形。罗梅罗目不转睛地看着安娜。忽然，窗外刮来一阵冷风，风中夹杂着浓烈的刺鼻味道，我灵感突现，又发起了新一轮谈话。

“山羊！你们养了山羊，是吗？”

“嗯呐，是有几头山羊。”

“安娜，他们养了山羊。”

“真有意思。”

“你们想喝杯羊奶吗？”玛丽亚问。

“可以来一杯吗？”我俩异口同声。我们早就想找点事情客套一下，打破僵局了。

佩德罗和玛丽亚跳了起来，拿起长柄锅和手电筒，风风火火冲了出去，“咣当”一声在身后关上了门。安娜和我无声地看着彼此，默默看了一分钟。

“就要有羊奶喝了。”安娜小声说。不知道为什么，她不想让那两口子在窗外听到我们在屋里说话。“他们会挤好羊奶，然后倒在玻璃杯里给我们喝，就像从瓶子倒出来一样。”

不过，玛丽亚和佩德罗并没有装得这么斯文。我们听到屋外有重击声、扭打声、诅咒声，还有羊的放屁声。没过多久，传来滴沥滴沥的声音，细细的两股奶水喷进了长柄锅中。很快——但也不是太快，因为他们大概还是使劲儿挤了一会儿——两口子便端着一锅白色的泡沫回来了。

“啊哈，羊奶，”我傻乎乎地问了个问题，“那就是羊奶吧？”

“当然呐。我们现在要把它煮开。”

玛丽亚拿出了一个露营用的炉子，把长柄锅放在上面。我俩在一旁围观。

“瞧啊，安娜，他们在煮羊奶。”

“嘿，我看得出来他们在煮羊奶。不仅如此，我碰巧还学了好几年的西班牙语，所以多少有那么一点感觉，知道他们在做什么。”

玛丽亚跟我们解释，煮羊奶必须得沸腾三次，然后才能喝。“否则会得马耳他热。”

大家为羊奶忙活了整整 20 分钟，然后我俩硬着头皮喝了下去。罗梅罗伸了个懒腰，打起了哈欠。我嘴巴闲不住，又开始说话了。

“今晚过得真是开心。不过，我们觉得累了，脑子有点儿转不过弯来，是不是该睡觉了？”

大家都积极肯定了这一想法。于是我和安娜下了坡，走到石榴树下，用油桶里盛着的水刷了牙。夜空一览无余，皎洁的月光照亮了远处的河流。对面山坡上，茂密的松树林被风吹得呼呼啦啦作响。

“上帝啊，”安娜和我窃窃私语，“我们要在这儿待多久？”

“原本打算待五天。”

“唉，我怕自己没办法再这样撑一个晚上了。你倒好像乐在其中，难道你觉得这才是‘真实生活’吗？”

“说‘乐在其中’似乎有点过了吧。要不接下来几天，我们还是去镇上住。我找个借口跟他们说说。”

那天晚上，风越刮越猛。大风从卧室窗口咆哮而入，吹翻了一个凳子。凳子上放着安娜的衣服，还有她的一杯水。

我曾担心，那晚的大风凳子事件会让我们的安达卢西亚大冒险就此结束。若不是之前破釜沉舟为了买下这里而把钱花得分文不剩的话，这场冒险估计就真的要泡汤了。还好，我俩都坚持了下来。

“我觉得这地方好极了，”安娜说，“不过我确实有些保留意见。”

“是吗？比如说……”

她立刻拿出一份长长的清单，逐项念给我听，其中包括道路问题、入口问题、水源问题——尽管有浴室四件套，她对供水环境的印象始终不是太好——除此之外，还有其他一些琐琐碎碎的事。

“好吧，我会把这些全部搞定。”我听得有些出神，竟不知道自己说了什么。

回到英格兰，回到昔日千头万绪的生活中，我们要安顿好一切，然后和往日依依惜别。具体来说，我们要做的事，就是把萨塞克斯郡的农舍打扫干净，同时用最后几个月的时间，把手边各种各样的工作做完。

对我来说，告别过去似乎要容易很多。因为这些年来，我或多或少过着一种天马行空的生活，每年差不多都会有两三个月的时间，去海外帮助开发旅游线路。我曾去过中国，去过土耳其，也去过西班牙。不用在外跑的时候，我会在伦敦一家俄罗斯酒吧里弹吉他赚点零花钱，或者在当地农场帮着剪羊毛和放羊。到每年春秋两季，眼看着钱要不够花了，我就会飞到瑞典待几个礼拜，争取几份有利可图的剪羊毛合同。

可安娜却不一样，她得把过去的一切连根拔起。这么说一点儿也不夸张，因为她经营着自己的园艺事业，需要四处找人来接手管理。除此之外，她还有大量的文件工作要完成，最重要的是办好那些多得堆积如山，又繁琐得令人匪夷所思的手续文件。还有，我们想把安娜的心肝宝贝，一只黑色混血拉布拉多犬博纳，和几盆她视若珍宝的植物一起带走。

八月盛夏，酷暑炎炎，我乘着巴士来到奥尔希瓦小镇，沿着快要干涸的河床徒步往巴莱罗方向走去。这次来，我随身只带了一个小包，因为夏天在安达卢西亚地区生活本来就不需要什么。除此之外，我还背了一样不那么实用的东西，一把吉他，就装在盒子里。

将近中午的时候，我往河那边眺望，看到了巴莱罗农场成片的梯田。多好的农场啊，我心生感叹，只是千万别在这个时候去看，因为正午时分，似火的骄阳已经把大地炙烤得黯然失色。若是在早晨或者黄昏，青山斜阳，光影耸动，明暗之间，怪石耸立，神秘莫测。但眼前只看到满山遍野荒芜的灌木林与荆棘丛，单调得连影子都没有。最好还是忘掉眼前的这番景象，好好珍藏心中最美丽的回忆吧。

我在农场下面的河里逗留了一会儿，从头到脚把自己浸在清凉的水中，泡了个透，然后才爬上岸，去农舍那边找罗梅罗。我已经写信告诉他说想在农场上待一个月，如果他有什么能够教给我的，我都愿意学。我想，他女儿应该已经把信读给他听了，大概这儿五十岁以上的农夫很少有能读书识字的吧。

我爬上了最后一片梯田，看见有几匹马被拴在橄榄树下。这时从农舍那边传来一阵熟悉的歌声，歌喉低沉粗哑。一眼望去，罗梅罗正坐在梯田上，手中掰着干瘪的面包扔到地上喂狗。看见我上来，他站起身，笨重地朝我走过来，脸上绽放出热情的笑容。“你来了呐！咦——这是什么？我们要有点音乐呐。太好了。”

“我终于到了，佩德罗。”我气喘吁吁地抹去额头上的汗水。

“你来的真是太好了，我一个人正冷清着呐。家里人都去镇上住了，这里只有我和动物们。不过我的上帝啊，这些动物一直都跟我在一起，不是在山里走，就是在水边溜达。哈——这里真的是天堂呐！我不该就这么走了。进屋来吧，我正要做午饭。”

我们在门口略一低头，走进幽暗的屋子里。屋里又小又黑，炉子上还生着火，不过却比较凉爽。我俩拉过来两把椅子，在火炉边围坐，而此时，屋外热气蒸腾，已经差不多到了40度。罗梅罗开始大秀烹饪技艺，看得我眼花缭乱。他正在做的这道菜叫做“papas a lo pobre”——“穷人的土豆”。

首先，他把黑乎乎油腻腻的炒锅放在火堆里的三脚架上，往里面倒了点看起来像是橄榄油的东西，差不多有两咖啡杯（餐后咖啡用的杯子）那么多。然后，他开始用折叠式小刀使劲儿切洋葱，大概切了两三个，一点儿没费神考虑是不是要把洋葱剥一下。当这些东西在热油中欢快地嘶嘶作响时，他把一整颗大蒜掰开来，全部扔进了锅里。

“你不把大蒜皮剥掉吗？”我问。

“不剥，不剥！这样大蒜不会烧焦，吃起来味道更好呐，还不用费工夫。”

事实证明，他说的没错。

接着，他提来一只桶，桶里装了水，水中荡漾着一些干净的土豆。这些都已经刨好皮了。他蹲在火边，顾不上汗如雨下，简单几刀把土豆切成了片，直接扔进了热油飞溅的锅里。看到锅里的东西多得快满出来了，他便拿了根棍子，稍微翻搅了一下，然后又往火堆里添了几根嫩枝，让火烧得更旺些。柱子上悬挂的篮子里有些青椒和红椒，他挑着个儿小的随便拣了五六个，又全都扔进了锅里。

“好了，等它自己煮会儿吧。”佩德罗说完迅速搅了一下，就去张罗桌子了。所谓桌子，就是屋外平地上放着的一个破旧的木质电缆卷筒。他在桌上放了一个废旧的鱼肉铁皮罐头盒，里面装了大把的辣椒和一打腌橄榄。然后，他从大纸袋中拿出一块鹅卵石状的大面包，切成四份，把其中两份又放回纸袋里，接着又放了两副弯了的叉子，和两个玻璃杯在桌子上，就进屋去看锅里的菜烧得怎么样了。我坐了下来，从塑料瓶里倒了点酒，然后尝了一颗腌橄榄——大概是用大把的盐和大蒜，还有少量百里香、熏衣草以及天知道其他什么东西一起腌制的。我喝了一大口褐色的烈酒，把橄榄送进了腹中。

放眼望去，那边有几只垂涎欲滴的狗，远处山坡下两条河流从山谷口蜿蜒而来。南面的山丘在蒸腾的热气中几乎隐遁。我拿起玻璃杯，又饮下一小口酒，深深一叹。这顿饭只怕会叫人永生难忘。

佩德罗端着嗞嗞作响的锅出现了。他咧嘴笑笑，“砰”的一声把锅放在一块瓦片上，防止锅底把桌子弄脏。然后他拿来一只油腻腻的大火腿，切下来巨肥的两块，又把它挂回了横杆下面的钩子上。终于，他在台阶上坐了下来，喝了一口酒，心满意足地长舒一口气。

我用叉子在锅里戳来戳去，一边大块吃肉大口喝酒，一边和亲切的主人聊天。食物真是美味可口。后来我们做了一个月的饭，基本上每天都是这道炒土豆，佩德罗喜欢用它做早餐、午餐和晚餐，每次都是定量的两杯酒。只不过，我做了那么多次炒土豆，从没达到过佩德罗的那种境界。

“你买了个天堂呐，”佩德罗叹息着说，“没花几个钱。等于白白送你了。这里的空气，还有水，都是世界上最好的呐。我以前去过一些地方，”他用手指着周围山坡上几个不同的地方，都是目力所及之处，“还从没有发现有哪里像这里一样呐。”

“如果你对巴莱罗的热爱就像你说的那样，佩德罗，为什么你要把它卖掉呢？”

“我的家人。因为我家人不喜欢呐。如果不是为了我的家人，我会永远呆在这里。这里是世界上最好的地方，有富饶的土地——地里会长出你吃过的最好吃的蔬菜，还有水果从树上掉下来，喝的是甜滋滋的山泉水，呼吸的是新鲜空气呐。”

我们放眼望去，看着骄阳下快要被烤熟了的那片田野。

“在这里，没人会打搅你生活，你不用担心镇上那些坏胚子呐。”

“镇上什么？”我问。

“镇上的坏人，他们坏透了呐，不能相信，一看见你就骗你。让我来告诉你吧，克里斯，没有什么能比诚实、正直，还有正确对待别人更重要……但他们又在乎什么呢？你一定要小心他们呐。弹弹吉他吧。”

他这一说，正合我意。我从琴盒里拿出吉他，试了几个音，然后悠悠地弹起了一支弗拉明戈舞曲。佩德罗背靠椅子，双目微合，静静聆听，没过多久，便用手打起拍子，小声哼唱了起来。他唱得十分糟糕，声质粗哑，五音不全。而我的吉他曲也不太合时宜，和弦弹得也不对。不过，我俩都乐在其中。

最后，佩德罗先离开。他起身从自己的盘子里掰了一大块吃剩的面包，拿了点白花花的火腿肉，一起扔给了围在桌边的动物们。于是，午餐结束了。

“天气太热了，没办法放羊呐。”他嘟哝着，“我要去睡觉。”

我也去屋里睡了，其实并不很困，只是想让自己睡一睡。堂屋地上有张床垫，我躺在那儿，被苍蝇闹得睡不着。到处都有苍蝇嗡嗡乱飞。我翻来覆去，拍也没用，骂也没用。不知怎么，最后还是睡着了。等我大汗淋漓醒来的时候，听见佩德罗的声音从山谷那边传来。我坐了起来，早已经浑身湿透，强光下眼睛有些睁不开。已经七点了，我足足睡了一个下午，但醒来时依旧骄阳当空，烈日炎炎。而且周围的山丘和石壁都在极力反射阳光，像是报复一般，把热量都散发到了空气中。窝在山谷里的空气像是三明治里的夹心，动弹不得，破布似的堵住了山口。

我渐渐适应了刺眼的阳光，隔了大片梯田，看见远处佩德罗一动不动坐在马背上，正沿着河边往下走，旁边依旧跟着他的那一小群随从。他正在放声歌唱：

山谷里不知何方，有只青蛙在呱呱唱，

把我那些漂亮的水晶杯子来擦擦亮……

我发现农舍下有一两处地方，是巴莱罗农庄里的风水宝地。湍急的水流从岩石上冲下来，落进下面的小池塘中。我坐在池塘里，把水一桶接一桶地从头上浇下来。旁边就放着肥皂盒、洗发水、几条毛巾，还有几件洗好的衣服挂在两棵金合欢树之间的铁丝上。不用穿上衣服和鞋，五步之外就能捡到好吃的橘子、无花果，还有葡萄什么的，都是刚刚从树上掉下来的。我会把水果拿来在冰凉的瀑布里泡一泡，然后饱餐一顿。

从这个有利地势，我能看见山谷西边背阴处有个农场。一栋低矮的白色建筑，半埋在云团似的橄榄树林中。贝尔纳多和伊莎贝尔两口子就住在那里。他俩是荷兰人，从鹿特丹千里迢迢来到这里种橄榄，还在这儿生了几个孩子，养了几只山羊。那天晚上，我跑去串门儿，做自我介绍。

去他们家的路不远，但要先跨过一条河。河上搭着几根不太结实的木头，走过去就是一条蜿蜒而上通往山那头他们农场的小路。我还在山下磕磕绊绊往上爬时，忽然看见山上一堆灌木丛后面，出现了一列匪夷所思的小分队。冲在最前面的是几只山羊、一头骡子和一只绵羊，前腿上都套着挽具，被几根长长的绳子牵在一起，像缤纷的五朔节花柱。那个“五月柱”，是个身材高大、面相和蔼的男人，看起来那天没刮胡子，估计前一天起就没刮过了。他上身穿着T恤衫，下身是花里胡哨的短裤，脚上套着雨靴。在他身后，两个孩子在绿草青青的山坡上疯跑，每人手里都挥舞着一个色彩亮丽的塑料小桶。整个场景像极了某个早餐麦片的电视广告。

他们忽然发现了我。“吁——”贝尔纳多一声咆哮，前面八成是头公骡子。骡子停了下来。后面两只山羊没刹住车，从左边冲了过去，还有一只冲到了骡子四腿之间，那只绵羊慌乱中差点滑下右边的山坡。

我爬了上去，跟他打招呼。

“你就是买了巴莱罗农场的那个疯子吧，我们都听说了。”他哧哧笑了一阵，想腾出右手来跟我握握手，腾了半天也没成，“欢迎你到山谷来。我先把动物们安顿好再好好招待你，等我一会儿。”

他耐心地把乱成一团的绳子解开，让动物们各自回到圈儿里过夜。“那么你是来长住的，还是夏天来度度假？”他把我带到屋外的院儿里，妻子伊莎贝尔早已经端了些塔帕出来。

“我们打算在这里长住，种种地什么的。”

“不错不错。我最恨把地荒着不种了。来，为我们的新邻居干杯。大家非得找个名目才喝酒的话，那就让我们为了山谷中的新生活喝一杯！”

贝尔纳多和伊莎贝尔确实为他们的新生活付出过艰辛努力。五年前，他们刚搬来这里时还没有小儿子法比安，只是在搬过来不久后生下了大女儿麦蒂。如今麦蒂已经是个一头红褐色长发、长相甜美的可人儿。如果我没弄错的话，再过一两个月，伊莎贝尔又要临盆了，用西班牙人的话说，就是“添喜”。两口子刚买下农场时，这里还是一片荒芜，破败潦倒。他俩全凭城里人对乡村生活的一腔热情，慢慢开山辟土，把这里变成了一方沃土，变成了孩子们的快乐花园。

我们谈得很投机，越聊越多。大家开怀畅饮，喝的也是佩德罗家那种酒，西班牙人叫它“科斯塔”，据说是用长在沿海山坡上的作物酿造的。和这两口子在一起，我觉得异常轻松。他们时不时放声大笑，让人也跟着快乐起来，整个山谷里似乎都是欢声笑语。

他们说，罗梅罗卖了农场，高兴得简直心花怒放。我纠正他们说，罗梅罗曾三番四次对我痛陈他有多么热爱农场，倾诉他心中多么不舍——何况“就卖了那么一点儿钱”。

贝尔纳多差点被一口酒呛得死去活来。“他们一家人多年以来，孜孜不倦地想卖掉那地方，”他说道，“巴不得早点搬到镇上去住。他们差点就以 100 万比塞塔卖给多明戈了，谁知你从天而降，给了他 500 万。他一定觉得你是天上掉下来的馅儿饼！我的意思是，谁会傻到去买一个没有入口、没有自来水、没有电的地方——还有那么大片的土地要开垦？我得说，你实在是胆识过人才会去买巴莱罗农场。要不然，就是个十足的疯子？”

“就算不是疯子，估计也差不多了。”我自嘲起来，“不管怎么样，我们还是会想办法解决的。比起在保险公司当员工，成天坐在办公室里干活来说，这里还是强多了，至少是个让人兴奋的挑战。”

“是的。不过据我来看，你不像是保险公司的员工。”

“我确实不是，但曾经试过……”我想起来那六个月的办公室时光，浑身一哆嗦。

“嗯，很高兴你成了我们的邻居，虽然说我们可能还是会想念佩德罗和玛丽亚。”伊莎贝尔说道，“玛丽亚人很好，她常常来看望我。和我一块儿洗衣服的时候，她总对我说些知心话。”

“佩德罗也是个好人。”我补充道，“我喜欢他带着动物们在山谷里唱歌的样子，有意思极了。”

“他可不是什么好人，”伊莎贝尔笑了起来，“基本上就是个让人无可奈何的无赖。你没见过他另一面，一想到他妻子的那些遭遇，我就生气。”

“对我们来说，他一直都是个好邻居，”贝尔纳多跟妻子看法不同，“他总是帮我们解决问题，有求必应，不惜时间，而且总是乐呵呵的。不过我也帮了他很多。今年春天我还跟他一起清理过他的水渠。哦，实际上是我和玛丽亚一起清理的，他去溜那些个动物了。”

“那只懒猪成天坐在马背上，看到他溜达动物我就讨厌。”伊莎贝尔说。

“他很懒吗？”他俩渐渐对我的导师形成了共同意见，我听着有些不自在，“那男人壮如公牛，工作起来那股劲儿，我从没见过。”

“他很会来事儿，”伊莎贝尔回答，“但那是做给你看的。他喜欢在陌生人面前装样子，但在山谷里，他已经名声扫地了。我不是有偏见。你不知道，他总是找我麻烦。”

“什么麻烦？”

“贝尔纳多不在的时候，他常常来找我，还说想要不顾一切地拥抱我，如果我不答应，他就开枪自杀。这只猪总是随身带着手枪。‘你的双手会染上我的鲜血！’他就这样叫嚣。哼，我才懒得理他——又老又肥又丑——我当他面也这样说。然后他就发脾气走了，转个弯就开了一枪。当然啦，我火速奔了过去，看他是不是真的自杀了。可等我转了弯去看时，发现他站在那儿，笑得嘴角都咧到耳朵根了。这下我也笑得岔了气。不过这事儿真不是开玩笑，他个头那么大。”

“虽然他个子大，但走起路来慢得很。”贝尔纳多小声说，“他腿脚不好，所以想逃跑可不是件轻而易举的事情。不管怎样，我们谁都没有自己想的那么好。再来点酒吗？”

喝到凌晨，我醉醺醺地下山回家。那天夜里，闷热难耐，我一路来到河边，仰头看见星光点点。庆幸一路上没有失足跌下深渊，我觉得有必要给自己一点奖励，便在河中间一块温暖的石头上仰躺了一个小时。最近的街灯早已消失在远处，没有了凡间灯火的侵扰，夜空黑得一片纯净。我从未见过天空中有那么多的星星，还有数十颗流星匆匆飞过。

那一定是英仙座流星雨：八月中旬正是英仙座流星雨经过的时间。不过当时我对此一无所知，因为脑子里装了太多之前听到的小道消息，压根儿没想到天文学上。“夏天的夜晚大抵就是如此吧。”我胡思乱想着走上农舍那边，身上的水滴了一路。

很快，农场上有了固定的模式。每天早晨，我和佩德罗会巡视梯田，收集前晚从树上掉落的无花果。那些无花果个个都是深紫色，软软的，一压就烂了。我们把果子装进篮筐，送至屋后的猪圈里喂猪。几只猪待遇不错，在猪圈里享受着泥池、土浴，还有厚厚的屋檐遮出来的一个阴凉角落，可以让它们哼哧哼哧地躲避夏日酷暑。那些猪最爱吃无花果，当我们把25 公斤重的美味果子倒进它们的食槽里时，它们会拱来拱去地争抢。在这里，每家每户都会养猪。一年下来，养得膘肥体壮了，便在冬天冷得连苍蝇都没有的时候，拉到当地的屠户家里杀了吃。

一天，佩德罗从山谷外凯旋而归，马背上驮着一大堆圆溜溜的绿色炮弹——西瓜。“给猪换换口味呐。”他一边解释，一边把西瓜切成四份，扔给那些狂喜的生物，“他们在甩卖西瓜，好把地空出来种别的庄稼。”

早上拾完无花果后，我们就开始用镰刀收割玉米。坡下靠着河边的一块地里黄澄澄地长满了玉米，收割后可以当饲料用。每年这个季节，一片绿海中金黄的玉米尤为显眼。我们沿着地面用弯弯的镰刀割啊割，收了很多玉米。

“伙计，镰刀要这样抓呐，要不然会把自己割得哇哇叫。学学怎么尊重手里这把镰刀吧。”

成捆的玉米堆积如山，多到一个人背不动。我们两个人弯着腰，肩上扛着沉重的玉米，吃力地爬到坡上，然后把玉米卸下来，分别倒进几间牛舍的食槽里。

日落前，我们会把所有的工作做完，然后炒个土豆，或者切几片厚火腿，再每人分得一份面包，还有一杯酒。有时候，佩德罗会大声咆哮“生猛食物”，跟着发出一阵粗犷的笑声：“是男人就要吃生猛的食物！”

他所说的生猛食物，就是鸡脑袋、猪血布丁、火腿上的肥肉、生辣椒、生大蒜、仙人掌果子，还有不新鲜的面包和酒。对他来说，这种“生猛食物”吃得越多就越有男人气概。如果一个男人能像吃美味的早餐一样，把烧焦了的鸡脑袋嚼碎了，再啃几口生辣椒，往嘴里塞点不太新鲜的乡村面包，然后用几杯烈酒把这些东西都灌进肚子里面，那么他就是个孔武有力的男人。

佩德罗就喜欢这么吃。一天早上，他递给我一个烧煳了的鸡头，上面都是焦黑的羽毛，看上去令人毛骨悚然。他刚从火堆里把这东西拿出来，咧嘴一笑，把它在我鼻子底下荡了一荡。

“生猛食物，献给尊贵的客人！吃呐。”

我对此物颇有微词，于是他一口塞进自己嘴里，嘎嘣嘎嘣地嚼着，一脸心满意足的表情。我看到目瞪口呆，最后也不得不硬着头皮吃下了这样的早餐。原因很简单，如果你的伙伴在狼吞虎咽一些生猛食物，你却还在一边啃啃玉米、喝喝牛奶，那样子看起来似乎就太逊了。

吃完早餐后，我会在石榴树下油桶边的木桩上冲洗碗碟、玻璃杯和餐具。佩德罗曾经对我示范过该怎么洗。我俩对这项工作的质量都不太挑剔，但有一点都很注意，那就是会在洗好晾晒的器皿上搭一块布，这样就没有苍蝇爬上去了。早餐后我得了空便可以自娱自乐，而佩德罗会骑上马，去河边溜他那些动物们。

有一天，我好奇水到底是从哪儿流进桶里的，于是顺着软管去找水源。软管下了山坡，沿着卡迪亚尔河溯流而上，在风蚀的岩隙中钻进钻出，又掠过陡峭的悬崖，经过农场边上一栋倒塌的石屋——那地方差不多已经是一堆石头了——然后拐入了一个荒无人烟的河谷。河谷里土地贫瘠，除了干枯的荆棘和邪恶的爬山虎（后来我发现，那东西是刺山柑）之外，什么都不长。周围的山体岩石上，覆盖着一层白色鳞状物，空气中死气沉沉，万籁俱静。高处一个光秃秃的山坡上有个水池，水从这里通过一根纤细的塑料软管，缓缓注入一个生了锈的油桶中。那个桶的底部有个洞，洞口周围塞了些破布和绳子，巴莱罗农场上的水就是从这个洞里流出来的。

我困惑了很久，始终不明白水为什么只能通到屋子下面。而那个什么都有就是没有水的浴室，成了我心中解不开的一个谜。浴室装修得很漂亮：抽水马桶、坐浴器、花洒、洗手盆，一应俱全，甚至还有根铜管通上屋顶。屋顶上也有个油桶，只不过锈得太厉害，已经没办法用了。

最后我跟佩德罗提到了这件事。

“以前水可以通到屋顶，就装在屋顶那个桶里呐，可是后来，水再也到不了那么高的地方了。”

个中缘由他不愿再多说。

“我们过去常常在油桶下生火，那样就有热水用。多么美好的生活呐。”

有时候，佩德罗实在想不出农场上还有什么工作能给我做，我便会自己散散步，在农场上四处走走，憧憬一下未来的生活，但那只是想象，现实似乎还很遥远。不散步的时候，我就去邻里造访，偶尔也会花一个半小时走到镇上去。

佩德罗对此很吃惊。

“你为啥想到镇上去呐？是去吃东西，还是去喝酒？可是这里吃的喝的什么都有了，一分钱都不用花，而且还更好呐——你在这里自己吃什么喝什么一清二楚。但是在镇上，天知道那些贼人们会给你吃些什么脏东西，却还要收你的钱……

“难道你想去偷看那些晚上出来散步的人吗？好吧，克里斯，你看着我，”——说到这里，他换了一种语重心长的语气——“听好了。你是个结了婚的男人，有个非常漂亮贤惠的妻子。我只是个粗人，但有句真心话我可以对你说，你应该尊重你的女人。和其他女人乱来是十恶不赦的，只会给每个人带来痛苦。你听我的呐，因为这真的很重要。”

他用棍子在地上重重地敲了敲，以强调刚才那番话的重要性，然后定睛看着我，眼神满是深深的关切。

“嘿，我只说我喜欢欣赏过路人，没说会要去和他们约会吧。”

他抬头望天，觉得我这种想法包藏祸心，使他万分痛苦。

“你也一样啊，佩德罗，你也有贤惠的妻子和幸福的家庭。”

“她还不错，”他咧嘴一笑，“就是有点干巴巴的。你懂我在说什么吧？”

“佩德罗！”这次轮到我语重心长了，沉痛的语调中同样充满关切，“我说佩德罗啊，男人是不会用‘干巴巴’来形容自己女人的。”

“呸！”他啐了一口。

“我们一起去镇上吧，去我的新农庄里吃午饭。”那天早上佩德罗发话了，“你可以骑另外那匹马。”

我愣了一下，想起来上次骑马已经是很久以前的事了，不知道现在还会不会骑。佩德罗立刻打消了我的疑虑，觉得这种担忧根本不值一提。不管怎么说，他向我保证，他会在前面带着我的。

我俩先为动物们准备好饲料，让它们可以在圈儿里待上一整天，然后把100公斤重的挂篮放到马背上。篮子里装了一大堆东西，主要都是盆栽，还有些奇怪的木棍儿，以及扭成奇形怪状的铁丝。等挂好篮子，那匹马看上去已经不堪重负了。这时候，佩德罗干净利落地把腿一蹬，泰山一般稳稳坐了上去。马儿立刻睁大了眼睛。我坐在用干草和帆布做成的马鞍上，骑着的那匹马个子要小多了，而且还有佩德罗在前面牵着辔头。

“不能让我自己来骑吗？手里有东西抓着可以稳当点儿。”

“得了吧！让你自己骑，那匹马就会箭一样飞奔出去，把你摔得屁股开花，然后一命呜呼呐。你学着点吧，看看怎么才能骑好马。好好抓稳你的马鞍。”

我耸耸肩，就此作罢，但两只手空在那里，左摆也不好右摆也不是，怎么都别扭。

“这匹马叫什么名字？”

“布朗。”

“布朗？”

“是的，布朗。它是匹棕色的马。”佩德罗心不在焉。

旁边几只狗，有只也叫做布朗——那是只棕色的狗。

“布朗，驾！”我呼喝起来，神采飞扬。马队缓缓前行，狗儿们就在脚边起伏。听到我呼喝，两只名字一样的动物同时抬起头来，迷惑不解地看着我。

我们沿着小路下山，穿过橘子林和杏树林，来到河边，踏着热烘烘的乱石，哗啦啦地走在湍急的河水中。天空万里无云，阳光直射在我们身上。这样的生活让人感到欢快而兴奋，不由想起城市里，毛毛细雨的清晨，西装笔挺的上班族，站在寒风凛冽的站台上等车上班，他们每天都在重复自己单调乏味的工作。“不管未来如何，”我想，“都会比那样的生活好。”

马儿们小心翼翼地踩着乱石嶙峋的河床顺流而下。漫山遍野的松树，悄然无声地在空气中散发着松香，味道浓郁得几乎让人窒息。才走了一会儿，我和布朗就已经大汗淋漓，脑袋周围嗡嗡地聚集了一大团乐不可支的苍蝇。然而，河道两边实在景色宜人。等我跟布朗终于达成了默契——这匹马似乎并没有它主人形容得那么狂放不羁——在马背上骑稳当了之后，我便有了闲情逸致去欣赏美景了。这便是骑马的好处，因为徒步在河边走根本无心去看风景，你得低头留神脚下的石头。

不过，我们很快就离开了河边，走入逼仄的橘林小径。小径两旁都种着高耸的橘树，行至其间，像在穿越一线天。从小径中走出来，我们便来到平坦的大道上，前面还要经过两个村庄才能走到镇上，途中会遇到不少在田野里辛苦忙碌的庄稼人。这时候，情况开始变得有点微妙了。本来，骑在马上的人——不管是良马还是劣马——因为居高临下，便显得盛气凌人，比路边的卑微行者而言，多了很多优越感。但如果你是个不太会骑马的成年人，身下的马又被人在前面牵着，效果可就大打折扣了。这幅场景，会让你看上去像一个战犯，一个被彻底击溃的敌人，一个卑鄙的人渣。

我们一队人马，艰苦跋涉，踯躅前行。经过田野时，路边第一个抬头看我们的庄稼人，让我忽然意识到自己的窘境，局促感油然而生。没错，一个男人，两匹马，四只恶犬，千百只苍蝇，还有个犯人。处境这么卑微，我该怎么让自己显得体面一点呢？搜肠刮肚。记忆深处慢慢浮现出以前骑术课上学到的东西，那些东西你学过便永远不会忘记："膝盖收紧，脚趾朝上，脚跟朝下，背部挺直，头竖起来，放在马耳朵中间的直线上，敏锐机警地看着你的前方。"

于是，我就开始调整姿势了。先是把双臂交叉抱在胸前，没过多久，换成双手背在身后，又没过多久，一只手放在身后，另一只手伸出来抹去额头上的汗水，擦汗也要风度翩翩。姿势换得没新意了，我便开始挠痒，若无其事地左挠挠、右挠挠。但很快也没地方继续挠下去了。急中生智，抬起手来搭凉棚，正好遮遮太阳，一只手也能派上用场，很是得意了一小会儿。实在不行了，开始拍苍蝇，马腹两侧的苍蝇太可恶了，拍一拍尊严感便来了。但是，苍蝇虽小，却让我屡战屡败。

全都没用，怎么做都不行。骑在一匹背东西的癞皮马上被人牵着，就是没办法保留一点点尊严，更何况路边遇到的都是我未来的邻居，他们每个人都是天生的骑手。佩德罗心知肚明。我也很快就明白过来了，他一定是事先计划好了一切来羞辱我的。

他依计行事，跟我们遇到的每个人打招呼，让他们注意到征服者佩德罗，还有后面那个弱小的猎物——一个自投罗网、凄凉无助的外国人。我可以想象得到山谷里人们会怎么说。“罗梅罗把那个有钱的外国人拿下了！”——貌似所有外国人都一定是有钱人。“他牵着那人到处走，让他坐在瘦成皮包骨的驮马上，看上去就像一袋豆子。可怜的家伙，他好像被虫咬了，一直挠个不停。”

我蔫了，早在心里死过千百回。而佩德罗则不紧不慢，走走停停，挨家挨户地家长里短。我们就这样往镇上走去。一路上，佩德罗还计划着找个机会打发掉他的一只狗。精彩故事就这样开始了。我们转道上了一条坡路，路尽头应该有栋房子，要么一片农田，要么一个花园。反正我们会在那儿看到一个人，面朝黄土背朝天，通常是在种菜。这时候，佩德罗会勒马停下，而我跟在后面会踉跄一下。“呃，胡安，你想要只狗吗？”

听见询问的庄稼人会慢慢直起腰，抬头看着佩德罗：“早啊，罗梅罗。”

接着，他的目光就会转向后面的驮马，很快看到马身上那个凄凉无助的累赘。于是，一张饱经风霜、充满乡土气息的面庞上，会因为困惑而生出一道道皱纹。“这是谁？”

“那个买了巴莱罗农庄的外国人呐。”

“早上好，很高兴认识你。”我会这样跟他打个招呼，生硬得活像一只上了发条的机械猴子，大抵觉得，这样能表示我是个活生生的存在，虽然只是觉得。

“不要，我不想再要什么狗了，尤其那只。”

“多好一只狗啊。生猛的猎犬呐。它妈妈甚至干掉过一匹狼。”

“不要，我已经不怎么打猎了，何况这儿也没有狼。”

“最后那匹狼就是被它妈妈消灭的。”

“那也不要，一点儿也不想要。”然后他继续弯腰种地，“一路顺风，罗梅罗，——还有你那个外国人，一路顺风。”

于是，我们转身离去。罗梅罗会伸出他的拐棍儿，扒拉下李子树上的一根树枝，让我俩美餐一顿。然后继续来到下一个邻居那儿，进行同样一番关于狗的讨论，对话如出一辙。就这样，罗梅罗成功地把我介绍给了本地所有的乡亲们。

一番折腾下来，我愈发感到境遇凄惨。前面只要再翻过一座小山坡就到了奥尔希瓦镇，难道我就要被这样介绍给全镇人了吗？我们路过了一棵桃树。罗梅罗伸出拐棍儿，一连摘下几颗熟透了的水灵灵的桃子。他在马鞍上转过身来，咧嘴一笑，扔了一个给我。我往前一扑，伸手去接，顺势就滚下了马。罗梅罗礼貌地别过脸去，没有看我。

“佩德罗，我要下来走走，屁股坐酸了。”

“随你便呐。”于是我们又出发了。我步行在前，狗儿们列队在后。我心中暗暗思量，反正佩德罗又没有把我捆起来，他阻止不了我在镇上消失。

佩德罗的新家就在奥尔希瓦镇外，屋外带了个花园，还有间马厩。他就用我买巴莱罗的那笔钱买下了这栋屋子，装上了绿色的镀锡卷帘门，看上去就像个水泥车库。但屋子里设施齐全，有水有电。这样的现代化生活，玛丽亚以前从未享受过。

我们进了屋，发现玛丽亚正蹲在角落里用木柴生火。火堆上架着三脚架，上面放了一口煮东西的锅，锅里正在汩汩地冒着泡。旁边几根辣椒正煨在灰烬里烤着。我们坐在葡萄架下的石墩上，吃着色拉和面包，喝着红酒，等玛丽亚把吃的煮好。一小杯酒下肚，我就把骑马来镇上的丢脸事抛到了九霄云外，心中感动于主人的幸福生活，泪水直在眼眶里打转。我们聊的都是男人的事，各式各样的马啦，大大小小的刀啦，各色用途的绳子啦，还有庄稼、灌溉、打猎、红酒，诸如此类。玛丽亚把肉和辣椒端到了桌子上。佩德罗挑了几块上好的肉放到我的盘子里。

“吃肉呐。”

然后，他自顾自吃了起来。而玛丽亚蹲在他旁边，从他盘子里拣剩的吃。他俩似乎从来都这样吃东西，她就像在河马背上啄食的小鸟。

“味道好极了，玛丽亚，一顿美餐。”

“吃得寒碜了点，但我们是穷人，而且现在更穷了，因为我们卖掉了最爱的巴莱罗啊——还只卖了那么一点钱——但我们能怎么办呢？”她微笑着说。

“是呀是呀！”佩德罗刚嚼了一大块肉在嘴里，呼呼啦啦地口齿不清，貌似正表示同意，“你买了个天堂呐——那样的空气，那么好的水源，那么肥沃的土地，那么甜的水果。生活安宁呐——还没花几个钱。来吧，多吃点肉！”于是，我盘子里又堆满了肉。

佩德罗念经似的每天都要把这番话对我说一遍。“看看我们现在住的地方……空空荡荡，”他还在重温这个话题，“一栋破屋，几分薄田，甚至不够种土豆呐。”

“得了，佩德罗。这地方真的非常好——看看这些果树吧……而且到镇上这么方便，你说是吧，玛丽亚。生活在这里，你们的日子轻松多了。不必再从河里打水了，不必再清理水渠了，不必再爬陡坡了，不再有山区生活的各种辛苦了……”我滔滔不绝。

“也没有蝎子了。”玛丽亚加了一句。

“没有什么？”

“蝎子。”

“有蝎子吗？”

“当然。那地方爬满了蝎子。”

“没错儿呐！”佩德罗随声附和，脸上得意地笑，“在巴莱罗农庄，你从不缺蝎子。夏季，我们有时候还要把滚烫的开水泼在墙上，好把蝎子干掉，因为墙壁上到处跑的是蝎子。”他用手指惟妙惟肖地在桌面上爬动。

“还有蛇，”他继续开心地说，“屋里不太多，但山谷里到处都是。一些蛇甚至有我大腿那么粗呐。”

“毒蛇吗？”

“不，不太毒……但很危险呐。山谷里有个家伙去年就被蛇弄折了一条腿。”

“怎么弄的？一条蛇怎么能把人的腿给弄折呢？”

“这个嘛，主要是因为它们在发情期，很有攻击性，“嗖”一下就从地上朝你钻过来了，然后扬起脑袋，对你重重一扫，能把你扫个底朝天。”

啊，我的天竺葵，我的橘子花，还有明媚的阳光，灿烂的夏日农场梦，一瞬间统统破灭了。世界一片黑暗，取而代之的是群魔舞动的山谷，蟒蛇盘踞的洞口，洞里面全是石头和蝎子。安娜该有多开心啊。

显而易见，如果不打算在巴莱罗农场享受钻木取火、石枕穴居的史前生活，我们就必须要用到车，而且还要为此铺路修桥，尤其要把河上那座踏一步摇三摇的木桥彻底改头换面。我曾抱着浪漫的幻想，觉得巴莱罗应该始终保持自然原始的状态，就这样与世隔绝，远离尘嚣，交通只靠骡子和马。这一想法受到了人们残酷无情的打击，他们对生活的考虑都倾向于柴米油盐，而非风花雪月。寡不敌众，我于是就范，答应八月份来了之后认真把铺路修桥的事做好。

但问题是，我以前从未做过铺路修桥之事。我四处溜达了好几个小时，煞费苦心地研究了一下地理位置，最后一无所获。这种事我根本毫无头绪，无从下手，想得天花乱坠也没有用，只好去找贝尔纳多商量。

“你得去问多明戈，”他建议说，“他什么都知道。”

于是，我们就一起去见多明戈了。

特雷韦莱斯河从遮天蔽日的巨岩下，咆哮着冲进了宽阔的山谷。它流经的第一座农场就是拉科尔梅纳农庄。多明戈一家从他曾祖父一代就开始住在这里了，但他们并不是拉科尔梅纳农庄的主人。安达卢西亚地区有很多这样的房屋和土地，这些物业的主人大都住在马德里或者巴塞罗那。他们之中，有的人甚至从未见过自己在安达卢西亚的田产物业。每年，多明戈的房东会收取多达1500比塞塔的租金——大约5英镑。其他费用则由佃户自己支付，包括维护修缮费4000比塞塔。

屋子就栖息在山谷尽头，山光水色，又租金低廉，多明戈一家的生活因此也过得其乐融融。他们养了成群的绵羊，几只肥猪，还有一头毛驴；他们的地里种着蔬菜，架子上搭着葡萄藤，还有各种各样的果树。除此之外，他们还拥有靠近河边的梯田，打理着满园的杏树和橄榄，而且每年都能采摘到最上乘的橘子和柠檬。这么多牲口和农作物，多明戈照料起来却像是一点儿也不费力。总能看见他骑着毛驴儿在山谷中溜达，时不时穿梭在灌木丛中；要么躺在果树下乘凉，看着羊儿吃草。每逢炎炎夏日里，他还会躺在溪流中，用绳子把脚系在树根上，一边让身子漂在冰凉的泉水中，一边打着盹儿，就像一条停泊在芦苇丛中的小船。

多明戈和父母一起生活。他父亲也叫多明戈，但山谷中人们都称他为多明戈老爹。他是个小个儿男人，因为常年在地里日晒雨淋，变得皮肤粗糙，但脸上总是绽放着温暖的笑容。

贝尔纳多把他介绍给我。我们先互相鞠躬，然后又握了握手。“很高兴认识你。”我说。

然后，我看到了伊克丝比拉，多明戈的母亲。她是个身材姣好的女人，五十多岁，风韵犹存，有一双动人的眼睛，眼里充满了欢乐，脸上的笑容更是让她美得淋漓尽致，就像千百年来被海浪冲刷的巨石。

多明戈本人正坐在地上，手里打磨着大电锯上的齿链。他微微一笑，冲我打个招呼。

我们在电缆卷筒周围的小凳子上坐下。电缆卷筒在这里无处不在，当桌子很好用。安达卢西亚的塞维利亚娜电力公司，在山谷中建有发电站和仓库，所以附近所有农场中都可以见到类似这样的废弃物。这些年来，佩德罗·罗梅罗所收集的这类藏品就十分可观，其中包括钢丝绳、钢桁支架、张力装置、陶瓷绝缘体、钢条以及电缆。“这类东西你总能用得着呐，但如果能拿的时候你不去拿，等想要用的时候就没了。”他解释说。

伊克丝比拉十分周到，她在卷筒上铺了个袋子，袋子上五颜六色，看起来很像是海边某家炼糖厂的包装。不一会儿，我们面前就摆上了酒、面包、橄榄和火腿。正在那时——虽然具体什么时间很难说清楚，因为似乎总是那样的时候——我们一坐下，苍蝇就围上来了。我相信每一处天堂都会有个小小的瑕疵，而在我的天堂里，是那些恼人的苍蝇。于是，我们就坐在一团嗡嗡的苍蝇里，谈起了河流、山谷，还有农场。

“那么说，你要来巴莱罗农庄生活了，是吗？”多明戈老爹问道。

“是的，我们打算冬天搬来。”

“巴莱罗是个不错的农场，”他若有所思，“阳光充足，空气清新，水源丰富……”

“他们都这么说。”

“可惜啊，农场建在了河的另一边。每逢暴雨季节，河水上涨，你就有可能出不来，一连数周只能待在农场里，甚至还会更久。曾经就有个女人死在了那边，死的时候，盲肠肿大，像是经历了巨大的痛苦。人们本来打算用骡子帮她渡河，但水势凶猛无比，把骡子都给冲走了。所以她死了，死得很恐怖。”

“是的，后来又出了拉斐拉的事情。”伊克丝比拉说道，“拉斐拉·法南德斯是聋子的女儿，出生在巴莱罗农场，很小就夭折了，因为那年河水涨了起来，冲走了河上的桥。所以，你得想点办法对付，在河那边生活没有一座桥实在是太危险了。”

远处，我们只看到一条浅浅的细流，水色浑黄，遇上河床上的大石头，水中就出现一两个小小的漩涡。

“今年夏天，天气干旱，”多明戈老爹继续说道，“这是旱灾啊。从三月份开始就没下过一滴雨了。如今下雨也没过去多了。以前即使在夏天也常常下雨，不过也造成了不少损失，一点好处都没有。我记得几年前有个夏天，忽然来了场倾盆大雨……那天本来晴空万里，河水细得成了一条线，就像现在这样，一眨眼工夫就变成了滔滔洪流，河里全是死猪、死羊、死骡子。高涨的河水竟然漫过了小镇下游的七孔石桥。真的，那样的日子，天知道雨会下成什么样儿。”

“既然雨已经下得少了，那桥还是不修算了，免得费事。”我满怀希望地建议。

“以后的事，谁又能说得准呢？说不定明天就会有场狂风暴雨。永远不要相信那条河。你应该建座桥，还要在后山上修条进出的路，以防河水把桥冲走了。”这是多明戈的建议。他刚刚放下手里的锯子，把凳子挪到了电缆卷筒旁边坐下。

“后山上？你的意思是说，修条路通到那座山上？”

“没有那么远。三到四个弯就能把你带到山顶的黄土路上。一台好挖掘机几天就能做完。”

“好吧，”我说道，“那我们得修条路，建座桥。但建桥会有不少开销而且有困难重重……”

“不，不，不，花不了几个钱，”他澄清道，“只要用几根桉树的树干搭一搭，水泥糊几下，再加上河里几块石头就好了。你别指望花多少钱在河里建个什么。不管你建个什么出来，肯定都会被冲走。”

“那好吧，就用一些桉树树干……”

“那实在简单得很。”多明戈说道，“现在正好8月下旬，适合砍些桉树。过了这个月就只能等到1月下旬了，因为任何其他时间去砍桉树，树干都会烂掉。河下游那片桉树林是胡安·萨尔克罗的，我把这事儿跟他说说，明天我们就去砍树。要想把桥修得好点儿，我们就得找五棵15米高的桉树。”

第二天一早，我来到那片树林，发现多明戈已经带着电锯，爬到了一棵三十多米高的桉树上。他既没戴手套，也没系绳子，就穿着他常穿的那双破运动鞋，腿上一条薄裤子，身上套着T恤衫。他正跨坐在树杈上，探出半个身子，一条腿钩着树枝。他手上那把巨大的电锯，转动着恐怖的利齿，没有被任何现代化的防护措施阻碍，正在疯狂啃咬一根粗壮的白杨树树干——那棵树挡住了施工现场。

多明戈真是本领非凡。不管多么不可思议的事，只要有他在，做起来就轻而易举。不一会儿，我俩（准确的说是他）就已经砍倒了五棵笔直的桉树，并刨去了树皮，削平了树干上疙疙瘩瘩的地方，然后找了些灌木枝盖住它们，以免太阳把它们都烤成了灰。我们把树干就放在了那儿，打算等到冬季再想办法把它们从树林里拖出来，运到我们决定建桥的地方。

对于多明戈的电锯，我没有丝毫的憧憬和兴趣，所以自觉拿起了小斧头，承担下刨木头、剥树皮的活儿。我们忙活了整个早上，直到多明戈喊停。“来吧，”他说，“让我们去院子里喝杯酒。这里已经太热了。”

于是，我们去了多明戈家的院子里。多明戈老爹正坐在离酒罐不远的一个箱子上，用细茎针草编着篮子。

“给我侄女儿做的。”他解释道，“她参加烹饪比赛得了奖，在格拉纳达开了家餐馆。她喜欢在餐馆里到处放上用这种细茎针草编的篮子，天知道为什么！她的餐馆就开在大学附近，听说客人都是些博士和教授。她说，把这些乡下人的东西放在餐馆里，会让客人们觉得很舒服，就像在家里一样。我的天，谁知道呢？”

那天中午，天气一如既往热得像要把人烤焦。但来到多明戈家的院儿里，我们可以坐在树荫下，吹到一丝丝凉风。远处的山谷中，热气蒸腾。我们可以看到佩德罗和那群动物们，他正从河边沿小路往回走，大概准备睡个午觉。西边的山坡那头，从橄榄林中传来犁车的琅琅声，紧跟着就是贝尔纳多对骡子的一阵咒骂。

“风景很美，不是吗？”伊克丝比拉说道，“虽然我们都穷得丁当响，日子过得劳累辛苦，但我就爱这景色。”她微笑着用一块抹布拍打着那团苍蝇。

“是的，很美。”我由衷赞同，“真不敢相信，我们就要到这儿来住了。”

“你有孩子吗？”她问。

“没有，但我们正考虑要一个。”

“还考虑什么呢。你们必须生一个，要不然，就两个人住在那儿实在太孤单了。山谷里应该有更多的孩子。我就想多要几个。我的外孙们都住在巴塞罗那，一年只能见到他们一次。而这一个，”她指了指多明戈，“似乎不打算结婚。你觉得有没有可能从‘那边’找个姑娘来跟多明戈结婚呢？”

“试试看吧。”我笑了起来。

之前许下的承诺，算是兑现了一部分。新桥终于动工了，虽然只是砍了几棵树。接下来就是铺路的事。我和多明戈开着车在阿尔普哈拉斯山区到处转悠，想找个会开挖掘机的人。

多明戈在车里一番分析让我茅塞顿开。他说，陷阱到处都是，稍有疏忽大意或是没摸清楚情况，就会栽到坑里。他说，那些挖掘机操作员，有的是骗子，有的不能胜任工作，有的太鲁莽，有的根本靠不住。当然，机器也千差万别。多明戈最讨厌的就是橡胶轮子的机器。

“我们一定不能要橡胶轮子的机器，不管最后什么情况。那东西太烂了。埃斯特万就有一台橡胶轮子的，他技术不错，但是个骗子，所以我们不去找他。”

“你不是说埃斯特万是你朋友吗？”

“不错，他是我朋友。”

“但你刚才又说他是个骗子。”

“骗子也需要朋友啊。无论如何，我还是挺喜欢他的，管他是不是骗子。不过他的机器太旧了，开起来特别吃力，这也是挑选机器的另外一个方面。反正你每小时要付的薪水都是一样，为什么要选一台旧机器呢？用旧了的挖土机效率更低，而且没有新机器那么能折腾。不过，话又得说回来，你也不能要一台全新的机器，因为操作员太爱惜了，怕刮掉了机器上的油漆，就不会卖力地干活儿了。”

情况的确复杂，听得我头晕脑涨。我们就这样在山里开车转悠，时快时慢，看到有挖掘机在作业的地方，都会停下来问问。我们约了十几个操作员在酒吧里一一面试。有时也会在午夜时分，不屈不挠地敲门，待他们睡眼惺忪地出现时，问长问短，查看设备，并和他们讨论大小手臂、削刃、铲斗、履带、轮子、铲子，以及抓斗等各种工具的用法。

折腾到最后，我们找到了佩佩·皮利利。那天忙活到很晚依然徒劳无功，凌晨的时候，我们把车开到了一个小酒馆外面。那地方在奥尔希瓦和兰哈龙镇之间，设施简陋得看不出来到底是个酒馆，还是路边一个水坑，但是旁边有个美丽的小教堂，地上点缀着野花。我们在酒馆旁停了车。

“佩佩·皮利利就在这里。他有台挖掘机。”多明戈对我说。

果然，佩佩正抱着他刚出生的宝宝在酒吧里坐着。他是个高个儿，一头浓密的金发，样子像只雄赳赳的麻雀。不过认识他的人，都对他印象深刻。

“没问题，我的朋友。包在我身上了，明天晚上我就去给你们铺路。”

我们举杯庆祝，喝完了杯子里的桑格利亚酒。这是一种混着红酒、柠檬水和白兰地的鸡尾酒，在阿尔普哈拉斯山区很少能喝到，所以更显得当时气氛特别。随后，我便和多明戈欢天喜地地回家了。路上，多明戈醉意渐消，开始无情揭露事实真相，佩佩那台 JCB 牌的挖掘机装的是橡胶轮子，而且设备崭新，上个礼拜刚从工厂收到的货。“不过没关系，”我们彼此安慰，“有时候你没办法跟别人斤斤计较。”

一周后，佩佩·皮利利带着他闪亮的新机器隆重登场了。对于一个像我这样刚刚开始评估设备性能的新手来说，这台机器看上去就像个挖掘能手，尽管机身完美光洁，没有一点儿刮痕，尽管轮子都是橡胶的。佩佩开着它水花四溅地过了河，还在岸边挖了两下，铺出一个斜坡，好让机器开上乱石嶙峋的河岸，然后又碾压了一簇灌木丛，清除了最后的障碍。终于，它来到了巴莱罗农场上，停在落日的余晖中，闪闪发光。

佩德罗带着他的山羊蹭了过来，在挖掘机旁仔仔细细打量了一番。“怎么样，佩德罗？”我问道，“这世界不但要把脏兮兮的手臂伸进巴莱罗农场了，还要在这些古老的梯田上造出一条路来。你不觉得有点儿难过吗？”

“怎么会呐！这是未来，兄弟。巴莱罗农场正需要这些。如果不是为了我的家人，我几年前就这么做了呐。不过，可惜了这台机器。”

“机器怎么了？”

“轮子是橡胶的。”

多明戈骑着毛驴穿过矮树丛过来监工。“佩佩，我们要从那边的河岸开始。你过去吧，挖得离杏树林近一点儿，尽量别把好地方给浪费了。”

佩佩把挖掘机开到河岸边多明戈指定的地方。我转身上坡，去屋里拿了几瓶啤酒。等我再次来到施工现场时，却被眼前景象吓了一跳：挖掘机一改之前的飒爽雄风，竟颓然翻倒在了河里。佩佩兄弟站在一旁使劲儿挠头，佩德罗在吃吃地偷笑，而多明戈正费劲儿地向佩佩解释本来应该怎么做，轻蔑的语气溢于言表。

“把挖掘机开起来，这次从堤岸最上面开始挖。”

“我的天，要怎么样才能把这玩意儿再开起来啊？”

佩佩原先的傲气多少被磨灭了一些，我甚至能看出来，他还惊魂未定地想着自己刚才是不是险些送命。

“当然是用挖掘机手臂啊。手臂的作用就在这里。”

“我不会，多明戈，不如你来试试吧。”

“我？我从没开过这玩意儿。”

多明戈说完，吃力地爬进了驾驶室，开起了引擎。他先在里面摇了摇操纵杆，按了几下按钮，摸索一下挖掘机的用法。这机器躺在地上，挣扎了几下，像只断了腿的蚂蚱。慢慢地，它用手臂撑在地上站了起来，左右晃荡了两下，然后铲斗猛然一抽搐，“哐”一声，挖掘机弹回了橡胶轮子上。

“好了，”多明戈从驾驶室里爬了出来，一脸兴奋，“机器完好无损，继续工作吧。”

佩佩重新开起了挖掘机，在河岸上方小心翼翼地开始进攻。我们几个坐在草地上，一边喝着啤酒一边看他工作。前面还得开凿一大片石坡才能到达山顶的土路。说真的，佩佩和那台橡胶轮子的挖掘机并不胜任这份工作。

第二天，我们又上路了。多明戈带我去找他认识的另一个操作员，住在托尔维斯孔小镇的安德烈亚斯。我们来到镇上，一路问到了他住的地方。他妻子告诉我们说，他去孔特拉维耶萨山开凿轨道了，那里距离小镇十公里。于是，我们开车继续搜寻，路过内华达山巨岩上攀爬的葡萄藤种植园，穿过大片的杏树林，在灰尘漫天的土路上来回开了差不多一个小时，终于，我们找到了他。

多明戈走过去跟他打了个招呼，然后他俩开始了长达半小时的神秘对话。我聚精会神地听了一会儿，什么也没听懂。然后这位操作员走上前来，跟我握了握手。

“这事儿让我来吧。”他笑着说道，“想看看我怎么工作的吗？”

“好的，来吧。”

话音刚落，他已经钻进了挖掘机。这台机器装的不再是橡胶轮子，更没有橡胶轮子上那种傻乎乎的除尘嘴，它装的是大小合适的履带轮。接下来，我们欣赏了一场技艺卓绝的表演。这台小巧的红色挖掘机，在几乎垂直的山坡上腾挪，跳跃，渐渐隐遁在漫天的灰尘里。有那么一瞬，我瞥见了驾驶室中的安德烈亚斯，他笑得阳光灿烂，手中灵巧地摆动着操纵杆，让挖掘机像跳华尔兹一般优雅地倒退，然后爬上一段陡得吓人的斜坡。半个小时后，这场惊人的华尔兹表演接近了尾声。我心满意足地聘用了安德烈亚斯来帮我铺路，明天他会跟着我和多明戈来看看地方。

新路预计在十一月竣工，佩德罗·罗梅罗受聘监督。他会每天检查工作时间，帮着解决大小问题，或者指导从何处开凿铺路。安德烈亚斯坚持要如此安排，以免发生任何纠纷。他说：“倒不是真的发生过什么纠纷，只是人与人之间的事情，总有些说不清楚。”

那年秋天，我们买了辆二手路虎，后面挂一截拖车，装上精挑细选的前半生遗留物，便轰隆隆往法国驶去。整整六天，我们一路往南，穿过了法国，来到西班牙。大家都在驾驶室里缩成一团，有我、安娜，还有博纳。车身沉重，路虎只能缓慢行驶，而前方长路漫漫，有翻不尽的山，转不完的弯，让我们多出来很多时间反思。我俩愁眉苦脸地看着挡风玻璃上被雨刷抹出来的扇形，彼此无语。

出发前，我们对家里人勾画出宏伟的蓝图："哦，我们买下了格拉纳达山里的一座农场。你知道这种地方，没有电，没有水，什么都没有。哦，是的，我们的确有点儿冒险，不是说走投无路了，只是我们喜欢这样罢了！"说起来感觉很骄傲。

但我们很快发现，现实并未因此而多出半分温情。我们抛弃了过去安稳舒适的生活，把自己毅然决然抛入了风霜雨雪之中。一路上与我们擦肩而过的人，肯定把我们当成了背井离乡的难民，但我们并不消沉低落，只是惊讶地发现事实被自己不幸言中了。这样惊讶久了，也就变得麻木起来。

脚下的路好像总也走不到尽头，长长的斜坡总是在延伸，爬得让人厌倦。山脉经历了干旱和霜冻的双重打击，已经失去了往日的颜色。我们爬上高原，寒风扬起了路边的尘土。到第五日傍晚，我们忽然发现已经在下山了，路边开始出现不同形状的岩石，石壁上覆盖着青苔。越是往下，世界变得越是不同。枯黄的杂草渐渐变成了深绿色的牧场，草丛间还点缀着秋天的花儿。阳光开始变得温暖，天空一片蔚蓝。我们脱下一层又一层的羊毛衫。远处小小的白色农舍，坐落在山谷背阴处，在鲜花的衬托下，显得格外亮丽。四周开始出现大片绿色的橄榄树。我们从代斯波那波洛斯自然保护区旁开过，进入了安达卢西亚地区。

在巴莱罗农场，修路的工人们已经在石榴树下的蓄水桶边清理出一块宽敞的空地。我们就在空地上歇了脚。博纳立刻从路虎车厢里跳了出来，开始巡视它的新领地。当然，那时候它并没有把这里当成自己的新领地，还以为在继续着无休无止的旅程，以为那里又是个夜间停靠点。在它眼里，那里看起来肯定是个非常奇怪的旅馆。

“好了，我们到了。这里就是我们的家园，是我们终老一生的地方。”我俩欢声笑语，手牵手走上山坡，在平台上坐了下来，双腿垂着晃啊晃。太阳渐渐落下了山头。

这时候，我俩都觉得应该泡杯茶喝。如果你是个英国人，或者是个中国人，在这样的时候，总会想起来要喝杯茶，哪怕你千里迢迢刚刚才搬进新家。于是，我俩东翻西找，看能不能凑到几样泡茶的用具。找来找去，没有任何能烧水泡茶的东西。但我说什么也不肯再下去河边，把拖车上的东西给卸下来，除非能先喝上一杯茶。

最后，我们找到了一个变了形的铝锅，就是那种用来煮手帕的锅，看上去像是被毛驴踩了一脚。我们用小树枝生了一堆火，从石榴树下滴水的软管中接了水，装在锅里，然后用一根生了锈的铁丝把锅悬挂在火堆上。锅里的水开始沸腾冒烟。真奇怪，冒出来的不是蒸气，只是烟。我们把锅从火堆上拿了下来，放进我们刚刚找到的一个茶包。然后在锅上盖了块大石头，让茶水酝酿。

“杯子，杯子，杯子……我们去哪儿找杯子呢？”这还用问，当然是空的吞拿鱼罐头盒儿，横七竖八的，到处都是。我拿了两个过来，在水桶中涮了涮。

“泡了有六分钟吗？”“有！”于是我们把锅里看着有些恶心的灰色液体倒进了吞拿鱼罐头盒儿里。

“呃，你没把杯子洗干净吧？”安娜责备了起来。

“我尽力了，凑合凑合就行了呗。”

鱼油渣正漂在茶水上。我们又坐回了平台上，长叹一声。眼前山川河流，一片美景；嘴里油腻腻的茶饮，难以下咽。

尽管如此，我们仍然敝帚自珍，把这次泡茶的用具珍藏了起来。后来每年的 11 月 26 日，我们都会把这套东西再拿出来，重新泡一次茶，看能不能超越第一次那种味道。那杯茶虽然难喝到刻骨铭心，却又令人无限怀念。

罗梅罗跟在后面，看我们从车上搬东西。

“这是做什么用的呐？你们要这些东西究竟干吗？”他抚摸着那些看上去神神秘秘的物件，在他的农舍中从来没见过这些东西。

“那是用来切鸡蛋的……这个是不锈钢水壶。那个？哦，茶壶套……让茶壶保温的……给羊羔用的橡皮圈、胡椒磨、食物料理机……那是打字机……”我越说越觉得有些心虚，因为他会认为这些都是华而不实的东西。和他简单朴素的生活相比，我们显得太穷奢极欲。

阿尔普哈拉斯山区没人这样过日子。这里的人都就地取材，至少用的都是些不用花钱的东西。给他一个碳酸饮料的塑胶瓶和一卷绳子，他就可以做出精致漂亮的物件，而且功能完备，夏天可以存放美酒或者用来盛水——只要是没煮开的液体，都能装。

如果给他一只旧轮胎，他会变出一双拖鞋，下地浇水的时候可以穿。如果是一小截骨头，就用来做门挡。而山坡上长的植物，几乎可以满足家里的一切需要。

“看在上帝的分儿上，告诉我那是什么。”

“在哪儿？”

“那儿呐！”

“床。”

“可那是木头做的。你不能用木头做的床呐！”

“为什么啊？”

“会长臭虫。木头会养出很多臭虫来。”

“这样啊！可你说的臭虫到底是什么虫呢？”

“就是臭虫呐，会在晚上叮咬你的臭虫。这儿臭虫已经够多了，你竟然还搬来一张木头床让它们越生越多！”

我知道，在佩德罗眼里，我们一无是处。可是，我们真的喜欢这张木床，所以还是把它留了下来。

“我要弄东西吃了，”佩德罗说，“你们也一起来吧。午餐我们吃炒土豆。”

安娜看了我一眼。

“他真的是一片好心，我们跟他一起吃吧。谢谢你佩德罗，我们十分钟后就过来。”

我在床腿上钉进去几颗大钉子，减少床的晃动。因为农舍坐落在坡地上，地板往下面羊圈的方向倾斜着，所以我又在床脚下垫了几本书和杂志，好让床保持水平。安娜擦掉了卧室里每个角落的灰尘，然后打开了窗子，让房间在夜晚保持空气流通，但也飘进来一些羊膻味儿。

佩德罗还在下面的屋子里炒土豆。等我们沿着小路走下去的时候，天色已暗，星光闪闪，夜空中还飘来一阵茉莉花香，跟着就闻到一股柴火的味道。做饭的屋子里挂着一只电灯泡，但佩德罗太俭省了，竟然没开。火苗在盛着土豆的黑锅底下乱窜，让周围有了些亮光。另外，佩德罗还很有技巧地改装了一个吞拿鱼罐头盒儿，盒子里飘着一层用过的油，还装了一点破布做灯芯。就这样，火光和油灯的亮光让整个房间不再黑暗。佩德罗蹲在火边，身上光影舞动。他正拿着最喜欢的那根棍子，在翻动锅里的混合物。

“克里斯，你铺上桌子吧，再给安娜倒些酒。”

我把电缆卷筒放好，给安娜倒上一些科斯塔酒。她拿着杯子，坐在临时桌子旁边，凝视着远处的河流。这种酒可能没她期望的那么好喝，毕竟安娜也是个美酒鉴赏家，她甚至用一种美味的品牌红酒来给她的狗取名字。她小啜了一口酒，但什么都没说。我本来以为她会在厨师身边转悠一下，聊聊食谱什么的，但是她一直安静地坐着，看上去似乎对罗梅罗不太认同，和我以前一样。

我们仨吃了第一顿饭，场面尴尬。我已经竭尽所能去调节气氛了，但彼此间沟壑太深。佩德罗脑子里都是奇思异想，因为安娜无论说什么，他都听不懂，尽管她的西班牙语和我说得一样流利。于是安娜索性放弃，什么都不说了。接着，这顿饭中，大家的交流就是彼此间尴尬地用咕哝声和叹息声对话，把长长的沉默当成了标点。

“他每天晚上都会给我们做那种吃的吗？”佩德罗一离开，安娜就小声对我嘀咕起来，“还有，你觉得他要待多久？本来他住着也没什么问题，但我会觉得有些不自在，难道你没有这种感觉吗？”

“嗯，他不在的话，的确会好一点儿，”我不得不承认，“但不能忘了，是我们让他被迫离开自己的家园，离开自己一直生活的地方……”

“不，我们没有。这地方是他自己卖给我们的，而且他已经有了一栋漂亮的房子，妻子和女儿都在家里等着他。”

“是的，我知道，但他热爱巴莱罗。他说这里是他的精神家园。”

我想到夏天曾对佩德罗提过要一起开垦农场的疯狂想法，还说过只要他愿意可以一直住在这儿。我考虑再三，觉得最好还是不要把这些告诉安娜。我不太知道房地产交易中有哪些约定俗成的规矩，只觉得往往都是买家占了大便宜，而卖家穷困潦倒，备受压迫，刚好佩德罗一家人把这类角色诠释得非常到位。

“好吧，不管他把这里当成了精神家园还是别的什么，我希望他别住得太久了。我们买下农场是一回事，顺带还买了个农民就完全是另外一回事了。”

我听了不由暗自脸红。安娜虽然舌尖嘴利，却往往能说得一针见血。

“不会，不会。别担心，他很快就要走的。而且，不管怎么说，这也是个契机吧。让我们可以一边在农场上生活，一边学到一些有用的知识和技巧。多亏这位尊贵的……呃，尊贵的……”

“农民？”

“安娜，你知道我不喜欢这么说。换个说法也能说得好。”

“好吧，尊贵的什么呢？”

“尊贵的……那个什么的儿子，不不，尊贵的土壤大师。”

“哦真可笑！他就是个农民，克里斯。那样说有什么错？”

“好吧，尊贵的……农民。”我把这个词从牙缝里挤了出来，“但是，就像我刚才说的那样，并不是每个人都和我们一样幸运，能够迅速融入当地文化中。而我们之所以能够这样，正是因为和我们住在一起的，就是当地的……当地的……”

“农民。”

“是的，当地人。”

这番窃窃私语发生在漆黑的夜色中，就在石榴树下脏兮兮的油桶边。那时，我们正在用桶里的水刷牙。谈到最后，我俩商定把洗碗的事留到明天破晓，接着就一起回到了温暖的床上。罗梅罗睡在隔壁房里，但那间房只有个门框，而没有门。轻风徐徐，夜色迤逦，天空清澈如水。我们和以往一样把窗子打开，尽管窗外不时传来一些嘈杂的声音，我俩还是安然入眠了，睡得又沉又香。

我从来不是早起的动物。对我来说，有张温暖舒适的大床，身边再躺着一位令人愉悦的伴侣，这种感觉比迎接新的一天要好多了。当然，到西班牙生活的第一天，我依然旧习不改。窝在温暖的床上，心里乐不可支，却又无端生出些烦恼，不知道这么重要的第一天，到底该怎么过。人们一般都怎么度过新生活的第一天呢？只要一个不小心，就会把好端端的一天给毁了。可是不管怎么样，眼下还是先在床上窝一下再说吧。

忽然想到要为身旁熟睡的妻子冲杯咖啡，我条件反射般从床上一跃而起。起身后才又忆起，昨晚和妻子共用的那个“水杯”……呃，还是算了吧，过会儿我们再一起吃早餐好了，就这么定了。

远处，一轮朝日徐徐升起，阳光透过纠结的蔓藤射了过来，朝霞染红了路边的天竺葵和玫瑰，路上到处都是牛粪。旁边的几间马厩里传来动物们哼哼唧唧的声音。我觉得应该到处去转转，便慢慢走下坡，来到油桶边，用水拍了拍脸。往回走的时候，碰上佩德罗正小步往下挪动，样子就像个软体动物，因为他头上正高高地顶着一团被子，被角还在灰尘里拖来拖去。

“你不是要搬走吧？”我感到有些愕然。

“不走呐。但是我发现，你俩昨晚睡觉时把窗子打开了，碰上夜风吹进屋子里的话，你俩就会一命呜呼。”

“兄弟，这不可能。”我安慰他道，“我们从小到大一直都开着卧室窗子睡觉，而且我们以前住的地方，冷得你无法想象，但我们现在不是活得好好的吗？”

“在你们那儿，或许可以，但在这里，夜风绝对会让人送命呐。我有个舅舅，有次去看望别人，晚上就住在一个房间里，房里的窗户关得不是很严实。本来没多大的事——提醒你一下，就窗框上有条小缝呐。不知怎的，第二天早上他醒来就病得厉害，到黄昏的时候就死了，现在已经进了天堂。”

然后，他抬头望天。每次说到上帝啊、天堂什么的，他都会这么做。

“哎呀，佩德罗，那肯定不是窗户缝的事。我们整晚让窗子开着，结果不也没事——我想应该都没事吧，不过，我还是先去看看安娜再说。”

“你们侥幸逃过了一劫呐。不过，我要搬到别的屋子里去了。再那样过一个晚上，我可能就不会这么幸运了。我得好好照顾自己呐。虽然我已经老了，身体也变差了，但我还不想就这样上天堂。”

我坐在床上，看安娜有没有染上夜风带来的病症。她似乎一切正常。

“我的茶呢？”

“你真的想要杯早茶吗？”

她仔细权衡了一下：“不想，一点也不想。”

“我估计佩德罗正在做炒土豆呢，要是你觉得难吃，可以用科斯塔酒送下去。”

“吃土豆，我宁愿死。”

“你基本上也九死一生了，我也一样。用佩德罗的话说，我们刚刚在鬼门关走过一遭。他告诉我这里的夜风有致命的效果。

你绝对不该开着窗子睡觉。”

“那个男人说话比一车母鸡还要聒噪。真的，我从没听过这么荒谬的事情。”

我从安娜的话里听到备受折磨的痛苦。

“当然，当然，但谁知道呢。”

安娜从床上起身，博纳从窝里飞奔了出去。我们仨都来到了屋外，看见晨光正追逐着对面山坡上的阴影嬉戏。下面的屋子里飘来一阵香味，里面有土豆、洋葱和大蒜。那股大蒜味，让人不觉想起佩德罗的生猛食物。

大脑里有了想法。新生活的第一天，我们应该一起去屋子后面爬山，巡视我们的新领地。

“我不明白，不就是看看下面的农场吗，为什么我们要爬得那么高？”安娜说道。

“唔，这是一种本能，叫冲动。只要是人，一看见山峰就会想爬上去。登高望远，有益健康啊。要是没有了这样的冲动，还怎么能叫人类呢……对吧？”

“你说的那种本能，在我身上完全缺乏。”

“你不想知道山那边是什么样子吗？”

“假如我的好奇心真有那么强烈，我倒觉得不如开车在附近随便转转。那些该看到的我们总会看到。”

贝尔纳多曾经也饶有兴趣地跟我提起这件事。过去，不管是山丘还是土堆，只要他看见了，就会想一鼓作气地爬上去。但后来，山里的生活改变了一切，他现在就连踩小土丘的兴趣都没有。在这片土地上住了十五年，他甚至没有去看过什么地方最高，只觉得能在山脚下舒舒服服地过日子就足够了。

可我心中依然憧憬无限，终于还是找了个借口，哄着安娜和我一起爬山了。我对她说，这种山地探险，会让我们的爱犬得到充分的身体锻炼。

博纳欢快地跑进了灌木丛，我俩跟在后面，慢慢朝山顶上一座水泥碉堡爬去。五十年前，那座碉堡管辖着一条空中索道，山谷里的矿石就是经由这条索道，从远在东部十公里外的魔法矿洞，运送到西南边三十公里处的莫特里尔口岸。

爬到山顶，美景映入眼帘。安娜看起来非常开心。脚下的河流相隔千丈，已听不到一点儿咆哮，空气中只弥漫着祥和与宁静，间或听见杜杜比亚鸟婉转动听的鸣叫，还有微风在金雀花丛中叹息。我们走出迷迭香灌木丛，博纳身上，还有我们的裤腿上都染上了一阵馨香，香味里混着薰衣草和几种百里香的味道，再微微沾上一点儿芸香味，愈发醉人了。

山下，卡迪亚尔河正静静流淌，她清澈的河水与特雷韦莱斯河浑浊的激流交汇在一起，顺着乱石嶙峋的河道奔腾翻涌，穿过格拉纳迪诺农场前面的山谷口，一路远去。巴莱罗农场就位于两河交汇处那片三角洲的最东边。我们坐在山丘上，俯瞰农场的边缘地带，南边地形陡峭，紧邻河边，而北边地势平缓，一片开阔。

回到农场上，还有大半个早上的时光。我跃过河，跳上拖车，从车厢里又搬出一堆看起来和这里格格不入的世俗之物。这次附近的邻居们都围了过来。每出现一件新东西，人群里都发出一阵窃窃私语，让我倍觉尴尬。

“那一定是他们的杀猪台。”

“不是吧！他们在英国真的会用那种东西吗？”

其实，那是我们的餐桌，一件精致的木制品，当初特地从古董店里淘来送给安娜做生日礼物的。接下来，电动羊毛修剪机出现了。但有趣的是，没人敢大着胆子猜一猜这东西是什么，于是周围一片困惑的宁静。

一车小家当引来人群中阵阵热潮，我感到有点窘迫，于是把车开过了河，又跑到佩德罗的眼皮底下卸货。他再次毫不留情地指责了我们带来的每件东西。谢天谢地，我们把那套陶瓷摆设扔了，当时车太重走不动。于是安娜把一套蟾蜍和青蛙藏品，埋在了英格兰路边的某个地方。

忙了一早上，我终于把车上的东西都搬了下来，摆进了屋里。安娜里里外外清扫了一通，又在果酱瓶中装上了几只鲜花，终于让这地方有点家的感觉了。我哐啷哐啷搬上来最后一堆东西，看见她和佩德罗正坐着吃午餐。

"我和佩德罗草拟了一张清单，都是一些生活必需事项。"安娜对我说。

"最主要的，是自来水。"佩德罗插了一句，"像你们这样体面的文明人，不能没有自来水用呐。"

我愣在那里，无言以对，心下觉得奇怪，他何时变成了一个现代生活的支持者？但安娜又问了起来："你们这儿以前肯定也有自来水吧？"她看着佩德罗，"浴室屋顶上那个油桶是怎么回事呢？"

"是啊，我们过去都用小桶提水，把那个油桶装满。那时候，我们用的水源到不了那么高呐。你们要做的，就是买些软管来，拉到山那边的峡谷里，那里有水源。多年来，我一直想那么做。但是你知道，我的家人，她们根本不听，一分钱也不给我呐。"

"可那根水管得翻山越岭啊，也太远了吧！"我表示反对，"而且，我们也无权使用那里的水源。"

"上帝啊，那有什么关系！"佩德罗对我嘲笑，"那是无主水源，任何人都可以用呐。你们随便用好了。至于距离上嘛，还好，不到一公里，而且高度可以保证你们浴室里有足够的水压。那里的水味道甘甜，你们可以直接喝呐。想想吧，不但有很多水用，而且还可以在家里喝上山泉水。你们会把这里变成天堂。但首先要做的，就是买个新油桶放在屋顶上。然后，安娜还要买个新炉子——她可不能像我那样生火做饭。另外，你还得买个冰箱，把啤酒冷藏起来。”

“他说的没错，那些差不多都是当务之急。”安娜咧嘴一笑。

“自来水、炉子、冰箱，再买点吃的放冰箱里，然后万事俱备。好吧，等吃了饭，我们一起去镇上。”

于是，我们去镇上买油桶和炉子。冰箱的事，我不太有热情。因为这里十一月底天气寒冷，我也从来就不喜欢喝冰冻啤酒。其实炉子我也不想买。我宁愿蹲在阴暗的角落里，生起一堆柴火做饭，享受那种浪漫感觉。但是安娜坚定不移，所以我们就买了个煤气炉。当然，镇上没有油桶卖，我们不得不买了最大的塑料桶。另外，还买了一卷软管，几根香肠，外加几瓶酒。后面这些吃的，遭到了佩德罗的强烈指责。

“你们干吗花那么多钱买吃的回来打击我呐？”回去的路上，佩德罗一脸难过的表情，“农场上都是好吃的，快要爆满了呐。我们屋里还有很多酒，刺槐树旁边的灌木丛下种了成排的土豆。

还有整袋的洋葱，成堆的大蒜，地里的辣椒、西红柿和茄子马上就可以摘了，还有橄榄、橘子、火腿……唉，天哪，你不就吃到了吗？炒土豆……当然，要是买一听吞拿鱼或者沙丁鱼，配着炒土豆吃也不坏。你知道，吃得要有新意。但你们买的全都是不必要的食物，这种习惯让我很受伤呐。”

佩德罗一再强调，要给屋里通上自来水。他觉得就算为这事儿花点精力和金钱也都值得。虽然这不像他一贯的作风，但也不无道理，安娜更是深信不疑。于是第二天，我便开始装东西了。我把大桶扛到农舍上面一处山坳里，将软管塞进我在桶底敲出来的一个类似圆形的洞中，然后把管子铺到山下，用铁丝和一小段橡皮管子，把它固定在浴室顶部伸出来的一小截铜管上，然后用绳子、破布和塑料袋把桶底的洞塞紧。

接着，我们搜集了屋里所有的提桶水盆，开车下山，来到河边，把容器都盛满，再沿着颠簸的河道慢慢开回来。上山路上，经过高低不平的台阶时，车身抖了一下，容器里的水便洒出去一半。我们小心翼翼开了 20 分钟才来到大桶旁，车里的水只剩下 50 升。在一个能装 500 升水的大桶里，这点儿液体晃都晃不起来，但至少可以试一试我们的管道能不能畅通。我跑下山，冲进浴室，喊安娜一起来看。水龙头打开了……什么都没有，连水泡都冒不出一个。

“真让人费解。多简单的事，应该没问题啊。一定有什么地方我没考虑到。”

“土蜂！”佩德罗出现在浴室门外，“水管里可能都是土蜂，它们在里面做了窝呐。”

西班牙的土蜂个头巨大，身上蓝黑相间，淡蓝色的翅膀尤为单薄，看上去飞得很吃力。至于这些土蜂会不会蜇人，大家都众说纷纭。有人印象中，它们确实能叮得很凶猛，但我从来没遇上过，所以始终对此抱有怀疑。在这里，只要有洞的地方，就有土蜂的巢穴，大多是在中空的树干里，但也有些在管道和软管中，一般都是被长期闲置的管道。我拔了软管，用一截铁丝捅到铜管里，发现里面堵满了土蜂尸体，还有蜂巢。

我把铜管疏通，重新接上软管，又转回浴室，心里惴惴不安，因为疏通管道时，我发现土蜂旁边一滴水都没有。水龙头又打开了，再次沉寂到让人无地自容。事实证明，我对管道工作一无所知。可是那些“约翰逊牌”连接头、上水箱，以及背压阀什么的，我并不是一窍不通。至少，我从物理课上学到过最基础的常识：水往下流。但规矩到这似乎不起作用了。我绝望地看着佩德罗，他正靠在门柱上，手里拿着小刀剔牙。

“水管里有空气呐。”

“当然了，水管里有空气，但我要怎么做呢？”

“去吸水龙头呐。”

“我怎么能去吸水龙头？我可不想把头伸进脏兮兮的水槽里！”

“那就把花洒拆下来，去吸花洒后面那根水管。”

于是，我把花洒拆了，对着水管用力吸，直到面红耳赤。忽然，水管里冒出一阵呼噜呼噜的声音，然后有空气哧哧地跑了出来，接着便流下来一丝浑浊的细流。

“有动静了！”我大喊起来。可话音刚落，水就断流了。又一阵空气呼哧呼哧地跑了出来，水管像蛇一样扭了扭，咳嗽了几声，接着，一股清澈的水流从花洒水管中喷了出来。

欢呼雀跃！巴莱罗的屋子里终于有自来水了！

“可那不是真的自来水。”安娜很清醒，“如果你总要开车去河边提水的话，那就不是自来水。”

“瞧，你拧开龙头，水就从里面出来了。在我的字典里，那就是自来水。”

无论如何，我看得出来安娜心情愉快。

“未来就在眼前，”佩德罗煞有介事地说，“我们得庆祝一下。不过，还是先吃点东西、喝点酒吧。”

“等等，我要在水槽里用自来水洗洗手。”

我欢快地把水龙头拧开，在清澈亮丽的水流下，翻来覆去搓洗自己的双手。我以前从未觉得，这样简单的一件事，会让人感到如此愉悦。我走出昏暗的浴室，来到炫目的阳光下。走去吃饭的路上，我欣赏着巴莱罗农场的美景。这里有喷涌的泉水，这里有汩汩的小河；这里的水槽上装着银色的水龙头，里面流出甘甜的自来水，还有便捷舒适的坐浴器。

不过，安娜的那番话，也让我心里隐约有些担心。她说得没错，如果你必须开车去河边提水的话，那就真的不能说是自来水。看来，还得去找找佩德罗所说的那个“无主水源”。我决定先去找多明戈商量一下。

多明戈一如既往对我热情相助。他不但知道最佳取水地点，而且做起事来总能事半功倍。不出几日，我们便建起了一个混凝土水箱，里面装着山那边的泉水。我们在格拉纳达市买了根聚乙烯水管，从水箱中把水引出来，经过一片黑莓灌木丛和竹林，一路往下，跨过河流，爬上山坡，来到我们屋子里。然后，我们用一块石头，还有一小段绳子，把水管接到了塑料水箱上。

第二天，水箱就绪，准备装水。我花了几个小时，手忙脚乱地弄出了水管中的空气和土蜂，让水流从龙头里源源不断喷了出来。虽然还不太稳定，但是，从那一刻起，我们便告别了石榴树下的油桶，告别了油桶中嘀嘀嗒嗒的脏水，噩梦从此人间蒸发。

过了不久，我们开始有更大胆的想法——让浴室里有热水。

之前，我们一直要翻过小山，去贝尔纳多家洗热水澡。“随时欢迎你们过来洗澡！”他慷慨相助，“不过要注意哦，浴室里挂了一只死羊。别把肥皂泡弄到羊身上就好了。”

他们家花洒水管上真的挂了一只羊，四肢摊开，剥了皮，挖了内脏。花洒是他惟一可以确保没有苍蝇的地方，所以就把羊挂在了那儿，一直要挂到准备下锅为止。因此，洗澡的时候，你会看见那只羊就在你面前晃啊晃，时不时碰你一下，尤其在你最不想被碰到的时候。我们很循规蹈矩，贝尔纳多也十分好心，但这只羊让我们迫不及待地想早点装上自己的热水器。解决方法很简单，我们去奥尔希瓦镇买了一个。

现在，我们有了自来水，有了热水器，有了煤气炉，还有了一条路。什么也阻挡不了我们前行的脚步了。我们很快又变成了奴隶，在这个原始落后的地方，再次臣服于我们当初逃离的那一切。

我和安娜常常在农场上游荡。我们一边吃着橘子，一边讨论梯田和野地要怎样规划，哪些地方做些变动，哪些地方维持原样，哪里要种些什么，哪里要挖掉什么。很快，我们之间出现了分歧迹象，类似于游牧民族与农耕民族之间出现了冲突。安娜期望看到的，是地里有成排的蔬菜和水果，纵横交错的田埂井然有序，野外长满了鲜花，绿草茵茵的水渠堤坝上盛开着水仙花和仙客来。而我魂牵梦萦的只是一大群绵羊，呼啦啦穿过我俩的美丽田园；我就是那个牧羊人，大步流星地跟在羊群身后，周围尘土飞扬。我和多明戈说起了养羊的事，他听完若有所思。

然而，现在还是冬天，农场上的活儿不多。我们百无聊赖，每天就跟在佩德罗身边，看他例行公事地照管着农场，不过也就是喂喂猪，再带着牛羊到河边遛一遛之类的事。但是他不管做什么，都带着自高自大的能干劲儿，让我无处插手，有口难言。我喜欢佩德罗，喜欢听他讲那些稀奇古怪的故事、匪夷所思的笑话，还有关于农场的知识。但久而久之，我开始接受了安娜的看法，觉得让我们自己来照管农场该有多好啊。

就安娜而言，她又多了个习惯，就是无论何时何地，只要看到佩德罗靠近，她便会着了魔一样忙碌起来，消失不见。这本来可以解释为她是个很矜持的人，却似乎对多明戈一家人是个例外。和他们在一起，她变得开朗殷勤，要么陪着伊克丝比拉走到小溪边提水，要么兴致勃勃地听多明戈老爹讲怎么打理花园。就算对着闷葫芦的多明戈，她也能找到共同话题，让他忘了自己的腼腆，谈笑风生地和她说起植物、动物，还有山里的事儿。

佩德罗注意到了这个差别，即便如此，也无助于缓解我们三人之间的气氛。而晚餐的时候，氛围尤其紧张，倒不是有什么口头冲突，而是大家看起来都彬彬有礼，互相传递着科斯塔酒，在橄榄油炒土豆面前，推让对方先吃第一口，但就是无法打破恼人的沉默，我绞尽脑汁也无济于事。好在我们的宠物狗博纳表现不错，把桌上的残羹冷炙扔给它吃，成了我们惟一的乐趣。

佩德罗只吃炒土豆，别的菜式一概拒绝，也不理会我们对其他食物的渴望。于是，我们终于找到了借口和他分开用餐。屋里有了两个阵营。佩德罗每天在他的火堆上做炒土豆，而我们在新买的煤气炉上烹制城市风格的菜肴。进餐结束前，我仍然会走下去和他一起喝两杯科斯塔酒，但盛夏时节我俩一起在农场上度过的那种轻松愉快的日子，早已经灰飞烟灭。我俩一起讨论农场的时候，佩德罗总是忽然离开，迈着笨重的步伐走到储藏室。他现在就睡在那间房里，躺在一堆火腿、香肠和干辣椒中间。

他一直努力避免提到任何关于离开的话题，不过隔三差五会拖出一些七零八碎的东西，装进我们车里，等我们去镇上的时候捎带给玛丽亚。那些东西里面，有奇怪的木制品、生锈的弯柱子、打了结的线团；还有数不清的手工艺品，都是用细茎针草、绳子、袋子、皮革和线做的。就这样，我们每去镇上一次，佩德罗就消失了一点儿。

一天，佩德罗在马背两侧的挂篮里堆上鲜花和盆栽。他喜欢用欢快的天竺葵、多刺的仙人掌还有茎叶肥厚的植物打扮这里，让它们从锈了的油漆罐、油桶以及煤渣砖块中抽芽。等到可怜的马儿快要被压垮的时候，他抱起了心爱的赤陶仙人掌花盆，笨重的身子用力一跃，跨上了马背，然后用小棍儿啪啪在瘦骨嶙峋的马腹抽了两下，晃晃悠悠地下山，往小镇方向去了。

我们大概一周没见过佩德罗了。日子一天天过去，我开始意识到之前面对他有多么惶恐。自从到这儿以来，我们头一回真正觉得农场是自己的，这让我俩都有些飘飘然了。

安娜带头行动起来，她打算种一些蔬菜。我们从水箱拉了根软管到下面的梯田里，决定在那儿开垦出一小块自己的农田。佩德罗开垦的地方看起来很奇怪，从我找到的那些地方来看，他把不同的蔬菜分散在不同的地块上种植，所以农场里东西南北，到处都有菜田。他经营了巴莱罗农场多年，早已经摸清楚哪里适合种什么蔬菜。所以，卡迪亚尔河边的一小块梯田里就种上了洋葱；而辣椒，不管是辣的、不辣的、灯笼状的，还是皮糙肉厚的，都种在河上游的三角形菜地里；土豆种在下面靠近另一条河流的地方；而大蒜占据了瀑布池塘边田园般的农地。

所以，这里成了伊甸园一般的地方。当你在果树间漫游时，一不留神就会在及膝深的草丛和花丛中踩到个土豆，要么就是茄子。那些茄子都长在杏树边一个阳光灿烂的地方。农田分散的坏处，是没办法以分工协作的方式种植蔬菜，而且让野外觅食的动物们远离你的庄稼，会是一场旷日持久的战争。佩德罗权衡轻重之后，还是推行了伊甸园方案，但我们打算把东西都聚拢在一起，看看会怎么样。

地里土壤干燥，石头很多，得用鹤嘴锄使劲儿锄地才行。这是个重体力活儿，但我怀着排山倒海的热情，攻克了重重困难，一点点把这块坚硬凌乱的土地，变成了肥沃松软的耕地，然后我们在地里撒上了豆子。第一次依照自己的计划开垦农场，我们由衷地感到心满意足。

我长嘘一声，直起腰来，伸展后背，冷不防遇上了佩德罗的惊诧眼神。他站在高处的田埂上，张大了嘴巴。安娜正跪在我身旁，低着头做事。

“天哪！你们不能在那里种蔬菜。”

“为什么不能？”

“土壤不好——地里都是黏土。日照也不够，瞧，阳光都被橘子树和橄榄树挡住了。”

“哦，可是已经下午 5 点半了……”

“那么你在种什么呐？”

“豆角。”

“什么豆角？”

“宽豆角。”

“宽豆角在这里种不好呐。”

“我的老天，这又是为什么？”

“季节不对。”

安娜置若罔闻，又种下一粒宽豆角种子。

“还有这里呐，你们不能把田垄堆成这样。来，我教你怎么做。”于是，他走了下来，挥起鹤嘴锄，重重锄了下去，手里每锄一下，口中便念念有词，不一会儿，就魔术般地堆起来一条田垄。

“你俩必须在这个礼拜内把辣椒种到地里。”说完，他转身上农舍里去了。

在阿尔普哈拉斯山区，农村里所有的活儿都得在指定的日子里做，只是偶尔会因为月相变化或者星期五的到来，做些调整。所以，每年的头一件事就是种大蒜，因为这是 1 月 1 日的活儿。接着，1 月 24 日或者 25 日，大家都必须修剪藤蔓。不过，若是你住的地方没有藤蔓，那就另当别论了。日历上的圣徒纪念日和这里的许多农业活动息息相关，就像那些日子也和各种气象以及宇宙变化息息相关一样。例如，“圣约翰日”那天，弗雷杰奈特村里到处肆虐的马蝇，就会忽然之间集体消失。

这套体系完美得无懈可击。把某个圣徒纪念日记住，对人们来说要容易很多，因为从一出生起，大家耳边就不断听到圣徒的名字，其意义已不仅仅是个日期了。对不识字的农夫们来说，这意味着存入大脑的信息大为减少。有了圣人们的帮助，对什么时间该干什么活儿，他们全都了然于胸。

我偶尔会错过一些日子，原因各有不同，比如安排不当啦，健忘懒散啦等等之类。去年我就把修剪蔓藤的活儿推迟到了 1 月 29 日，心里还在开心好歹没错过太久。这时，村里的何塞菲娜刚好路过。她停住脚步，吹毛求疵地看了我一分钟。

“你该在 25 号修剪蔓藤。”

“我知道，晚了 4 天而已。还不算太糟吧？”

“但我们总是在 25 号修剪蔓藤，风雨无阻。所以人不会生病，也不会有害虫。”

“你的意思是说，不用喷洒农药吗？”

“你疯了吗？除虫剂和杀菌剂都会让植物蔫掉。”

由此，日子的重要性，可见一斑。

一天早上，佩德罗在农舍、马厩和储藏室之间忙忙碌碌，这些地方让巴莱罗乱得像个马蜂窝。忙活了很久之后，他忽然出现在院子里，那时候，我们正在吃早餐，碗里装着佩德罗最不喜欢的东西——牛奶泡麦片。他正准备离开，忽然走上前来，有些不好意思地低着头，伸手递给我们几样木制品，看上去像是用小斧子劈出来的，形状粗糙，底部有 V 形切口。

“送给你们的，就当是告别礼物吧。”

“啊，你太客气了，佩德罗……这些都是什么呢？”

“没什么，就是些喀玛拉小工具。我自己做的呐。”

“怎么用啊？”

“拴猪的。”

“啊——谢谢你。”

“还有这件呐，”他嘟嘟哝哝道，“是给你的。我用塑料袋包住了，干净一点。”

我小心翼翼接过了他递来的礼物，明摆着是块砖头。“这又是什么？”我改变了声调，以期维持现场的庄严和肃穆。

“一块砖头，”他说道，似乎刚刚给我的，是一把打开女人房门的钥匙，“你可以放在窗台上，防止窗子被风刮得砰砰乱响。”

“实在太感谢了，佩德罗，谢谢你的礼物。我会想你的，尤其一看到这些……呃……喀麦……”

“喀玛拉小工具。”说完，他转身走了。

“等等，佩德罗，”我大感意外，刚刚还在想着要怎样跟他告别，他却已经背对着我了，“你不能这样就走了！”

佩德罗停下脚步，若有所思地看着我。安娜也是。我一不小心脚下趔趄：“随时欢迎你来巴莱罗啊，你一定要把这里当成自己的家，常回来看看。”

佩德罗含糊了几句。

“巴莱罗农庄没有你就再也不同了。不是吗，安娜？”

“的确不同。”她的回答模棱两可。

“到我该走的时候了呐！”他声音低沉，“你们要像我这样的老头子在农场上有什么用呢?！我只会妨碍你们的新生活。”

他又牵起了马。我送他下坡，绞尽脑汁地想说些什么，让他能感到些温暖。

“我要上马了，帮我牵住缰绳呐。”他递了过来。

“你一定会再来看我们吧?”我问道。

“也许会，也许不会。改天我让佩佩上来把猪带走，要记得每天给猪喂一桶无花果呐。还有，别忘了喂水。”说完，他便下了山。我好像听到他最后还说了句“愿上帝与你同在”，但我并不确定。

就这样，佩德罗往河边走去，高大的身躯，在马背上摇晃，渐行渐远。我愣在那儿，想到他就这么唐突地走了，没有临别忠告，没有热情邀约，甚至没有对我挥挥手，一时间有些回不过神儿来。我心里的一大篇告别感言，竟然无处可诉。

安娜拍拍我的肩，打断了我的遐想。“到他该走的时候了，”她轻声说道，“这比等到我们开口让他走要好得多。”

“我知道，安娜，但我从来没想到他会这样离开。”我对她说，“就好像我们已经成了陌生人。”

“他的自尊心受到了伤害，仅此而已。你总不能期望佩德罗风度翩翩地把农场交给你吧？不过，他至少尽力了。”

安娜觉得他的行为可以理解，而我仍然困惑不已，这让我心里更加不安了。

“下次去奥尔希瓦镇，我要给他带一大壶好喝的科斯塔酒，他会喜欢的。”我心里拿定了主意，这才开心了起来。我把新锄头扛到肩上，去外面清理灌木丛了。佩德罗曾经说我那把鹤嘴锄没用，因为锄嘴的形状错了。类似的话，他对我买的每样东西都说过。

结果，我从未给佩德罗捎去那壶上好的科斯塔酒，也没有去镇上看过他。他离开山谷后没几天，我就听到了很多关于他的事，当初对我俩友谊的种种幻想也随之破灭。第一个摧毁我幻想的人是佩佩。他开了台拖拉机来把猪拖走。我帮他把猪赶到车上后，请他进屋一起喝杯酒，迫不及待想问问他佩德罗在新家安顿得怎么样了。

“嘿，我比你更了解罗梅罗。”他说道，“我得说，你在那个男人身上已经浪费了太多时间。一直以来，他只是在利用你。我常听到他在镇上大肆吹牛。”

我忍不住追问细节。

“唉，他一直说自己让那个愚蠢的外国人从他手里讨吃的，而连月来他在农场上想拿什么就可以拿什么。因为你为人软弱，根本阻止不了他。”我吃惊地看着佩佩。他滔滔不绝，但接下来的话大部分都说到了啤酒杯里，“他还说了关于安娜的事——太疯狂了。在他看来，安娜对他很迷恋，而你为此醋意大发……不，他真这么说了。”看我呛了一口酒，他立刻补了一句。“当然，没人相信他的话，若换了是我，我肯定不会让他在农场上待着。这对安娜不公平。你应该告诉他立刻远离巴莱罗。”

温情脉脉的假象终于被撕破，我渐渐清醒过来，知道佩佩的话是对的。佩德罗已经放手把农场给了我们，所以他可以用最轻蔑的态度来对待我们。这事我知道得一清二楚，因为已经有很多人对我说过同样的话了。但奇怪的是，以前我并没觉得如此残酷，如此受打击。

佩佩关切地看着我。“问问多明戈吧，”他催促道，“他也会这么对你说。”无须去问。这次我学会了像安娜一样看待佩德罗，她所有的怀疑都得到了证实。“别担心，佩佩，”我低声说道，“我以前都听到过。你不是第一个来提醒我注意佩德罗的人。”

真的，除了安娜以外，还有伊萨贝尔、多明戈、恩卡纳、乔治娜——几乎我认识的每个人，都提到过这件事，说我太信任罗梅罗了，或者说我太放纵他了。只不过，他们都没列举出这些细节来证实自己的话。不管你多么讨厌隔壁的邻居，都很少会去背后说坏话。然而，一旦他搬走了，附近的知情人没了芥蒂，就可以畅所欲言。我倾听着一个又一个伤心故事，开始意识到自己对罗梅罗的认知和别人有多么不同。

安娜是惟一同情我的人。“克里斯，你使他在你面前展现了最好的一面。”她说道，“看起来，他真的很喜欢给你造成好印象，而且还做得那么好。难怪你信了。”

“但是安娜，我对人怎么就那么看不明白呢？”我哀怨地说。

“因为你并不在意能不能认清一个人。”她想了一会儿回答，“这是你的优点，不过，也是你的缺点。”

安慰不大。

几头猪跟着佩德罗去了镇上不久，多明戈就第一次造访了我们家。我们一直以为，他从来不曾踏入我们家的门槛，是因为过于腼腆，或者出于某种令人费解的社交礼仪。我们从来没有想到，原因在于多明戈一家都在回避佩德罗。直到佩德罗离开了，他们才放纵了自己的好奇心，过来看看我们这里变成了什么样儿。

我骄傲地向多明戈展示了巴莱罗的新事物：屋里有自来水，浴室有热水器。他点点头，表示对此没有异议。但是那张木床可是弥天大错。我们睡在那样一张床上，肯定会被吃得尸骨无存。

然后，多明戈拿出小刀，嗖一下戳进了房梁里。“烂了！”他宣布，一边伸手敲敲梁木，灰尘和烂木屑纷纷落下，把他的话诠释得形象而生动，“黏土层没铺好，房梁浸了水，随时会塌下来，砸到你头上。”

“啊，我的老天，这屋里所有的梁木都成那样了吗？”我诧异邻里之间的家长里短怎么忽然串了味。

“没啊，只有几根烂透了，但你最好全都换掉。屋梁用栗木比较好，我知道哪儿可以找到。”

于是，工作就这么酝酿出来了。记忆中，我们在巴莱罗生活的第一个冬天，就是在不停寻找房梁的旅程中度过的。多明戈自然而然成了向导，带我来来回回四处奔波，寻访这种珍贵稀有的木材，也把我引入一个新奇的大山与乡村的世界。

在阿尔普哈拉斯山区，建房子是件很简单的事，就是把唾手可得，或者随处可见的材料，按照顺序重新组合起来。确定一间屋子的长宽高，有个简单公式。宽度，就是一根栗树、杨树，或者桉树横梁能支持的最大宽度。一般还会在房梁顶部铺一层厚厚的湿黏土。这种灰绿色黏土具有防水性能，在山坳中到处可以找到。因此，宽度大约在三米半左右。高度，要看男人们举起石头来有多高，但这里多数人身材矮小，所以房子从地面到梁托的高度，很少能超过一米八。长度，一般取决于当时可用的土地面积。而窗子的标准，就是正午时分，可以让足够的阳光照进来，又能把多余的挡住，以免里面的住户被晒干。整体上看，在村里建一栋房子，必须跟周围其他房屋大同小异、相得益彰。放眼望去，一堆屋子抱成一团，就像个六边形的蜂巢。所以最后，你建起来的房子，既像是个方盒子，又像是用石头做的火车车厢。

母亲第一眼看到我新家的照片时，大吃一惊。“我总以为你住在安妮女皇式别墅中，”她凄语声声，“我一直就喜欢安妮女皇时期的屋子。但是你们自己看看，这就像是住在……住在我只能说和马厩一样的地方。”

说实话，描述阿尔普哈拉斯山区建筑的时候，我脑子里蹦出来的形容词绝对不会是优雅和精致。但这种风格的魅力就在于它的简单。房屋样式各有变化，村民们再做点简单装饰，最后看起来就像个艺术品。初见阿尔普哈拉斯山区的房子，我并没留下什么印象，但日子久了，我渐渐懂得了它的好。若是现在再让我回去住在玻璃窗的坡顶屋里，我可能会觉得非常不舒服。

这种简单的方盒型结构，和中东的本土建筑非常类似。特别是摩洛哥的柏柏尔人村庄，那里的房屋简直一模一样。当初正是柏柏尔人把这样的屋子带到了西班牙。这种建筑最大的优势在于廉价。房屋的建筑材料中，需要花钱买的只有门窗，其余的只需要去砍伐、堆砌，或者从河里拖上来。

外墙用石头堆砌，糊上一些泥，最小厚度是 60 厘米，更好的厚达一米，可以让屋里冬暖夏凉。门楣和横梁是木头的，河谷下游的住户一般用桉树或杨树，海拔一千米以上的住户都用栗子树。因为高海拔的村庄周围长有大片的栗树林，那是所有木材中最好的一种。阿尔普哈拉斯低海拔地区的房子，屋梁上都铺着藤条垫。就地取材，梁木用的是山里长的大树。藤条在河边随处可见，而编住藤条的绳子，是用细茎针草搓出来的，这种草野地里到处都有。藤条垫上铺的是厚厚一层灌木枝，有夹竹桃、荆豆花、金雀花和百里香。然后，最上面一层就是防水黏土了。为了不出岔子，并确保屋顶防水，你得在残月的日子里铺黏土。当然，无论如何，不要在星期五。

百年以前，这里的房屋墙壁都是光秃秃的，但近年来，人们纷纷在石墙上刷起了白石灰，内外都刷。主要原因有两个：一来，炎炎夏日，白色墙壁可以给室内降温好几度；二来，当地的石灰，样子像块白色的石头，你先得放入一大桶水中泡着，泡到嘶嘶冒泡，这种石灰有强效杀毒效果。

冰冷刺骨的冬日，我们出发寻找屋梁。开车往西边的兰哈龙方向行驶，在河边爬上一段蜿蜒向上的陡坡。我轻轻转动方向盘，绕过一个又一个弯口，越爬越高，直到前面已经无路可走了。多明戈跳下车去跟路边的老牧羊人打招呼。天气寒冷，他仅有的御寒措施，就是在衬衫外套了件薄薄的夹克衫。那位牧羊人看到我们经过时，从树丛下走了出来。看起来，我们运气好极了，因为这位老人刚好有一批可以做屋梁的栗木要卖。他用粗糙的食指戳向远处一片森林，就在靠近天际的一处山脊上。

我们前行，上山，在树荫斑驳的大树下攀爬。山坡上覆盖着落叶，有几处地面还有积雪，河岸上已经结了冰。老人的栗木森林就在景色壮观的山腰上，离高大的雪峰并不太远，从那儿放眼望去，还能看到南边的海港。只可惜这批木材质量不好。前些时候，这片山区刚刚发生过火灾，侥幸逃过一劫的树木，也都基本上半死不活，黑似焦炭，而且这些栗木树干太粗了。我们要找大约一百根梁木，多明戈说，那片森林里，合适的树木最多只有十来棵。栗木必须勤加修剪，好生照料，才能长成上好的栋梁之材。而这里的栗木，几乎没人照管。除此之外，还得考虑砍伐和运送情况。若是用驴子一根根把木材运到山下最近的货车停靠点，估计路程将漫长而艰难。我们谢过牧羊老人，然后回到了山谷。

“如果你想买梁木，”酒吧里一个男人说，“那么住在特雷韦莱斯河边的马丁就是你们要找的人。他存了上百根木头。”

于是，我们驱车去了特雷韦莱斯河，寻找马丁。他的木头原来都已经砍好了，就摞在河边，要价听起来非常合理，而且同意我们仔细检查；还说如果想找他商谈细节，他两点钟会在广场酒吧里等。但我们却没去找他，因为那堆木头根根都是烂的，要么被虫蛀了，要么长了恶臭的蘑菇，要么形状歪歪扭扭，要么树干疙疙瘩瘩，要么直径太粗。“看来，他要把这堆木头当柴禾卖掉都得费点功夫了。”多明戈评价。

然而，旅途仍然愉快。我们在特雷韦莱斯河吃了火腿，喝过红酒，然后沿着高山上的公路，开车回家。就在那时，多明戈和往常一样，又让我感到意外了。“我姨父爱德华多有栗木，就在卡皮雷拉村上面。”他说，“他会很高兴卖给你一些。”

“怎么之前没听你说呢？”我问道。

“哦，了解一下附近的木材市场也很有趣，而且我特别喜欢到特雷韦莱斯河那边旅行。更何况，爱德华多一直不在家，这会儿才回来。我们回去的路上可以顺道去看看。”

于是，我们离开了那条路，转向卡皮雷拉村方向。卡皮雷拉村是波克依拉峡谷的三个村庄中最高的一个。那里景色宜人，白盒子般的小小农舍，靠在教堂周围，就像小鸡躲在母鸡翅膀底下。尤其让你忘了呼吸的，是村庄背后的壮丽风景。高高的山坡上，天边向北延伸，像是和山坳呈 90 度垂直。贝莱塔峰白雪皑皑的山洼，窝在山峰之下，被柔软的云团包围。南边，高大的山脉一直绵延到地中海。冬日里，若是天气晴朗，你甚至能隐约看见海峡对岸摩洛哥的里夫山。

这里的村庄，近年来成了人们趋之若鹜的退隐之地。来这里隐居的，很多是日本和墨西哥的艺术家，还有一些是波希米亚人。不过，村里的主要人口还是当地农民，所以街头巷尾总是零星散布着骡子和绵羊的粪便。所以，在修葺一新的屋舍里，你还是能找到粗糙的鸡栏和猪圈。

我们穿过广场，走进一条狭窄的鹅卵石小巷。路边新漆的木窗里飘来一阵德彪西的音乐。前面一栋房屋，已经有些破旧，却仍然很好看。多明戈走到门口，在沉重的铆钉门上敲了一敲。门开了，后面站着一个面色黝黑的女人。她看到门口的意外访客，开心地惊叹起来。

“快进来，多明戈，进来吧。”她声音高昂，一路拉着多明戈往前走，两手钳住他双肩，“你有阵子没来了，让我看看你。啊，帅极了！但如果不找个妻子，这样帅气的脸蛋儿不就浪费了吗？”她双手狠狠捏着他的脸蛋。

多明戈弯下腰，笑着亲吻了她。他显然对这种欢迎方式早就习以为常。在她身后，昏暗的房间里，三四个男人在火锅边围坐，锅里热气腾腾。他们正在用小刀戳羊肉吃。

“我带来了一个外国人，我的新邻居克里斯。”多明戈宣布。

男人们转过脸来看着我，数把小刀在空中悬停。

“好极了，欢迎欢迎，十分荣幸！”看上去年纪最大的一个男人喊了起来。我心里估摸着他就是爱德华多。虽然房里光线昏暗，我还是能隐约看出来，他和坐在桌边的另外两个人眉眼之间神态酷似。他们都瘦得像根钉子，矮小而健壮，显然早已习惯这里的辛苦劳作和恶劣天气。而且，这几个人都鼻梁高耸，一张脸似乎全部笼罩在鼻子的阴影里了。

“来，吃羊肉。”爱德华多下达了命令，然后嘎吱嘎吱把椅子往后挪，腾出来一点空间让我俩在桌子边坐下。多明戈掏出小折刀，长长的刀刃像剃刀一样锋利。他和其他人一样，把羊肉切了下来，戳在刀上吃。我犹豫不决地从口袋里掏出自己的小刀——一把头部圆润、刀刃很钝的修枝刀——用力去戳一小块骨头肉，但是戳不动。我无法告诉他们，从小我母亲就杜绝我用刀戳肉吃，所以我一直没能掌握这项技能。

大家都停了手，饶有趣味地看着我。“克里斯，像我这样。”多明戈示范了一下，但爱德华多已经对笨手笨脚的客人失去了耐心。“太太，给这男人拿把叉子，再给他上点儿酒。”他命令道，“他不行，吃不了东西。”

一杯科斯塔酒出现了。我豪饮一口，爱德华多一动不动地看着我。“外甥跟我说，你有台剪羊毛机，”他发话了，“人们都说，这东西会把整群羊给电疯了。”

一场互动讨论开始了。我带着点吹嘘地说，用这种设备一天可以剪上百只羊。多明戈说，来年春天他会试一试。但其他人看起来不太相信。似乎为了缓和气氛，多明戈换了个话题，说我会弹吉他。

爱德华多听了，高兴地在桌上猛拍一下：“哈！这才是好样儿的。曼努埃尔，我们屋里来了个音乐家。把吉他拿出来。”

曼努埃尔照做了，拿出两把吉他，递给他父亲一把，自己拿着另一把坐在他身边。他们粗略地调了音，拨几下和弦，然后笨拙地弹起了一首阿尔普哈拉斯山区小调。

我很愿意说，他用粗糙手指拨动的旋律，比乐神俄耳甫斯还要流畅；我也很愿意说，这位乡村演奏家的精湛琴艺，还有这首轻松愉快的乐曲，都让我着了魔一般痴迷。但是，我不能否认眼前的事实——这音乐是一首乡村挽歌。乐曲中还不时夹杂着爱德华多的痛骂，因为曼努埃尔总是忘词儿。整个表演过程中，父亲和儿子怒目相向，都痛恨对方跑了调。

终于，一场混战结束了。“弹得真不错，”我赞叹道，“你们不是只会这一首吧？”

爱德华多和曼努埃尔眯起眼睛，打量了我一会儿。

“好吧，给他再来一首……”

悔恨至死。

我叉起了一片羊肉，然后假装陶醉在音乐的节奏声中，脚下跟着打起了拍子，却不管怎么拍，都跟不上节奏。我一边打拍子，一边把羊肉塞进嘴里，大嚼特嚼。歌曲颤颤悠悠进入了尾声，然后戛然而止。表演者们再次好奇地看着我。但是这次，一块羊软骨拯救了我，它恰逢其时卡住了气管，让我作为乐评人的诚实正直幸免于难。半块橡胶似的软骨卡在了嗓子里，另外半块连在肉筋上，还留在嘴里。我哇啦哇啦地叫着。每个人都看着我，面色惊恐。

“快给他喝酒。”“去拍他后背。”“不不，快给他水，给他吃面包……”

肯定有一样奏效了，反正我终于让两部分羊肉顺利会师，再次顺畅地呼吸了起来，只是还没有顺畅到能评价那首歌曲的地步。

“现在，你来吧。”爱德华多把吉他递给了我，语气里满是威胁。

“哦，我真的不太适合……很难比得上你们后来弹的那首……我只是随便弹弹，自己消遣的。”

“弹吧，兄弟，弹起来——”

我只好弹了。

“他的确会弹。”他们彼此点点头。

我弹了一支很简单的弗拉明戈舞曲，糟透了。

“他在弹西班牙音乐。”

终于挨到曲终，音符出错，指法拙劣，我意识到无人在听。多明戈正在跟他们说，我打算在巴莱罗农场养一群绵羊。

“绵羊？下面那旮旯？它们会被烤焦的。山谷里养不了羊。山羊还凑合，但绵羊——河谷热成那样儿，怎么养？你要是想养绵羊，应该交给我们替你照看。它们在凉爽的高山上会过得很开心哪。给你开个好价钱吧。我们这里有吃不完的牧草。”

多明戈意味深长地看着我。“山谷里也可以养绵羊。”他说。

“我的外甥，你哪儿懂绵羊啊？你那几只小绵羊只要在花盆里吃草就够了！”

“可奥尔希瓦周围也有人养着大群的羊，”多明戈回答，“那些羊从没上过山上，但也养得不错。”

“山谷里热得很，灰尘也大——灰头土脸的羊实在见不得人——而且还闷得喘不过气儿来。”

高山上的牧羊人通常都这么说，但是多明戈说的也没错儿，山谷里的确养着大群的羊。夏天的时候，羊群从未上过山，却依然生生不息。

我们接着说到了栗子树。

“当然，我们有一整片栗树林，就在那个荒弃的村子上面。你们得自己砍，那里全都是上好的梁木，而且还有条顺畅的骡道，可以直接拉到村子里。一米 400 比塞塔，不二价。”

这笔交易看起来很不错，于是我们第二天就去实地考察，发现果然都是我们想要的那种木头。就快到十二月了，我和多明戈常常进入栗树林，呼吸着高山上寒冷而干燥的空气，背着锯子四处攀爬。一天的探险结束时，我们会用木头生起篝火，一边在火上烤香肠和熏肉，一边陶醉在美景之中。

春天，橘子花不知不觉就开了。先是浓绿的枝叶里浮现出一片薄雾般的浅绿，那是娇嫩的花蕾。接着，忽然之间，花蕾绽放出五片精致的白色花瓣，露出中间奶黄色的花蕊，柔和的香气扑鼻而来。过了不久，每棵树都开满了白花儿，远远看去，就像空中飘着玉带。

花期会持续数周，香气从四月飘到六月。而在这段时间，果园里蜜蜂嗡嗡，让橘子树显得生机勃勃。待花朵凋谢后，青色的小橘子就出现在枝头，它们是成熟果实的迷你版。假如每个小橘子都能顺利长大，那么一棵普通的橘子树上，就挂着大约 20 到 30 公斤的果实。但是因为风吹鸟啄，还有橘子树本身的优胜劣汰，总有些果实还未长大就离开了橘子树，所以，树下的地面就成了花朵和橘子的马赛克。邻居们把布铺在树下，来收集橘子花泡茶，据说可以促进睡眠。

橘子花刚刚盛开的时候，多明戈骑着他的小毛驴“肥臀”，晃晃悠悠地来看我们。其实“肥臀”并不是它的真名，多明戈就叫它“毛驴”，但我和安娜有天早上亲昵地喊它为“肥臀”。因为这名字听起来亦正亦邪，我们就一直这样叫下去了。

这位可敬的邻居带来个好消息。

“我姨父阿塞尼奥想让你去帮忙剪羊毛，就用你马厩里那台机器。我告诉他应该试试，因为这是未来的趋势，他现在就可以开始感受一下。”

我有些惊讶。“但是你的亲戚们都不太接受这东西吧？”我提醒他说。

“那是爱德华多，他什么都不知道，但阿塞尼奥不会，他愿意试一试。下周这个时候，他的羊群就可以剪毛了。他就住在洛斯卡拉科莱斯农庄。”多明戈指着树林那边的连绵群山。

虽然这并不是我人生中最重要的一次活动，但对我来说却意味着很多。首先，我第一次成了阿尔普哈拉斯山区生活的一部分，而不再是个旁观者了。我走入了当地人的生活，出现在了人们的视野中。这是我多年旅居生涯中最渴望做的事。如果一切顺利，说不定我还会像当地人一样，得到个昵称——剪毛工克里斯！再把这名字漂亮地圈一下。其次，收入上也能有所改善，多剪几群羊，那就是一大笔钱，而且还把新鲜事物带到了山里，多么让人兴奋啊。高山上的牧羊人，几乎未曾亲历过电动剪毛机的神奇，他们也许正等着我指出前进的道路呢。

我愉快地度过了一周，把那台旧机器重新检修了一回。那几天，只要听到路边叮咚叮咚有羊群路过，我就会展望未来，浮想联翩。

重要的日子终于来临了。五月的清晨，天刚蒙蒙亮，我和多明戈把设备装进了车里，向阿尔普哈拉斯高山区驶去。我们在奥尔希瓦镇短暂停留，喝了杯咖啡，又继续赶路。

来到索波图拉市，我们离开了柏油大道，沿着林中小路，迂回上升，往山里开。那是条脏兮兮的土路，两边种着柏树与金合欢，树枝上覆盖着厚厚的尘土。我们转了数十个 U 形弯道后，经过了一块木牌，上面漆着“O-Sel-Ling”几个字，木牌下有一条杂草丛生的小径，蜿蜒向上。

山下只是个西班牙的农业小镇，浓厚的乡土气息无处不在，就连市中心的花圃里都大张旗鼓种着扁豆和马铃薯。

下面的山谷中，晨光潮涌而入，照亮了波克依拉峡谷中三座可爱的村庄，村里炊烟四起，淡蓝色的烟雾在静谧的空气中升腾。

我们继续攀爬，路过高山草原，看见草原上点缀着美丽的罂粟、金橘、刺旋，还有紫色的豌豆花。下面的山谷和村庄，在缭绕的烟雾中，渐渐隐去。更远处，甚至可以看到巴莱罗农庄，还有那片绿色的河谷地带，如果像鸟儿一样飞过去，大概就六七公里远，但开车要一个多小时。最后，我们爬上一段陡峭的山坡，来到羊圈前，多明戈让我在这里停了车。关上引擎后，我侧耳倾听，山谷里传来各种声音：远处的山羊铃声，近处的犬吠声，下面山谷中公鸡的打鸣声，还有头顶上云雀和杜杜比亚鸟的啾啾声。

多明戈一言不发，有点不同寻常。

“我在想。”他解释道。

“想什么呢？”

“关于我姨父阿塞尼奥的事儿。”

“是吗？”

“他一肚子坏水。我们得睁大眼睛看清楚。他肯定会耍些手段欺骗你。”

“可他是你亲戚啊。”

“那也一肚子坏水。我认识的人里面，没有比他更坏的了，真的。”

“看来第一份工作你就给我找了个难对付的雇主。真是让人激动啊，多明戈。”

“别担心，我们会留意他的。”

其实，阿塞尼奥和多明戈并没有血缘关系，只不过幸运地娶到了伊克丝比拉七姐妹中的一个。她们几个姐妹都觉得，嫁给高山上的牧羊人是件很体面的事，至于为什么，只有她们自己清楚。所以，多明戈通过那些姨妈们强大的关系网，认识了高山上的每个牧羊人。

他还在继续跟我谈论这位名声不好的亲戚，这时候，阿塞尼奥的羊群已经过来剪毛了。只见白乎乎的一团东西，从暗绿色的树丛中走了出来，越走越近，渐渐可以看清是数量庞大的一群绵羊，旁边几只狗狂吠不止，还有几个人在大喊大叫。那一刻，我忽然退缩了。最不想做的事就是剪一整天羊毛，我只想在草地上走走，爬上内华达山脉白雪皑皑的山峰。

而且，说句心里话，我感到有些紧张，不知道这一天会过得怎么样。“啊？你不用把羊捆起来吗？”我记得春天剪羊毛的时候，一位牧羊人这样问过我。

“当然不用！捆起来没办法剪羊毛。”

“但它们会动来动去，一没抓住就溜走了。”

“可是我都剪了 15 万只羊了，从来没有捆过。”

“是吗？国外的绵羊咱不知道，但这儿的羊肯定不一样，它们都很野蛮。”

这次我来之前，多明戈已经放出了消息，说这个趾高气扬的外国人，不仅自个儿一天能剪 150 只羊，还不用把羊捆起来！狂妄到如此地步，最后肯定会闹个大笑话。

“这就是你带来的老外吧，多明戈？他会说西班牙语吗？”

阿塞尼奥就是典型的阿尔普哈拉斯山区牧羊人——个子小，身材健壮，面庞黝黑。他使劲儿握了握我的手，疙疙瘩瘩的脸上绽放出笑容。

“你这儿风景真好，阿塞尼奥。”

他立即露出迷惑的表情。

“多明戈，你的老外说了些啥？”

“他说他喜欢这儿。”

“呵呵，好啊，好极了。哦，我们吃点东西吧。”

“唔……我们其实刚刚吃过早餐。能不能……”

“他说什么，多明戈？”

跟阿塞尼奥说话，是在白费唇舌。他有种思维定式，觉得只要是外地人，说的话就一定听不懂。这样的人不止他一个。我开口说话的一刹那，他就自我屏蔽了，只顾看着多明戈，好像我说的是爪哇语，需要多明戈来翻译一下。

关于电动剪毛机的消息传遍了高山上的牧场，乡亲们盼了很久，一早就来围观了。谁听说过剪羊毛不用捆羊？多明戈找了个疯子来干活，那是肯定的。

观众里大约有十多个牧羊人，他们手里拿着小棍儿，头顶戴着帽子，肩上搭着皮口袋，嘴里叼着自家地里种出来的土烟，面有惧色地瞅着我。

大展拳脚前，我先热了热身，手舞足蹈地做了些准备工作：先小心翼翼地摆好剪羊毛的台子，然后检查发电机的电缆，检查沉甸甸的电马达，再满箱子乱翻零件。人们好奇的目光，跟随着我的一举一动，让我忽然觉得自己很拉风。

“瞧，就那玩意儿了吗？电动剪毛机。不知道怎么用的，你说呢？”

“通了电用呗——不过也就是这玩意儿的害处，会把羊给吓一跳。住在杜尔卡尔路那边的布洛克，就用这东西给他的绵羊剪过毛，后来那些羊都死了，每只都成了烤全羊。你们等着瞧吧。”

“托尔维斯孔的费尔南多用了这机器一年，从绵羊身上剪了太多毛，结果绵羊都被晒伤了。这方法很不靠谱。”

“嗯，完全不靠谱！你已经把脖子架在刀口上了，阿塞尼奥，天知道明天你还能剩下几只羊！”另一个牧羊人幸灾乐祸地说道。

“这东西能省下不少力气……”又传来一个声音，我从眼角瞟过去，想看看这个有见识的人是谁。“……而且几年后，阿尔普哈拉斯山区再也不会有牧羊人手工剪羊毛了。”

原来，倒戈的人是何塞，多明戈的外甥。他常去多明戈家里住。何塞的话给了我一点勇气。“我认为不会有任何把羊电死，或让羊中暑的危险。”我向大家保证。

12 个湿漉漉的烟蒂转向了多明戈，并随着说话的声音在牧羊人嘴里颤动：“他在说什么，多明戈？”

我提了提裤子，检查了机器，然后逮住第一只羊开工了。我训练有素地在它屁股上一拍，让它坐了下来，准备好剪毛。

“你们等着瞧吧，它会把这个混球踢到残废，让他知道什么叫厉害！”

不过幸运之至，这只绵羊在我膝盖间好端端坐了下来，看起来温顺极了。我推动开关，电剪子呼啸着开动起来。我把剪毛器伸进了羊毛中，把羊毛像切黄油一样剥落，而这只绵羊不但百依百顺，还很合作。它身上的毛不多，大概 45 秒就全部剪完了。然后，我用右膝使了点劲儿，帮它重新站了起来。剪毛器的头部还在不断扭动，看起来很专业……

“愣着干吗？下一只羊在哪儿？”

动手剪第一只羊时，感觉最难受，身体僵硬不说，铆足了劲儿，也只是把手伸到臀部或者尾巴那么远。剪完第一只羊，让自己热身了之后，从第二只羊开始，过程就很愉快了。你会感到精力充沛，力气十足，而且剪完第一只羊，练习过那几个动作，你

全身的肌肉都已经得到了放松。

可是问题在于，剪完前面的三五只羊后，不断重复的动作，会渐渐让人感到疲倦。剪毛机的操作有固定的技巧。每只羊都会经历完全一样的流程，剪子在每只羊身上要剪几下，行话说“推”几下，基本上大同小异。一般来说，完整剪好一只羊，需要推 50 下剪子。这些高山羊，羊毛稀少，只需要推 20 下就够了。我闭着眼睛都能搞定。

剪到第 50 只羊的时候，疲倦里又多了点酸痛感。因为必须一直弓着身子，腰部肌肉开始灼烧，有点受不了了。顶级剪羊毛工，每周工作 7 天，每天可以剪 400 只羊。但是手一直在羊毛里推来推去，那种灼烧感让人苦不堪言。有时候剪完羊毛，那只拿着剪子的手早已经被擦破了皮，鲜血直流。而在西班牙，最主要的敌人就是高温的天气和大量的灰尘。你不能在火辣辣的日头下剪羊毛，否则不用几分钟你就会筋疲力尽。即使躲在阴凉的地方干活儿，你也会满头大汗，身上粘满粪尘和羊绒，整个人都被烤化。

又一只羊被带到剪毛台上，我放手剪了起来。多明戈蹲在我身边，专心致志地看着；人群中嘀嘀咕咕说着什么。这只羊有条小尾巴。大多数羊的尾巴都被剪短了，原因我们先不讨论。然而，给羊尾巴剪毛是件大麻烦，你得耗去十来秒钟的时间，而且，还会剪得腰酸背痛。剪掉尾尖上的毛最难，因为你必须抓住那儿，手要拿稳。

“尾巴尖上的留着吧，”多明戈说道，“尾尖上留一簇羊毛是这里的习惯，可以帮忙赶苍蝇。”

于是我留着尾巴毛了。这下轻松了许多。然而，我一看到所有剪了毛的羊，留着贵妇狗那样的尾巴，禁不住就会傻笑。阿塞尼奥和佩佩，在羊群中冲进冲出，抓来每只还没剪毛的羊，脸上露出了一副痛苦的表情。

“怎么了？你觉得剪得不太好吗？”

“他在说什么，多明戈？”

“我不知道。”

烈日炎炎。汗水沿着我的手臂流淌，一路流到了羊身上；旁边那堆脏兮兮的羊毛越堆越高，剪了毛的贵妇狗尾羊，相比还没剪毛的羊，也在稳步增多。我完成了大概100只羊，然后停下来吃午餐。

佩佩的妻子安古斯蒂雅，身材有他三倍那么大。她从下面的农场吃力地爬了上来，身上背了几个袋子，还有几篮子吃的。安娜也来了，正环顾四周。她爬了很久才上来，脸上还红扑扑的。我们在附近的溪流中洗了手，然后在一棵巨大的樱桃树底下，坐下来野餐。

剪羊毛是一份古老的工作，经常会把自己弄得灰头土脸，但是这活儿确实能把你带到一些美丽的地方。我们远眺贝莱塔峰山洼里雪白的巨型峭壁，峭壁上的天空有矢车菊一样的颜色。安古斯蒂雅递过来几瓶她笑称是“粗制乡下酒”的东西，还有几支在溪水中冻过的啤酒。接着，她又拿出了橄榄、煎蛋卷、各种香肠、黑猪火腿，还有面包。

“你是干活儿的人，克里斯，一定要多吃点，”她催促道，“不要等这只懒猪把东西全吃完了。”

“谢谢。这些东西都好吃极了，我真的很想多吃点，但如果吃太多，腰弯不下来，下午就没办法做事了。”

安古斯蒂雅完全能听懂外国人说的话。

“正好我有件事想问问你，”她开始说了起来，“我在农场上遇到过很多外国人。他们坐巴士来到村里下了车，然后找什么庙的时候迷路了，看上去饿得半死，我就给他们拿一些这样的火腿，”她指着大块的肥猪肉，旁边整整齐齐地摆着一盘霜糖小蛋糕，“要么就拿些好吃的脆皮肠。但他们把肉都推到了盘子一边，只会小口地啃着面包。这是为什么呢？他们看上去都饿得不行了，怎么就不吃呢？”

“如果他们在找寺院，很可能是一些佛教徒，火腿对他们来说，没那么大的吸引力。”

“你说佛教徒……好吧，或许是，但看在圣母玛丽亚的分儿上，你得告诉我，他们到底都往肚子里塞些什么东西呢？”

“据我所知，他们只吃水煮青菜和糙米，偶尔改善伙食，还会吃些坚果。”

“啊，原来是这样啊。不过，如果我也能少吃一点，那就好多了。我也想和你一样苗条，安娜，但是怎么办呢？我太喜欢吃肥火腿了。你觉得这火腿肥吗？”

“的确有点肥，”安娜看着她，流露出女人之间惺惺相惜的眼神，“是啊，吃肥火腿肉没法儿让人变苗条。”

我站起来，伸了个懒腰，毫无热情地看着门外五十多只还没剪毛的羊。该继续工作了。于是，我穿着剪羊毛时常穿的平底鞋，三步两步翻下山坡，去把发电机打开。等我到那儿时，多明戈正在台子边给一只绵羊剪毛，手上动作基本不错，剪得也颇有效率。

“你以前干过这活儿吧，多明戈。”

“没干过，但这活儿不难，我还看了你一早上。”不到几分钟，羊毛就剪好了。那只绵羊跑进了羊群中，快乐地挠着痒。多明戈又抓来一只，三五下就把羊毛给剪了，而且剪得很干净。

“不会吧，伙计？我可不信你以前没剪过羊毛。要剪得这么好，至少得花好几年的功夫。”

“手工剪羊毛的活儿，我以前倒是做过，就是把羊捆起来剪，可现在这样方便多了。”

那天下午，他剪了一打绵羊，既没流汗也不背痛。对于初学者来说，那样的表现已经很出色了。

“我要给你从英格兰买台二手剪毛机，那样咱俩就可以合伙，一起在山里剪羊毛了。”

“随你便。”多明戈就是个冷静沉着的人。

将近傍晚的时候，我们剪完了羊毛，羊群欢快地从围栏里冲了出来，在草地上吃了几个小时的草。那时候，地上的树影已经拉得很长了。

“147 只羊。一共多少钱？”阿塞尼奥问。

“100 比塞塔一只……”

“那就是 14700 比塞塔。”

关于钱的事儿，阿塞尼奥立刻就听明白了。他数出了 15 张 1000 的大钞，递给我。

“很抱歉，我没零钱找。”

“没关系，以后还得找你剪羊毛啊。呵呵。零头就算了吧，要不明年再算，你说呢？”

“哦，好吧。谢谢。”

“他说的什么，多明戈？”

我们在山脚停了车，从那儿俯瞰我们居住的山谷。坐在草丛中，我们看着山川在眼前渐渐改变颜色。“我姨父骗了你。”多明戈叼着一根长长的草茎说道。

“怎么了？我看着好像都不错嘛。”

“有 151 只羊。”

“你怎么知道？”

“今早我数过了。”

“你数错了吧？”

“不可能，”他回答得很有谨慎，“午饭的时候，佩佩溜进围栏，藏了四只剪好的羊在一个小黑屋里。如果他没发觉我正朝门那边看，可能还会藏更多。”

“他们大费周章，就为了省 400 比塞塔？可他后来不是又多给了我 300 吗？”

“我姨父一直就这副德性。他会不择手段从别人那儿谋取好处，不管你是谁。所以我告诉你要把羊尾尖上留簇毛不剪，让他抓狂去吧。羊倌儿最恨的事，就是羊尾巴上有簇毛不剪。他和佩佩最受不了那样儿了。”

“我们走的时候，我瞧见佩佩正拿着剪刀，疯狂剪那簇毛。”安娜说。

“哦，是的，他们一定会去剪掉。他们绝对受不了给别的羊倌儿看见羊群那个傻样儿。哈，的确让他们抓狂了，真的！”

“所以，阿塞尼奥骗了我们400比塞塔，但多给了我300因为我没零钱找，也就是说，他赚了100……但是，我们还吃了顿丰盛的午餐……”

“很平常，没什么。”

“不管平不平常，我都觉得那顿午餐非常丰盛，结果他的大部分绵羊还得了个滑稽的蓬蓬尾……那今天的赢家是谁呢？”

“可能是我们吧，”多明戈咧嘴一笑，于是，我们仨跳了起来，回到了车上。“不过你要当心，因为没人占过阿塞尼奥的便宜。他真是要多坏有多坏。”

过了几个礼拜，我从多明戈和他外甥那儿陆陆续续听到一些话，似乎我初次剪羊毛的工作做得还不赖。虽然他们都没有多说，但有个事实不容忽视，那就是绵羊们依旧活蹦乱跳，并没有因此暴毙。反对派们失去了信心，好消息不断传来，一些牧羊人开始对此感兴趣了。虽然这并不算什么大事，但仍然是个不错的鼓励，我高兴得有些忘乎所以，居然没防备从别处来的攻击。

那时候来了个小伙子安德鲁，他是个边打工边旅行的年轻人。那段时间，他正在本地农场上找工作，刚好把自己老式的贝德福特卡车停在我们河边。他对这件事的看法，完全不同。

“老兄，如果你觉得跑到这儿来，就是要用那台破机器，把过去的传统都给毁了的话，那你肯定脑子进了水。”

他的激烈言辞让我有些吃惊，因为安德鲁并不是那种口不择言的人。实际上因为带着浓重的曼彻斯特口音，他已经尽量让自己少说话了，最多只是回答雇主说自己接受了工作，或者在酒吧里告诉你这一轮该谁了；再有，就是拒绝肉类的食物。另外，他很擅长修理机械。那次，我在他身旁蹲了一整天，一边看他躺在我的路虎车下修机器，一边给他递上各种各样油腻腻的金属工具。

“但这是未来的发展趋势，”我有不同意见，“对所有人都有好处，你难道看不见吗？”

“可能对你会有好处，但你让以前合伙儿剪羊毛的牧羊人怎么办呢？大家曾经聚在一起，说说笑笑，谈论绵羊，不醉不休。这些生活呢？他们的过去的传统呢？全都不复存在了，这就是结果。”

“嘿，如果你这么想，肯定是因为你从来没养过羊。去问问那些牧羊人吧，听听他们的说法，看他们是不是也在憧憬能一天之内剪完羊毛。剪羊毛是个辛苦活儿，要整天弯着腰，面对那些皮包骨、脏兮兮的羊，还要用不好使的剪子去剪上二三十只。即使喝上一加仑烈酒，让身体变得完全麻木，这种事也毫无乐趣可言。所以，对牧羊人来说，这是件好事，对可怜的绵羊来说，也更加轻松。”

当然，我决不会向安德鲁承认，对于这种进步，我心里不是没有过疑虑。几个世纪以来，山区牧羊人定期相聚，每次 10 至 20 人一起剪羊毛。正如安德鲁所说，在这种氛围中，大家彼此亲厚，不醉无归，最后还会宰杀一只山羊，或者羊羔，来结束一天的辛劳。但随之而来，也会腰酸背疼，四肢肿胀，手上磨出水泡来，还有恼人的苍蝇、灰尘和粪便。牧羊人讨厌那种感觉，而且，从多明戈透露的消息来看，他们由来已久的传统，一时半会儿并不会改变。

事实证明了我的想法。初次展示了剪毛机的功效之后，乡亲们纷至沓来，络绎不绝，甚至踩出了一条通往我家门口的小路。这条路并不比我从酒吧回家的路更近，足以说明踩路人坚定的决心。

尽管如此，奥尔希瓦镇上的生态保护主义人士还是坚持己见。他们一连数月和我争论不休，认为我在人与自然脆弱的平衡中，造成了破坏。

起伏的群山间，你可以看见一条亮绿色的缎带，蜿蜒盘绕，时隐时现。这是阿尔普哈拉斯山区古老的灌溉系统——水道，高山上的雨水和雪水就是经由这条水道，进入山谷的农场中。至于水道的修建者，是2000年前的罗马人，还是1200年前的摩尔人，大家一直争论不休，众说纷纭。但不管兴建者是谁，这条水道和山坡上整齐的梯田一样，都是山里一道亮丽的人工风景线。

水道灌溉体系原理很简单：大自然的雨水和雪水，通过高山上的集水区，渗入地表下的含水层和地下水路，天长日久，形成了河流与山泉，再从山坡上冒出来，被导入水渠中，平缓地流到山下的村庄和农场里。

途中会有大量水流损耗，但这也是整个体系的一部分。水流在渠道中流淌，沿路渗透到土壤里和裂缝中，甚至会漫入鼹鼠洞，同时也浇灌着沿水道生长的野草和树木。而这些植物发达的根系，成了水道堤坝下坚实的保护垫，可以防止堤坝崩塌，落入下面的万丈深崖。若是想用水泥把堤坝修得坚固些，反而会弄巧成拙，因为两岸的植物会因缺水而干枯，根部腐烂后，便无法巩固堤坝上的土壤，随后，水泥和水流的重量会让地面下陷，使水道不再畅通无阻。

阿尔普哈拉斯山区的水道，长达上百公里，沿岸还有条小径，路两边草木茂盛，长着各种高山上的花，比如龙胆草、风铃草、洋地黄、虎身草等等，个个千娇百媚，让人散步的时候，看得心旷神怡。偶尔一抬头，还能望见远处美丽的贝莱塔峰和穆拉森山，景色赏心悦目。高山上部的水道，水面宽阔，水流清澈冰凉，远离一切污染源，饮之倍感爽口。流到山下后，水道在有些地方与山谷中的河流交汇，有些地方流入了悬崖峭壁上开凿的水渠，那段水渠是很久以前工人们吊在绳索上，用锤头和凿子一点一点开出来的。

还有些地方，渠水流入修建在石墙上的水沟里。那些石墙坐落在山坡上，脚下的坡地陡峭得站都站不稳，更别说修堵墙出来了。有时候，水流冲入满是蝙蝠和飞蛾的山洞中，隔了一会儿，又重新回到眩目的阳光下，要么继续在茂密的树林中穿行，然后跌入长满锯齿叶和荆棘刺的人迹罕至的丛林中。

这里成百上千的小农户都依赖着这条水道生存，他们渐渐形成了一个有组织的社会体系，以便确保水源能合理分配。山里的每条水道都有巡水人、财务和一位经管人。经管人每年选一次，负责解决水源争端，联络水源主人，做出仲裁和决定。财务负责收取水费，大家都同意每年交一定的费用，用于水道的维护和修缮。而巡水人负责每天巡查水道，保证水道的畅通，留意发生渗漏或者有危险的地方，确保每个用水人准点关上水闸，以免占了下一位用水人的时间。

如果你的土地有权从某段水道上取水，你就会分得一个时间段，届时可以开闸蓄水。如果你命不好（要么经管人对你有意见），赶上的时间不对，比如周四凌晨 3 点过 10 分，有 17 分钟的时间，使用水道里 1/3 的水量。这时候，你就得扛着鹤嘴锄，嘴里咬个手电筒，披星戴月，摸黑走过橘树林和蔬菜地。然后，准时在 3 点过 10 分——不是过 9 分，也不是过 11 分——拉开闸门，让汹涌的水流，咆哮着穿过你的土地。闸门上有分离器，一个用砖头和砂浆做出来的简单装置。这东西可以确保你只会得到 1/3 的水量。

若是你没个大点儿的容器，把配额水量都存起来，那你就必须在夜里狂奔，用鹤嘴锄在田垄、堤坝或水渠边猛锄，确保每棵树都能从土壤中获取充足的水分，确保菜地里每道壕沟中都填满了水。满月当空的夜晚，这样的工作还不赖，幽暗的水面上，你会看见道道涟漪，泛着银光，一直荡到旁边的涓涓细流中。然而，装个储水的容器还是更加实际一些，而且，只要手头有点闲钱，任何人都会装上一个。这样，17 分钟的用水时间里，他们可以从容装满容器，待到第二天，再悠闲自在地灌溉土地。

巴莱罗单独建在河的那一边，情况大有不同，因为它有自己的水道。也就是说每周 7 天，每天 24 小时，随时可以用水，而且也没有水费要付。只不过有个条件，如果我们想要用水，就必须自己清理渠道。我刚听说这个条件的时候，觉得占了个大便宜，但很快就产生了怀疑。果不其然，佩德罗虽然看管着农场上的水道，却从来不会热情洋溢地去履行自己的职责，所以玛丽亚只能自己想办法，有时候找贝尔纳多帮忙，让水流穿过淤泥堵塞的渠道、茂密难行的灌木丛，和分崩离析的石头水渠，尽可能多地流到农场上。

我们刚搬到农场上住的时候，水道已经奄奄一息了。我几乎绝望，以为再也无法让水路畅通了，因为邻居们都摇着头说，这件事很难解决。部分困难在于，这问题有季节性。水道的源头，是河上游的一个水池。水池边围着树干和巨石，还有生了锈的波纹铁板，以及一些塑料布。每年冬季下起雨来，都会把这座临时堤坝冲毁，只有等到来年春天，清理水渠的时候，才能重建。

这道堤坝，连着水道狭窄的入水口，河水从那里倾泻而下，流淌在水道红色的土壤上，穿过一条杨树长廊。水流一路往下，流经长满灌木丛的山坡，在荆棘丛生的隧道中穿行，流过一片浅灰的芦苇荡，淌过寸草不生的贫瘠土地，那地方除了刺山柑什么都不长。最后，水流终于来到农场以前的打谷场边，在下面一个管道中消失不见，再从一棵老无花果树的树根之间冒了出来，水质几乎晶莹剔透，不带一点水道中红色的污泥。

从那里，水流层层叠叠，倾泻而下，流经一片斜坡草场。我们把那片草场称作“七只蝎子”。因为我们刚搬来时，准备清理这片乱石丛生的草地，可是一连抬起七块石头，下面都发现了一只蝎子，这片地方于是得名。最终，水流绕过种着橘树的梯田，向下流回了河里。

直到四月底，老天都没怎么下雨。河那边的人，为水道的事忙得热火朝天，也提醒了我，有必要弄点水灌溉农场了。还是和往常一样，我去了多明戈家，想问问他要怎么办。

他和表弟安东尼奥两个人正坐在院子里，手里拿小刀勤快地削着木头，两人都沉浸在制作犁车模型的事业当中。这是多明戈想出来的赚钱奇招——他在山里有位开酒吧的朋友，那人承诺说可以挂在墙上卖。他俩乱七八糟地把东西堆在地上：一团铜线、几颗坚果、一把螺栓，还有个清漆大锅。左边地上卧着几只猫，右边堆着一些马铃薯。安东尼奥的工作区有很多废弃的科斯塔酒瓶，他正自得其乐地摆弄着那些瓶子。

“那是他的利器，”多明戈解释道，一口气把木雕边缘刮下来的木屑吹走，“没那东西，他就什么都干不好……就算有那东西，他也干得不是太好。看看，兄弟！那笨拙玩意儿怎么犁地啊？看看这儿，变了形，放地上就倒了……”他抓着安东尼奥在做的模型，一脸不屑的表情，隔空朝我挥了一挥。

安东尼奥毫不在意地笑了笑，跟我握了握手。“见到你很高兴。”他问候了一声，然后从多明戈那儿拿回小犁，小心翼翼地放在一堆做完了的模型上。“我看也不会有人拿它犁地吧，表哥——它小得可怜啊！”他把杯里的科斯塔酒一饮而尽，然后加了一句。

我向多明戈解释此行的目的，他立刻表示愿意和表弟一起来，帮我清理水道。“如果他没喝多的话。”他建议我们下周开始。

对于雇用安东尼奥，我难免有些担忧，但也没有选择的余地，而事实证明，我的担心纯粹多余。安东尼奥即使喝到半醉，干起活儿来也利索得像台挖掘机，而且成天乐呵呵的，所有对生活的见解都充满了哲思。惟一的问题在于，很难让他一连几天保持清醒，没有多明戈在旁边看着，安东尼奥就会喝得昏天黑地，烂醉如泥。

周一清晨，他俩如约而至。说到他表弟的酬劳，多明戈对我郑重警告。“别给他一个子儿，”他斩钉截铁地说，“你一给他钱，他就开溜了，消失得无影无踪。”

“可我得付这家伙报酬，”我抗议，“我不能让他义务劳动。”

“好吧，存起来，等工作完成了再付给他。但也别一包全给他。”

这个建议不错，我也存了点私心。多明戈告诉我，他曾经无数次，发现安东尼奥倒在不知哪个山村的路边水沟里睡着了，浑身上下都是伤，是在鹅卵石路上走不稳摔的。他总是把满身酒气和尿臭的安东尼奥拽到车上，带他下山，回到拉科尔梅纳农庄，照顾他，直到他生活正常。安东尼奥的回报，就是帮他在农场上干活儿。然后，忽然有一天，他会起个大早离开农场，翻山越岭四个小时，回到自己在布比翁的家，中途路过拉斯卡尼迪拉丝镇时，会停下来，和另一个表哥狂饮几斤酒。那人养着几只山羊，总是教唆安东尼奥恶习不改。

多明戈和安东尼奥过来帮忙清理水道了，他们带了铁镐、铲子、镰刀和鹤嘴锄，另外还带了两个临时工——马诺洛和帕基托。马诺洛年纪不大，村里赶骡子的，一头乱蓬蓬的蓝黑色头发，脸上常常挂着胜利者的笑容。而帕基托总是带着非常梦幻的表情，让人怀疑他是否真的活在和我们一样的世界中。但他们都向我保证，只要帕基托手里有把镰刀，他就能让人刮目相看。

我们爬上了屋后的山坡，跳进了通往隧道的山沟里。帕基托和安东尼奥用镰刀在前面开路，清理了头上的蔓藤。我们沿水道向上奋进了一小段，那地方长满了丑陋的矮树丛。我用戴着手套的手，抓住一把荆棘和尖刺，使劲儿挥舞着镰刀，不知不觉，陷入一片邪草怪木的包围之中。一开始，黑莓灌木把我困住，接着是连理藤。我手忙脚乱，挣扎着从那些吓人的卷须植物中逃脱，这时候，一根石榴树枝弯到前方，戳到了我的眼睛，要不就是蒲苇悄悄滑进了我的脖子。奋斗了老半天，没有一株植物是好对付的。我寸步难行，只好离开这片地方，拿起铲子跟在队伍后面。

同样身处复杂的灌木丛中，马诺洛和帕基托却游刃有余，他俩很快走到了队伍前面，消失在远处，只留下身后修剪整齐的堤岸。多明戈和安东尼奥跟在后面，清理了淤泥，加固了渠道底部；而我则汗流浃背，跟在最后，蹒跚着把剩下的东西都铲了出去。除了我这个拿铲子的知难而退，整个队伍都踏着轻快的步伐，一路披荆斩棘。

看着他们，我心里很羞愧。每隔大概五分钟，我就要直起身缓解后背的疼痛，挥去眼睛上让人略感刺疼的汗水；而其他人一直弯着腰，忙个不停。这天结束的时候，我们缓步从劈出来的空地上走回了农场。“我们真的清理了这么多吗？”每拐过一道弯，都能看见一段新的水道，整洁光鲜地出现在我们眼前。我感到有些难以置信，这条路就像一条美丽的森林小径。

第二天的进度慢了一些，因为我们在思考，如何通过阿维斯拜罗农庄下的那一段水道，那里危机重重，一不小心就会遇上吃人的灌木丛，还有流星雨一样的石崩。无论如何，我们过来了。

到傍晚时分，我们已经一身轻松，踏着脚下松软的土地，在松树峡谷外围和蔼的山林中穿行。到第三天中午，我们已经出现在水坝下面的杨树长廊中了。

接下来，只要打开水闸，让河水注入刚清理好的水道中，水就能一路流到农场里了。多明戈计算了一下，说要五个小时才能到，这让我们有大把时间吃午饭，并能赶在水流到达之前，把农场上的水渠都清理好。我被推举为代表，负责巡视水道，以免砍下来的树枝和灌木丛中落下的树叶，把渠道又阻塞了。

虽然其他任务因为不断重复已经变成了一项苦差，但我对沿着水道散步从来没有失去兴趣。我抄近道赶到了前面，然后坐在地上耐心等待，嘴里叼了一根草茎。我在宁静中沉思，并留意着水道底部干涸的土地，细心分辨着起初十分轻柔的沙沙水声。水流出现了，像一幅低语的马赛克画，画上是干叶子、花瓣、小粪团和树枝。水流色彩纷呈，粉红色、白色、金黄色，它静静流淌着，填满了整个水道，在高低不平的山路上，时而脚步匆忙，时而踯躅蹒跚。第一次看到水道中集满了水，看到底部干涸的土地得到浸润，我心中兴奋异常。水流漫过堤坝，灌进了蚁丘和鼹鼠洞，逐渐变得气势磅礴。我看着它流下来，伸手拦在前面，让水龙前端在我指间激起水花，然后迅速奔到下一个弯口，等待奇迹再次发生。

在阿尔普哈拉斯山区，衡量男子气概的标准是看他懂不懂水路灌溉。一个不懂水路灌溉的男人，就是个废物。有天，多明戈一气之下对我说道："克里斯，你根本不懂灌溉，你对水路系统一窍不通！"这是他用过的最严厉的措辞，也是一次恶毒攻击，对我个人价值的强烈质疑。他可能有点宿醉，但这句话却捅进了我心里。我有些受伤，坐在树下思考着水路灌溉的问题。或许他说得没错。那个时候，我经营农场才刚刚三年，没来得及了解水路灌溉的问题。

我只知道，水总是往山下流淌。如若放任不管，水就会流到一些你不想它流过的地方，侵蚀那里的梯田，破坏沿途的墙壁，让树根暴露在空气中。另外，如果你给梯田里浇太多的水，梯田就会崩塌，发出震天巨响，而翻倒的泥土、石头和树，就会全部堆在下一层梯田上。那样的难堪，藏都藏不住，要费很大的力气才能修好。

然而，水路设计如果得当，事情就大不一样了。我还是孩子的时候，最喜欢的游戏，就是在树林里的溪流中，用泥土搭建水坝和水渠。而且我觉得，自己成年后依然有机会享受同样的乐趣，实在是件幸运的事。炎炎夏日，我会穿上一双橡胶拖鞋在地里浇水，所以，就算我全身都热得着了火，脚踝以下也还是浸在冰凉的水中。我扛着鹤嘴锄，打开主渠道中的水闸，把泥土和石头做的小水坝，从堤岸上移到水渠中间。浑浊的水流，打着旋儿漫过了水池边缘，流到地里的小水渠中，然后再缓缓流过草场。

水流前端，像只巨大的变形虫，分成两路，绕过隆起的地方，接着慢慢把那里吞噬，直至吞没最高处那一点苍白的尘土，于是两路水流再度汇合。当渠水流到树林中时，在树根处渗进土壤，那些树似乎轻叹一声，散发出阵阵馨香。

接着，我扛上鹤嘴锄，四处游荡，调整水流。我在湍急处扔进一些石块，在缓慢处挥动锄头砍砍，让水可以更加顺畅地流动。最后，一切都看起来很有秩序，渠水几小时后刚好可以流到底部。接着，博纳跟了过来，扑腾一下跳入水渠。它的身体像水坝一样阻挡住流水，让水漫出了堤岸，搅乱了整条水路，所以我不得不从头再来一次。夜幕降临，燕子从屋檐和石头上飞落，掠过水面，狼吞虎咽地吞食昆虫，而那些昆虫紧紧地抓住草叶顶端，像是紧抓着沉船船桅的水手。

我热爱水路灌溉，也希望经过二三十年的亲身实践后，自己终有一日能得到这位邻居的认可，承认我懂得灌溉。

“我们要做的第一件事，也是最重要的一件事，”安娜从一本封面画着猫的书上抬起头，坚定地看着我，“就是把那几只猫打理一下。不能让它们那副模样在我们周围跑来跑去，让我们看起来像破了产一样。这两只猫必须重新过上正常生活。”

除了砖头、喀玛拉和几株罐头植物，佩德罗还给我们留下了两只猫。他没有带着猫搬家，因为它们已经在这里扎了根。年长一些的猫妈妈，已经饿成了皮包骨，而年幼的小猫是她的孩子。可怜的小家伙童年不幸，一出生就面对着饥饿和弱肉强食的世界。这两只猫毛色深灰，带有斑纹，但身上大部分毛皮都被烫伤了，原因是偎在柴火灰里取暖。

两只猫四处出没，总是饥肠辘辘，身上还长满了猫虱，看上去弱不禁风，模样十分凄惨。佩德罗对狗照顾得不太周到，哪怕是和他关系比较亲近的三只狗——蒂格、布朗和布丰。而对于猫，他几乎是不管不问，之所以还让它俩进屋，惟一的原因，根据佩德罗的说法，就是猫能抓老鼠。这一点让人难以相信，因为两只猫总是无精打采的，看上去没有一点生气。安娜说得没错，它们那副凄惨模样，让我于心不忍。

我们的首要任务，就是驯化它们，好把除虱圈顺利戴在它俩的脖子上。安娜驯养动物很有一手，才过了三天，它们就明白了怎样才会有吃的。而三天后，我发现安娜已经可以把它们抱在膝盖上轻轻抚摸了。

我们曾经以为，让猫戴上领圈这事儿，会比登天还难。这俩东西野性难驯，绝对不会接受这种家养动物才有的标志。然而，它俩都乖乖地站在那儿，把头低着套进了圈儿里。它们似乎知道，这是被关心自己的人收养的一个标志——还是我一厢情愿的想法？反正，它俩被拎脖子的日子不远了。

我们几乎每天观察它们，这两只差点被饿死的猫儿，渐渐开始恢复生气了。它们凹下去的腹部两侧又鼓了起来，肋骨都消失了，原先烫伤了的地方开始长出光亮的毛皮，一些猫脾气也回来了，它们甚至开始讲卫生了。

猫应该有名字，至于为什么，最好还是忘了吧。反正，它俩成了布伦达和埃尔芬。埃尔芬活得越来越滋润了，便开始有了那种被爱猫者叫做“个性”的东西。虽然两只猫都招人喜欢，但我还是忍不住对埃尔芬青睐有加。布伦达身为母亲，已经一把年纪了，懒得去理会什么个性的事儿。在她活泼好动的孩子眼里，她就像个老顽固，直到那天她的命运骤然改变。那是个炎热的夏日，有位好心人来看望我们，带了一包冷冻的烟熏三文鱼来。不知道那个保温袋是失去了功效，还是放在高温的车里没关严实，反正里面的东西看起来“很可疑”。布伦达吃了过量的烟熏三文鱼，不久后就离开了人世。我最爱吃的也是烟熏三文鱼，所以，我宁愿认为，她告别人世的时候，至少大饱了口福。

埃尔芬依旧活蹦乱跳。她没打盹的时候，确实变成了伟大的捕鼠能手。至少在我们看来是这样。耗子的存在不言自明，证据就是它们的粪便：黑色的小圆球，屋子里，田埂上，到处都是。但很快，这些粪便全都无影无踪了。我们思来想去，认为只有两种可能：要么是埃尔芬雷厉风行地把老鼠都消灭了，要么就是她自己把老鼠屎都吃了。

我们搬来第一年的春夏两季，各种繁杂事务堆积如山：农舍需要重建，装修要有现代品味，灌溉系统要学着怎么用，蔬菜要精心栽培，树枝得勤加修剪，果子要及时采摘。所有事情足以让我们忙得不可开交，无暇分神，直到那天，我俩踏着清晨的露水，在河边散步的时候，偶遇一个每周都来卖家禽的贩子。

每周六都有个大个儿男人，乐呵呵地开着白色的大货车，从300公里外的雷阿尔城赶过来，正好在清晨的第一道曙光中，出现在格拉纳迪诺河畔。他的货车里装有特别的隔栏，里面塞满了你可能想要的各种家禽：鹧鸪、家鸡、鸭子、鹅、珠鸡、火鸡、鹌鹑，甚至孔雀。我们还是第一次碰上他，但立刻就被他掀起一股家禽热。只要花一点儿比塞塔，就能让各种各样的家禽进入我们的生活轨道，大大提高我们的生活品质，一想到这里，我俩就口水直流。

那天晚上，我们回家给猫猫狗狗们喂吃的，心头总萦绕着难以言说的孤独感，似乎农场于我们不在的时候，不知怎么被耗空了。博纳和埃尔芬已经尽力了。它们不能生蛋，这不是它们的错。

第二个周六，我们买了几只珠鸡和鹌鹑，然后飞奔回家，急切地把它们介绍给我们的家庭小圈子。几天后，贝尔纳多被我俩饲养家禽的热情感动了，捐献了几只鸡。显然，它们是从荷兰进口的几只特别的鸡，身材肥胖，羽毛雪白，样子很漂亮——鸡的那种漂亮。据说，它们不但肉质鲜美，而且不用养多久就能下蛋。

“你给它们搭好了鸡舍吧？”贝尔纳多问。

“是的，”我想起来马厩中那个破破烂烂的地方，“万事俱备。但我要怎么把它们弄回去呢？”

“先捆住脚，然后把绳子系成环，这样你就可以拎着它们回去了。怎么样？”

“好吧。”我心里有点犹豫。

“行，准备好了吗？我要进去抓鸡了，待会儿递给你的时候，你得抓住了，不管怎样都别让它们跑了。”

只听咯咯嘎嘎的一阵乱叫，贝尔纳多膘肥体壮的身躯，已经钻进了鸡舍的小门里。他抓了两只出来，捆住了脚，然后我拎着两只鸡，穿过山谷，往巴莱罗新建的鸡舍走去。

一路上，我纠结着鸡的感受。这样似乎很愚蠢，但对鸡来说，这样的运输方式，确实相当残暴。两只可怜的小东西，被我倒拎起来，头部离地面只有寸许，双脚被系得紧紧的，它们无辜而困惑的表情，让我心中充满了不安。所以，我加快步伐，小跑下山，被小石头绊得踉踉跄跄，跨过大块的石头，奔过不平整的地面，尽力让手里的鸡保持平稳。终于，我跑到了农场上，像一个人刚玩了场“汤匙运鸡蛋”的比赛。

回到巴莱罗农场，我胡乱把绳子解开，心里高兴自己终于为它们解除了束缚。两只鸡咯咯叫着碎步小跑，奔进了它们新家的阴暗角落里，似乎还很镇定。我开心地看着它俩宾至如归地在待在那里。接下来的一个小时，我便愉快地翻起了烹饪书中“鸡蛋”那一章。“伊丽莎白·戴维曾经提出，在法式菜肴中，鸡蛋有685种做法。”我大声念了起来。

家禽热还在蔓延。我们又收到了馈赠，这次是几对野鸽子，多明戈老爹送给我们的，就装在一个鞋盒里。鸽子一住进我们家卧室下的马厩中，我们便能在晚上听见没完没了的咕咕声、跺步声，还有拍翅声，这让我们的夜晚快乐无比。多明戈老爹说，它们不用多长时间就会适应新家。

“只要在笼子里多养几天，就可以打开笼门，让它们飞出去了。它们自己会回来。万一没回，你就四处找找吧。”

于是，鸽子们在嘈杂的马厩中住了几日，然后，我俩就心怀忐忑地把笼门打开了。当然，什么都没发生。又过了三天，鸽子们终于醒悟过来，它们纷纷找到笼门，扑棱棱地飞出来，坐上了屋顶，沐浴在阳光下，眼睛眨巴眨巴，一只黑色，一只灰色，还有两只是白色。它们时而展开翅膀，在空旷的山野中飞翔、升高、盘旋，时而因为技巧不熟练，而在气流中颠簸。飞完一通，它们又落回来，重新坐在屋顶上，思考一番，接着呼啦啦一下，再次翱翔起来。

鸽子是一道亮丽的风景线。看起来，它们从飞翔中得到的快乐不比我少。我是说，假如我也能自由翱翔的话。有时候，我会一连几个小时看着它们，感觉它们就是大自然最完美的馈赠，让山谷里白色的农场上多了一点灵动。但是第二天，来了一场飓风，摧残了桉树和常春藤的叶子，还把这些可怜的小东西吹走了。我伤心绝望。又过了几天，其中三只忽然瘸着脚回了家，不知道之前的飓风把它们都吹到哪儿去了。但是还有一只始终不见，我们猜它可能被吃掉了，估计是只老鹰。

本来，鸽子的产卵速度快得惊人。据多明戈老爹计算，有他给我们的这两对鸽子，一年后，我们就可以养出80对乳鸽，而且，这两对鸽子理应一个月内就开始产卵。但事情并没有按计划发生。我们等了好几个礼拜，希望能看见有只正在孵化的鸽子蛋，至少要有点让人鼓舞的爱情活动吧。显然，黑色的那只和另外两只不同。它的两个同伴会一起坐在屋顶上，而这只黑色的，体型稍大一些，会独个儿坐得远一点儿，看着那俩同伴。然后，它会不怀好意地悄悄挪过去，但一看到它过来，另外两只就跳离屋顶了。

“你觉得它会不会是公的，安娜，就是说，这种行为在鸽子世界中是求爱的表现？”

“是的，我敢肯定它是只公鸽子。但情况看上去并不乐观，不是吗？”

虽然如此，公鸽子慢慢开始变得越来越迫切，而母鸽子也越来越顺从了。终于有一天，它跳在了它们身上，凶猛地啄它俩脖子后面。整个过程看着很不愉快，于是我们便不再观察鸽子了。然而几周后，一只蛋孵了出来，小鸽子破壳而出。这只小东西就成了巴莱罗农场上出生的第一只家养动物。——多么辛酸的历程。

那天早上，我照例去喂养所有的家禽和鸽子，忽然在鸽子窝里发现了一只瘦成皮包骨的小鸟，浑身湿漉漉的。于是，我立刻跑回农舍，把消息告诉了安娜。

“知道吗，我们终于有只小鸽子了！”

安娜和我一样兴奋，丢下手边所有事情，跑去实地考察。

“样子一点儿也不好看，不是吗？”她评论道，“你真的觉得那是只鸽子？”

“这个嘛，它爸爸是只鸽子，它妈妈是只鸽子，而它正呆在鸽子笼里面。要说不是鸽子，它还能是什么！”

“也可能是布谷鸟……”

安娜的猜测不是没有道理。这只刚出生的小鸟，样子难看极了，暗棕色的羽毛耷拉着粘在身上，脑袋和身子的比例非常怪异。很难相信像鸽子这么漂亮的生物，生下的蛋里会蹦出这么难看的鸟。

“不可能。布谷鸟在野外生蛋，不会生在马厩里的。我觉得它就是只鸽子。”

的确是只鸽子。经历了三个月，我们的鸽子数量才从四只增加到了……四只。我开始觉得，多明戈老爹的预期太过乐观了。以这种速度，我们家一年能吃上一次鸽子派，就算很走运了。实际上，我们终于明白过来，原本轰轰烈烈的家禽事业，遭遇了不景气。我们按计划做了大量投入，但几乎没看到什么产出。马厩里的气氛一片低迷，大家都不愿意孵蛋，不愿长个儿，不愿意壮大族群，甚至不愿意产卵。情形明显不对。于是我们做了些观察和思考，最终得出结论——它们彼此相处很不愉快。

事情是这样的：家禽圈儿里个儿最小的鹌鹑，被荷兰鸡给吓住了；荷兰鸡虽然可以忍受鹌鹑，却受不了珠鸡或鸽子；珠鸡对鸽子没有反应，却害怕鹌鹑，而且憎恶鸡；鸽子们看到珠鸡害怕鹌鹑，开始紧张荷兰鸡和鹌鹑之间是不是可能结盟，另外，它们还对珠鸡的冷漠态度，心有不满，并且和其他家禽一样，都憎恶着荷兰鸡。

不能这样下去了，一定要采取行动。于是，我们捣鼓出来一样东西，取名为“鹌鹑休息所”——简称“鹌息所”。如果可以让鹌鹑从怪圈中脱离出来，情况或许就会好转。

为了修建“鹌息所”，我们参考了很多类似的地方，慢慢形成了自己的构想。我们的设计理念主要包含三个因素：快乐、安全，还有轻便。我们希望能看到鹌鹑最好的表现，所以决定在铁丝笼子里，尽最大可能模仿野外的生存环境。

我们最后做出来的东西，是个便携式方舟，一头装着全封闭的巢穴和夜间活动室，出入口设计巧妙；另一端围着铁丝，但底部是开放式的，让住在里面的家伙们，可以近距离接触地面。网笼四周还有铁丝花边，可以用石头压住。在我看来，这样东西可以说达到了现代设计潮流的顶峰，将给整个家禽饲养业带来新的启发。

不幸的是，鹌鹑们并未体会到我的一番苦心。它们一进新居，就一头扎进了夜间活动室的黑暗角落里，躲在里面暗自神伤。这种状况持续了一周，毫无起色，最后，它们终于经历了野外生活才有的一种遭遇：被狐狸吃了。

移走鹌鹑也无济于事，家禽们眼中互相憎厌的电波，依旧影响着它们的表现。于是，我们又给众矢之的荷兰鸡准备了一间颇具魅力，用石头做的鸡舍，外面还有一大片休息区，并且装上了结实的门，以防狐狸偷袭。荷兰鸡们搬了进去，很快我们就在鸡舍里发现了第一颗鸡蛋。

我按照伊丽莎白·戴维推荐的法式烹饪法，对这颗鸡蛋倾注了全部的心血。首先，我把鸡蛋投入沸水中煮了一分钟，然后把锅从炉子上拿开，让鸡蛋继续在水里温上五分钟，接着再用冷水稍稍冲一下，就把它吃了下去。这种味道，和我以前吃过的鸡蛋截然不同，简直堪比琼浆玉露。

然而，正当我享用香喷喷的鸡蛋时，一只短尾鼬，要么是黄鼠狼，跑来偷鸡吃了。没过几个礼拜，珠鸡和鸽子也前赴后继，走上了荷兰鸡的道路。总之，狐狸、蛇、短尾鼬、黄鼠狼、貂、野猫和老鼠都潜伏在暗处，伺机挫败我们在饲养家禽上所作的任何努力。我们埋伏的机关，我们建造的设施，在它们的屠戮面前，全都不堪一击。不管我们怎样努力地亡羊补牢，这些野生动物们还是比我们更聪明。

迫不得已，我们只能放弃了。除了重建屋子，我们身上还背负着其他重任，再没时间用家禽来关照那些来访的食肉动物了。我安慰自己说，这只是我们的初次尝试。将来，我们还会有机会重操旧业，让自己像儿童故事书里描述的那样，拥有一个安宁的家禽乐园。

几个月来，一堆栗木屋梁就堆在房子后面，被防水帆布盖着。每每看到这堆木头，我们就想起前面还有甚为紧急的工作要做，但谁也提不起兴趣开始动手。春雨中屋顶漏水的情况，并没有多明戈预言的那么糟糕，只要做好战略部署，在有利位置放上几只桶，这个问题似乎就能轻松解决，并不需要大费周章地把房子拆了。

然而，随着夏季到来，我们不得不把重建屋子的事付诸行动，因为一个新问题出现了。屋顶的蔓藤垫里生了虫，这些密密麻麻爬在天花板上的虫子，到了夏季，竟然开始繁殖产卵，而且还在到处游荡、肆意斗殴，完全无视两米之下，惊恐万状、全无睡意的两张脸。晚上越来越热，我们头上的繁殖产卵活动，也变得更加疯狂了。很快，虫子的数量便失去了控制，我们时不时发现头上撒下来一把幼虫、蛆以及虫群中过剩的小虫。这样下去，我们很难睡得安稳。屋顶一定要修葺了。既然已经决定要动手，我们觉得，不如再把我们起居

生活的地方，做点小小的改善。

巴莱罗农场上有两栋石屋，自从搬来后，我们就在其中较大的一栋屋子里面驻扎了下来。这栋屋子坐落在石崖的斜坡上，屋外搭着凉棚的院子直面宽阔的大峡谷，蜿蜒的河流就在脚下流淌。屋子一边是间卧室，另一边是四四方方不带窗子的房间，可以通往厨房、设施齐全的浴室；还有另一个狭长的房间，从那个房间里，可以看见和卧室窗外一样的风景，但是窗子上没有玻璃。这样，就大大限制了这间房作为客厅的功能，刮风下雨的时候，我们从院子里躲进来，没什么可做的，只好凄凉地坐在床上，看向窗外。

佩德罗的旧居，就在坡下靠东边的地方。房屋设计简陋，年久失修，里面只有两个房间：带壁炉的厨房，和没有空气的黑暗储藏室。他在储藏室里存放火腿、工具，还有床。这栋屋子，我们还没派上用场，因此用来进行重建工作，再好不过了。如果我们敲掉里面的墙，再扩建出 L 形的面积来，我们就能有个客厅，大到足够把家里的世俗之物都陈列在里面，还能有个全天候的厨房，等我们搬进去了，就可以把剩下的再改善一番。

即使在西班牙这么狂放不羁的地方，乱改外墙还是要得到批准。所以，我去了趟市政厅，得到答复，一周内会有个警察被派过来做实地调查。五月里一个炎热的清晨，他不远千里地走了过来，山谷里的热气和灰尘，似乎并没在他无瑕的制服上留下任何明显的痕迹。他脚下的鞋依旧光亮，身上的衬衫平整如新，整个人形象威武，办事务实。我们给他倒了杯咖啡，让他休息休息。他对我们说道，如果我们在这山高水远的地方需要个朋友，那就非他莫属。这句话让我们对他刮目相看。

“那么说，只有一层，对吧？”他开始问正事儿了。我们把心中构想描述了一番。

“你们建房子，不会在里面加石棉吧？”我们向他保证，这种想法在我们看来万恶不赦。

“好吧，”他把杯子递了过来，想再加点咖啡，“那就没什么问题了。你们高兴怎么建就怎么建吧。”

行政规划上的障碍也扫清了，看起来万事俱备，什么都阻止不了我们重建的脚步了。可是，我们都不知道要从哪儿开始动手。此前的生活中，我一直对建造之类的活儿憎恨有加。我是那种在门上装个钩子都要推三阻四的人，巴不得有能干人，自动上门帮我解决，最好身边还带着工具。但在巴莱罗农庄就不同了，事事都得亲力亲为。我环顾四周，想找点容易的事情先做起来，然后再让自己慢慢投入角色之中，当个建筑工和项目管理人。

这栋小屋的石墙之间糊着泥，但大多数地方泥都脱落了。重新往墙上糊泥的事儿看起来不太难。于是，我去了趟奥尔希瓦镇，买回几袋水泥，一堆沙子，还有把泥刀。我用小刮刀，把能刮的泥都刮了下来，然后从石缝间开始，用沙子和水泥的强大混合物，把洞重新填好。我不厌其烦地终于做到让自己满意了，但是，区区十来米长的墙壁，已经耗去了我将近一周的时间。

就在我退后几步，欣赏自己的作品时，多明戈出现了。

“我在重新糊这堵墙。”我爽朗地告诉他。

他眯起眼睛，仔细打量做好的这一小段墙面，嘴里嚼着一截草秆。

“你觉得怎么样？”

他摇摇头，走过去用手沿着墙面一路摸下去。

“歪歪扭扭。”他宣布。

“什么歪歪扭扭？”

“整堵墙都是歪歪扭扭的。”

“是吗？”

“这样肯定会倒……你需要的话，我就过来帮你一把吧。”

两天后，多明戈带着工具、支架还有一套他刚从镇上找齐的扁平直尺来了。“好了，”他说，“我们首先要把屋顶掀掉，然后把墙敲了。”接着，他像拆除机一样投入了工作。到那天下午，我们已经站在一堆瓦砾上了。那里几小时之前，还是一栋勉强可以住人的屋子。

若不是对多明戈的本领抱着坚定不移的信念，看到这幅场景，我恐怕早就抱头痛哭了。但我知道，只要和这位良师益友在一起，不管前面有怎样的刀山火海，我都能高枕无忧。这倒不是说多明戈是位善解人意的老师，他绝对不会顾及你的感受。如果砌墙的时候，我摆了块石头，位置别扭，跟他想的不一样，他就会冲过来，对我大吼大叫："错了！放错了，你个笨蛋！如果你把石头那么放，这堵墙就砌得像豆渣一样，等我们把屋顶搭上去的时候，墙立刻就塌了。"然后，他健步如飞，来到我身边，抓住这块突出来的石头，狠狠往下锤，直到它放对了位置。

"啊，原来要那么放……"

用石头建房，不是个讲求严谨的活儿。这里有些经验的人都知道，每块石头有七个姿态，有时每个姿态都不合适。所以，堆砌石头，就是学会妥协，考虑每个姿态的时候，你都会纠结一番。虽然这事儿很费脑子，不过看到一堵墙拔地而起，你还是会有相当的满足感，就像看到土地的某一部分已经延伸到了空中。

我逐渐变得手脚麻利，而多明戈也少花了很多时间对我嚷嚷，一心堆放他的石头去了。我的工作是和好水泥，然后把内墙用水泥糊上，而多明戈负责更重要的外墙工作。他看起来做得得心应手。没过几天，我俩就往后一站，欣赏起这件石砌的艺术品，检查起墙壁的尺寸、长宽，还有质量了。

“你从哪儿学的用石头这样建房子？”我问道，“非常漂亮。”

“咋了，现学的，和你一起边做边学的啊。”他有点惊讶，表示以前并未用过泥刀。不过他常常看别人这么做，多明戈立刻向我保证。

对于盖房子，我和多明戈虽然都是新手，却并未遇到多大困难。多明戈不可动摇的自信，深深感染了我。没过几周，我俩都成了一知半解、自高自大的建筑师了。我们会在草稿纸上，用圆珠笔和卷尺画出设计图。多明戈有各种奇思异想，比如宽阔的门廊啦，石柱和拱门啦，但在我看来，他的构想未免太雄心壮志了，不适合我们这栋卑微的山村小屋。

因为多明戈的农场上已经落下了一堆活儿没做，我也要把没做完的事都赶上，所以，我们打算先停工几日，再接着把需要扩建的石墙砌起来，那地方将成为我们未来的新厨房。几日后，我们约好的时间到了，但多明戈没来。我自己胡乱砌了几块石头，进展缓慢，像在浪费时间。第二日，他仍然没有出现。等我终于找到他时，看见他一脸愁容。

“你怎么了？周一那天怎么没来？”

“我在格拉纳达医院。妈妈病了。”

“什么病？”

“肾癌。他们说活不过几个礼拜了。”最后几个字说得气若游丝，因为他在努力忍着不哭出来。

我惊骇地看着他。这不可能！伊克丝比拉看起来那么健康，那么结实，那么无忧无虑。她怎么可能要死了呢？多明戈寥寥几语，讲出了一些细节，比如伊克丝比拉的隐痛啦，从普通门诊转专家会诊啦，诸如此类。他的语调那样消沉，听起来让人心痛。我搜肠刮肚，想找些安慰他的话，但不管是西班牙语还是英语，一句稍微合适的话都想不到。若是伊克丝比拉看到他这样，肯定知道该说些什么，但伊克丝比拉住院了。

想到这里，我觉得应该做点实际的事情，比如喂一喂他们家的猪，然后第二天带点食物和洗漱用品送到医院。那天回到家里，我立刻就把这个惊人的消息告诉了安娜。

第二日一早，我们在雪纯医院的前台遇到了多明戈，他多了两个黑眼圈，而且看得出来刚刚哭过。

“妈妈在巴塞罗那和萨拉戈萨的亲戚都来了，”他告诉我们，“还有阿尔普哈拉斯的所有姐妹，大家都在这儿，等她……”

“他们说，就这几天了。”多明戈低声说道。我们跟随他走过医院的宽敞走廊，心情沉重。伊克丝比拉病房外的走廊里堵得水泄不通，人们已经穿上了黑色衣服，垂头丧气得说不出话来；几个年纪较大的女人，正压低了声音，哭天抢地；男人们则把手插在口袋里，低头看着脚下，若有所思；只有孩子们，不顾周围的愁云凄雨，还在奔跑嬉戏。“嘘！”他们的父母有些愠怒了。

多明戈老爹就坐在口门，耷拉着脑袋，身子在不停地前后摇摆。我们握了手，小声嘀咕了几句……其实，我不知道怎么用西班牙语安慰别人，以前学过的几句话都是道喜用的。

之后，多明戈带我们穿过推拉门，来到伊克丝比拉的床前。她靠坐在一个巨大的枕头上，气色很好，让我们暗暗吃惊。说实话，我还从没见过她有那么精神。不过，也有可能是她黝黑的面孔和医院里雪白的衣服枕头，形成了强烈的对比，因为我们不常看到伊克丝比拉穿白色衣服。但不管怎么说，这肯定不是那种让人毛骨悚然的生命垂危景象。

伊克丝比拉脸上绽放出灿烂的笑容，她给了我们一个温暖的拥抱：“哎呀，看到你们乐呵呵儿的，真好！他们老哭丧着脸，让我看了难过。我希望他们都不在，让我一个人清静清静，但他们就是不肯，只会走来走去，越来越不开心。”

我们把几袋葡萄和桃子递给了她。“是啊，伊克丝比拉，你看起来气色不错啊——简直好极了。”我说。

“嗯，我也觉得精神好啊。好好休息了一下。痛还是有点痛，但要笑起来的时候才会发作。不过，有这些傻瓜在我旁边，我是没什么机会笑了。”她指了指门外的一大堆亲戚。

我俩坐在病榻两边，使尽浑身解数去逗她开心。毕竟，按照多明戈的说法，她已时日不多了。

送我俩离开医院时，多明戈解释了一下情况：“医生说要开刀切除肿瘤，手术安排在星期五。但即使手术成功，她也只能多活一个礼拜了，就这么痛苦难过地再活一个礼拜。”

“我觉得她看起来没那么严重，多明戈。她看上去比以前的样子更好了。你肯定她得的是癌症吗？”

“医生告诉我们的。”

我俩无话可说。之前听到伊克丝比拉病入膏肓的消息，我们都深深地感到难过，但来到医院探望过她之后，心里反而轻松了很多。

“我看她一点儿也不像个快要死的女人。”安娜断然说道。

周六早上，我去拉科尔梅纳农庄看望多明戈。他不再每天守夜，终于回家来喂鸡养兔，照顾鹧鸪和猪。我发现他一边吹着口哨，一边把饲料穿过小笼子的栏杆塞了进去，栏杆后面关着一只不幸的公鹧鸪。

“手术怎么样了？”

他转过身，露出很久不见的笑容：“没事了。她身体好多了。根本不是癌症。”

原来手术那天，大家本来都在眼泪汪汪地守着。眼看要结束时，手术室大门忽然打开，一位医生笑容满面地走了出来，向大家宣布真相：不是癌症，只是肾结石，没有危险。伊克丝比拉只要在医院里再住上一两天，等身体从手术中恢复，就可以回家了。

当然，大家都为伊克丝比拉的奇迹感到高兴，但多明戈和他父亲曾经一度崩溃，对他俩来说，生活已经不是伊克丝比拉住院之前的样子了。所以，他们像变魔术一样，七拼八凑，在镇上买了套公寓——用的是现金。以前，伊克丝比拉要在农场上忙里忙外，还要照顾家里的男人，太过操劳了，所以这次，多明戈痛下决心，打算让她好好休息。这套公寓里立刻装上了冰箱、洗衣机，还有一台巨大的电视机，打开来画面全是红色和绿色。

伊克丝比拉和多明戈老爹对公寓里的生活心存疑虑。我们去看的时候，大病初愈的伊克丝比拉骄傲地带我们在屋里转了一圈，特别指出让人印象深刻的地方：枝形吊灯——西班牙现代家庭（尤其是贫困户）中的“sine qua non”[1]，还有那间浴室，里面的自来水管道四通八达。“这水味道很恶心——真脏，没法

① 一种顶级葡萄酒。

喝。”伊克丝比拉快乐地笑了起来。

多明戈老爹好不容易摆脱了对沙发的眷恋。他刚刚窝在那儿，迷迷糊糊，身体像散了架一样，眼睛看着电视机上不知什么花花绿绿的图像。“来。”他招招手，带我们走到外面，来到他的领地上。公寓厨房外，有一块床单大小的菜地，据称是“欧洲耕地中最密集的一块土地”。我想起以前流行写明信片的时候，有种写法，是横竖两个方向交叉写，估计是为了能写上更多的字吧。多明戈老爹在这块小菜地上就是这么做的。

“瞧，”他骄傲地说道，“这是茄子和西红柿，还有小辣椒呢，瞧见了吗？”

确实，我们看到了。小辣椒正紧紧塞在他们精心垄好的田埂中，和没长熟的茄子、西红柿垂直交叉，已经在抽芽往上长了。多明戈一家并没有考虑在这套公寓里长住，只当这里是个避难所，农庄上日子太艰难的时候可以让伊克丝比拉过得轻松点儿。但不管怎样，首先还是要种上蔬菜。

我们坐在沙发上，喝了杯酒。

“农场里的生活太辛苦了，”伊克丝比拉说，“到处是灰，到处都脏啊，还有苍蝇和狐狸。这里就好多了，只要拿着笤帚扫两下，每个地方都一干二净。但是，也没别的活儿干了，只能傻坐着，盯住那台破电视机。就连让你看了开心的景色也没有，”她指着窗外隔壁邻居的墙壁说，“你不能总在这儿住，会疯的。”

母亲刚到鬼门关走了一遭，现在又去镇上调养身体了。这种情况下，多明戈再也无暇顾及巴莱罗农庄的土木工程，他有太多自己的事情要忙。无论如何——按照他的说法——我已经知道这事儿该怎么做了，现在可以自己动手。

多明戈特立独行的教导，的确让我学到了不少技能，也增长了自信。他说得也许没错，我应该可以自个儿盖栋房子了。但这么单枪匹马地建一栋石屋，非得折腾到猴年马月去不可。“我需要帮助。”正这样想着，就遇上了。

沿着卡迪亚尔河，往上走一个小时，就到了胡维莱港。那是个已近荒弃的小村庄，跨立在河两岸，位于河流进入峡谷的地方。我和安娜经常隔三差五走去那儿溜狗。那里怪石嶙峋，水流湍急，让那段峡谷中的空气格外凉爽舒适。因此，每当炎热的夜晚我们溯流而上的时候，感觉就像在清凉的空气之河中沐浴。在这条河道边散步的人不多，所以住在山里的动物们，常常肆无忌惮地下来饮水。一路上，你经常会遇见巨角塔尔羊，要么是野猪和老鹰，或者水蛇、青蛙、乌龟和蜥蜴。

有天晚上，我和安娜在河边一小块肥沃的土地上散步，地里整齐地种着玉米和苜蓿，绿油油的一片。而远处村庄的外围，藤蔓横生，越发显得荒芜。落日的余晖中，有对夫妇站在屋门前，疑惑地看着我们。他俩的农舍，就在村子前一排破败的房子中间。

“嗨，下午好。”我俩打了个招呼，回以疑惑的目光，因为他俩看起来，一点儿也不像我们印象中的西班牙村民，那模样太熟悉了，明显就是英国人。

“下午好，”他们回答，“你们看起来一点也不像西班牙人。”

约翰和卡西十多年前就搬到了西班牙，远远逃离了英国的生活。他们在塞维利亚市住了几年后，就来到这个偏远的山区，安顿了下来。他们和我俩第一次见面，款待周到，又是茶又是酒。我们在彼此身上又看到了那种英国作风——着实让人憎恨。毕竟，我们多少算是邻居，但没人来西班牙生活是为了和自己的同胞住隔壁的。

然而，没过多久，我们就原谅了彼此的出身，让友谊迅速滋长。约翰和卡西像我们一样，也在一点点修缮他们破烂不堪的村屋，不过手头拮据。他们的收入来源，主要是在当地做英语外教，做建筑工和木工，以及当导购——通过某个神秘的西班牙行政管理网站，为想在这里买房子的外国人提供咨询。

我们决定互通有无。每个礼拜，我会去一次胡维莱港村，花一天时间为我们的新朋友盖房子，兜售我从多明戈的建筑课上学到的东西。作为回报，约翰和卡西会教我俩水管、电路、刷墙以及木工方面的技巧。因此，在巴莱罗农庄，那些之前看起来不可能的任务，轻而易举就完成了。我们有了新的电力系统，装上了从格拉纳达市买来的新太阳能板。农舍也日新月异，换上了20世纪的新装，脱下了之前破破烂烂的衣衫。

然而，纵有我们仨时不时凑在一起工作，偶尔还有安娜做帮手，盖屋的进度还是慢得可怜。我不能干等着几年后才把房子弄好，必须采取措施加快速度。于是，我跟远在伦敦的姐姐卡罗莱商量了一下。她头脑冷静，建议我去“新西兰之家”网站上发布信息，看看能不能找些四处迁徙的新西兰人帮忙。我提供他们的薪酬相当微薄，但能让他们有机会看看安达卢西亚，吃到当地的特色美食，畅饮美味的科斯塔酒。我在英国剪羊毛的时候，曾经和新西兰人一起工作过。我喜欢他们的豁达与自在，更喜欢他们工作的勤奋劲儿。

我们收到了75份回复。卡罗莱从中挑选了一些，列出清单，然后根据我的选择条件进行面试。接着，我跑到奥尔希瓦镇的电话局，亲自做了最后的面试工作。

就这样，我们在巴莱罗农场上又有伴儿了。和我们生活在一起的，是四位强壮的新西兰人：戴维、吉特、基斯和黛安娜。而我则扮演起多明戈的角色，负责堆砌最重要的外墙，也时不时会对他们大呼小叫，直到他们把石头的位置放对。一切都进行得很顺利。没过多久，大家已经技巧娴熟，干起活儿来得心应手，再加上约翰和卡西的配套设施工作，房子终于开始有了雏形。

“这是自发式建筑风格。”基斯说得头头是道。他曾在新西兰接受过建筑设计方面的培训，刚来的时候，看到我们的做法这样藐视传统的设计方式，被吓了一跳。比如说，内院楼梯格的高度，我们用建筑石材的大小来控制，其他地方，我们也是用唾手可得的材料，采取类似的方法来设计，除此之外，水管暴露在墙外，电线就沿着墙面走，反正怎么方便，怎么做。

我们花了五个月的时间，完成了整栋房子的施工。地面用石头铺好了，栗木横梁经过清理、打磨和抛光，去粗取精，又上了12层亚麻籽油后，全都架设到位了。房子里最亮眼的是一个优雅的壁炉，炉口装着曲面橄榄绿壁炉顶梁，里面竖了一根模制烟囱，规格上，我们参照了经典的康特·拉姆福德式壁炉设计。拉姆福德是美国18世纪晚期一位壁炉爱好者，他曾做过多次炉床设计，最终得到了尺寸上最完美的比例，能让烟尽量从烟囱里排出去，而把热量保存在屋子里。我们设计的简约版也有一样的功能，看起来十分赏心悦目。

作品完工那日，我们一起吃了顿庆功宴。按照新西兰人的说法，这个仪式叫做“封顶”。约翰和卡西贴心地为我们送来香槟酒；基斯带着七分醉意，说他和黛安娜计划在新西兰建所房子，就用我们这种“自发式建筑”原理。

我俯身点燃壁炉栅栏后早就备好的迷迭香和橄榄树枝，火光燃起的那一刻，寂静降临到我们中间。小小的火苗从火柴上跳进了引火木屑中，眨眼间便火势凶猛。炉火的咆哮声在烟囱里发出深沉的回响，肆意舞动的红色火光，照亮了整个房间。我不禁眼角有些湿润。这堆火就像心脏一样，让我们的新房有了生命的脉息。

秋去冬来，内华达山峰上白雪皑皑，我们树上所有的橄榄，也从紫色变成了油亮的黑色。雨后的山村，现出一点翠绿，植物不再干枯，灰尘也少了很多。我们学着邻居的样子，开始采摘第一年的橄榄。俩人举着长长的蔓藤，在树林中穿梭，把熟透了的果子打落，堆在树下铺好的网里。

熟练的采摘工，会把树上的橄榄一颗不剩地打落。如果有必要的话，他还会奋不顾身地爬上颤悠悠的枝头，痛打那颗负隅顽抗的橄榄。我们不打算追求如此的精确度，甚至还冒着颜面扫地的风险，让剩下的几公斤橄榄，尴尬地留在枝头晃来晃去。然而，住在偏远的巴莱罗农场上确实有几大好处，其中之一就是路人稀少，让你可以高枕无忧，免受非议。

我们在每棵树底下都溜达了一圈，捡了大概 500 公斤橄榄，装入袋子里，将枝枝叶叶都摘了下来，然后把全部橄榄装上了车，开到了巴耶戈斯村的磨坊。这里榨橄榄油使用冷压技术，只有少数几个磨坊能做到，出油质量也更好；比率大概是 4 ∶ 1，也就是说，每 4 公斤橄榄可以榨出 1 升油。我们榨了 120 升橄榄油，不但够家里一年的用量，还能剩下很多，当作礼物，送给我们那些五谷不分的朋友们。这是我们第一次尝试自力更生的生活方式，禁不住感到有些沾沾自喜。

到了十二月，南部孔特拉维耶萨山的山峰已被积雪覆盖，南风中也夹杂了一股冰寒。农场上之前的活儿都已告一段落，我和安娜打算再看看其他还没做的事儿。于是，邦卡就从我们的清单中脱颖而出了。它是只刚出生的牧羊犬，和我们那些英国朋友生活在一起。朋友家就住在奇科河上一个种满杏树的山坡上。最近，他们正在为一窝小狗寻找新主人。我们因为一直都喜欢那位充满爱心的狗妈妈，而且也很想为博纳找个伴儿，于是，决定过去看看那些小狗。

我们立刻就选中了邦卡，她的名字取得太巧了（安娜坚持一定要让家里所有狗的名字都以字母 B 开头），让人想起邦卡咖啡。一窝小狗中，她和母亲长得最像，性格也开朗活泼，得到母亲的遗传。她有铁铲一样的脚爪，长大后身材可能也和母亲一般大小。不过最惹人喜爱的，是她的叫声。不知为何，她稚嫩的声音咆哮起来，像是在模仿鸭叫，而且，她越是叫得凶，这种感觉就越强烈。在我俩看来，这种能力在狗的世界里非常特别，所以在选择巴莱罗未来小狗的母亲时，不应忽略这一点。可惜博纳当不了妈妈了，因为她从小就被结扎，不能再繁衍子嗣了。

邦卡轻而易举就被博纳接纳了，而且很快和农场上其他的动物也打成了一片。我们看到她这么快就融入了新生活，不免感到有些惊讶。忽然有一天，她夹着尾巴，呜呜叫着，兔子一样逃进了屋里，声音中满是恐惧，看起来又遇上什么新情况了。于是我出门查看。原来，屋后的山坡全部被绵羊占领了，那是热拉尔多的羊群。这位年轻的牧羊人常在阿尔普哈拉斯东边的高山上放羊，绕着涅利斯和胡维利斯村外围走动。但每年冬天，他都会来到山下，在本塔德山的杏树林里放羊一个月。他带着羊群浩浩荡荡，沿着维亚皮丘利尔路行进。这是一条古老的牧道，正好经过我们的农场。

我默然伫立，看着羊群缓缓经过。这群羊身材瘦削，可以说瘦骨嶙峋，看上去长得更像山羊，并不是十分讨人喜欢的那种类型。然而，当它们进入河边的垂丝柳树林中，渐渐消失在视野之外，只留下身后一团瘴气的时候，我仍然看得回不过神来，心里竟满是艳羡。我终于按捺不住了，一个念头在心中蠢蠢欲动——是时候买一些我自己的绵羊了。

然而，要把我们剩下的大部分积蓄都花在养羊上，安娜很有些保留意见。她提醒我说，之前在英国养羊的事儿，非但没让我们致富，甚至连小康生活都没过上。她的评价十分中肯，却遗憾地忽略了一个非常重要的事实。我指出农场上是必须有家畜的。如果我们只养着两只狗和两只猫，把巴莱罗称为“农场”就成了一种讽刺，更别说想当什么农场主了。当然，她也不想让自己饲养家畜的本领都荒废了吧？

我又添油加醋地说了很多养羊的好处，比如可以让它们啃掉农场上茂密的灌木丛，还有四处乱爬的爬山虎啦，防止杂草长势迅猛，把农场小路盖住啦，诸如此类。后面这个理由似乎让安娜动了心。我很有把握，只要再多劝几句，她就会和我有同样的想法。

谢拉德塞古拉山是座非常荒凉的高大山脉，距离北部的格拉纳达市约有 4 小时的车程，以农业小镇韦斯卡尔为中心。这座镇是个芝麻大点的地方，我翻破了所有的导游手册都找不到。但不管怎样，久负盛名的“塞古拉绵羊协会”就在那里。

其实，我并没亲眼见过塞古拉绵羊，只是在奥尔希瓦农业办的一张图表上看过几张它们的照片。这种羊全身雪白，毛茸茸的，是最典型的绵羊样子，一看就是好羊，非巴莱罗莫属。我筹谋着要去那里买羊，为了不给这里的农夫和牧羊人丢脸，我特地刮了胡子，擦亮皮鞋，挑了件白衬衫，穿上惟一一条没有磨破的牛仔裤。在十二月一个天寒地冻的下午，我去银行里取完钱，就出发向格拉纳达方向驱车前行。

到达韦斯卡尔镇的时候，已是晚上，街头空空荡荡。看起来，这里的人不是在地里忙活，就是窝在家里，围着桌子下面的碳炉小火盆取暖。我不知道去哪儿找绵羊协会的办公室，于是溜进了酒吧里。只有零星一两位客人。

我点了一杯酒，顺便走向酒吧招待大厅。“托尼托！”他对酒吧里面一个角落里的客人喊了起来，“这位先生正在找绵羊协会。你知道在哪儿，不是吗？”

听到他喊话，托尼托扶着吧台，不太稳当地蹭了过来，嘴里嘟嘟囔囔说着什么，嘴角上还挂着酒渍。我忧心忡忡地看了看自己身上的白衬衫。“晚上好，安东尼奥。”我跟他打了个招呼，“听说你知道绵羊协会的办事处在哪儿，是吗？”

“哼！”他嗤之以鼻，“那是当然，管你想去啥烂地方，我都知道在哪儿。但咱们先来两杯再说，呃？”

我为什么总陷入这样荒谬的处境？若换了别人，就能顺利出入酒吧，而不用花整晚时间去招待一个醉汉。天知道为什么，那些大话连篇的酒鬼总能逮住我，一逮一个准，似乎瞅准了我是那种迂腐客套的人，不会在外地的小镇上去冒犯陌生人。

不管怎样，虽然我碰到过很多类似的酒鬼，但相比之下，安东尼奥绝对是个酒渣。他一杯接一杯地喝，直到我对找路的事已经绝望，打算自甘堕落地陪他消磨一个晚上。这时候，他忽然摇摇晃晃地站了起来，宣布要带我去绵羊协会，然后拉着我的胳膊，跌跌撞撞走出了酒吧。他一边走，一边高声咒骂，口角流涎。我本想找个更好的向导，而不是眼前这样绊绊倒倒的男人，但现在已经没的选了，至少，他知道该往哪儿走。

“你打哪儿来，朋友？看得出，不是咱们这儿人？”他貌似很喜欢提这个问题，刚才在酒吧里就问过了一遍。

“其实我是英国人。”

“英国哪儿？”

“英格兰。”

“啊，英格兰，没错儿……咱在那儿是响当当的人物……你知道费尔南多·希门尼斯？……”他对我做了个揶揄的表情。

“可能不认识……我哪儿知道呢。费尔南多·希门尼斯住在英格兰什么地方？”

“巴塞罗那。”

“啊，朋友，你肯定搞错了，巴塞罗那不在英格兰，在西班牙北部……”

“没搞错，费尔南多就住英格兰——英格兰巴塞罗那。”

我们就这样一路往办事处驶去，去找在绵羊协会等着我们的大人物。我想打断这场关于巴塞罗那地理位置的谈话，因为谈来谈去，也谈不出什么内容，但天知道贸然提起另一个话题会有什么结果。可是，托尼托似乎对此毫无顾虑。

“看足球吗？”

“不看。我连电视机都没有……”

“那你肯定看了下半场的那次射门……”

“我没看什么比赛，伙计！”

“你不会错过那场比赛啊——就是费尔南多·希门尼斯……”

“怎么又是一个费尔南多·希门尼斯……”

正说着，我们已经开到了绵羊协会办事处外面。

“到了，朋友。谢谢你……”

“别动。咱是这儿响当当的人物，让咱把佩德罗喊出来。”

“不用了，别，我不想给你添麻烦。”

“没、没事儿，不麻烦。”

他站在人行道另一边，对着一楼的窗户大喊：“佩德罗！佩德罗·加列戈，你个混蛋！”

没人回答。我头上开始冒汗了。

“佩德罗！你聋了吗？你这只该死的小羊羔！你听不到我说话吗？”

托尼托弯腰捡起一块石头，朝窗子扔了过去。命运之神至少没有完全弃我于不顾——石头砸破了窗玻璃。

“佩德罗，你个人渣！笨蛋！你在哪儿，伙计？”

窗子“砰”一下打开，露出一张脸来，那人面无表情地打量着我们。我笑了笑，微微鞠躬，正想做个自我介绍，却听见托尼托咆哮了起来。

“佩德罗，我带了个人来找你！他要买些羊。看看你的窝囊绵羊！”说完，他就跌跌撞撞沿着大街走了。

这样的见面方式让人忐忑不安。但没过几个小时，我就把一切都抛诸脑后了，因为佩德罗·加列戈邀请我和他们一起共进晚餐。我们吃了谢拉德塞古拉山的美味牛菌菇——用黄油炒过，然后用红酒加香料小火炖出来的。除此之外，还有很多其他美味。饭后，刚刚下过厨的男人们又去洗碗了，而女人们在哄孩子。这就是现代的西班牙。

第二天，我跟着佩德罗和他父亲唐·安东尼奥出发了。佩德罗是绵羊协会的秘书；而他父亲是会长，也是一位真正的西班牙大公，对绵羊充满了热爱。我们一个早上都在弯弯曲曲的山道上呼呼行驶，四处去参观农场，看那些窝在草堆中的美丽绵羊。

我们最后选了 25 只小羊羔，12 只怀着小羊羔的母羊，还有

1只公绵羊。我给他们出了个好价钱，然后找了辆货车，打算几周后把羊群送回奥尔希瓦镇。接着，我们去了酒吧，让自己好好放松一下。

招待端上一份漂亮塔帕，但是被唐·安东尼奥拒绝了。

“把那盘乱七八糟的东西拿走，孩子，给我们一份体面的塞古拉山羊肉塔帕。”

“好的，先生。”那孩子说道。

到了十月底，冬雨连绵，河水上涨。自从我们搬来后，一直在用的那座小木桥，已经严重朝一侧倾斜了，桥上可以踏脚的小片浮木要么断了，要么不见了，留下许多让人胆战心惊的豁口。我和安娜每每从桥上走过，都要提心吊胆，脚下还得凌波微步。那一大群羊就更不用说了，我费尽心力也不能把这些滑溜溜的东西，哄上那么不结实的玩意儿。这座桥需要重修。我和多明戈讨论了这个问题。他有个主意，可以让这项工作快速轻松地完成。

元旦那天，多明戈隆重地请了客人。一顿丰盛的午餐后，他对在座的十来位壮汉提出了建议，认为大家应该帮我把桥重新修好。寒冬腊月，不是每个人都喜欢踩到冰冷的河水中，但多明戈言之有理：这么做不但对大家都有好处，而且也是他们的责任，因为他们都是这片土地的主人。另外大家都已经喝得昏昏沉沉了，这是个很好的醒酒方式。

“这些懒虫们让人头疼，”他对我抱怨，“他们都丢掉了修桥的好习惯。以前每次大雨过后，我们就要建座新桥，一年至少四到五次。那时候，我们干这活儿都很拿手。”

大家成群结队下了山，来到河边，看着快要倒塌的桥，上面还有横七竖八的踏脚浮木。我是其中惟一没有修过桥的人，而其他人都很清楚这事儿要怎么做。他们知道这座桥该有多长，该用什么材料来建，而且最重要的是应该建在哪儿。不幸的是，大家都是业余桥梁设计师，都没有统一的科学标准，想法各不一样。弗拉斯科年龄最大，经验丰富，他说我们应该把佩德罗这些乱七八糟的木头扔了，重新建座新桥，位置可以选在河下游的一个地方，那里有棵巨大的桉树，可以固定横木。

“你在胡说八道，兄弟！”多明戈说道，“那地方土质松软，河水一涨上来，就能把桥冲走，根本没法搭桥。”

“这里可以，”何塞在旧桥上游几米远的地方跺了几脚，“这里是河面最窄的地方，地面也很结实。”

“结实？我的老天！如果建在那儿，不出几天桥就被冲走了。那儿从来就没建过桥。”

“没错儿，一定要在河上游，就在夹竹桃那边——那儿河水就冲不走了……”

“不对，最重要的是利用那块大石头，用来做桥墩，那样我们可以……”

“扯淡！如果在那儿建桥，没人能活着过去。”

“你建过几座桥，知道什么？！”

“哼，你爱听不听，但我要告诉你……”

一时间，大家争得面红耳赤，各种想法层出不穷。虽然众人都各执一词，互不相让，但有件事每个人都看法一致，那就是罗梅罗如果不是疯了，那就是喝多了，才会选出这样一个荒唐的地方来建桥。这地方一无是处，想都不必去想。

当然啦，最后我们还是把桥建在了原来的位置上。佩德罗对这条河可能还是略知一二吧。

首先，我们让12位壮汉去运木头。大家又推又拉，把数月前我和多明戈留在树林中的几根巨大的桉树木头拖了出来。接着就是重建河对岸的石墩。我们纷纷把巨石扛过河，扔在岸边。大家都争先恐后地扛起最大块的石头，完全不顾肠子都要被压出来的风险。然后，我们砍下夹竹桃、金雀花，还有一些桉树枝，全部铺在石堆顶部。对岸的石墩堆好以后，我们又用同样的方法，把河这边的石墩也建了起来，一样铺上灌木枝。就这样，我们在河边搭起了新的桥墩，比水面高一米五左右。

我们费了九牛二虎之力，才把木头抬到桥墩上。第一根木头的另一端只伸到了河面 2/3 的地方。大家都在木头上坐稳，让多明戈这位临时的工程总指挥，拿着绳子像走钢丝一样，从圆溜溜的木头上往对岸走。他走到尽头，奋力往河岸那边一跃，却整个儿掉进了水里。

“啊呀呀！冻死人了！”

男人们于是都来了劲儿，一个个跃跃欲试，结果全落进了冰冷的河水中。即便如此，他们还在一个接一个地跳，直到木头上坐着的人重量已经压不住了，才不得不停了下来。然后，我们把木头的位置摆正，发现还是太短了，远远够不到对岸。

不过，没关系。大家纷纷从木头上跨到河对岸，动手把石墩修得更突出一些。忙活了四个小时，我们终于让两根结实的木头横在了两边的石墩上。大家齐齐坐在岸边，欣赏这件作品的优雅与美丽。这座桥看起来简单大方，而且造价低廉，但还是感觉有点不安全。第二天，我找来些木板钉在横木上，让桥面平整可行。但多明戈不赞同我用钉子，因为钉子要花钱。

“你不该为这条河花钱。河里的东西，最后还是要回到河里。迟早有一天，河水会涨起来，把整座桥都冲到海里去。”我知道，应该拿细茎针草编的绳子把木板固定在桥面上，那样他才会感到满意。

就这样，新桥建好了，虽然样子简陋，却有种天然美。尤其是钉在桥面的浮木，让整座桥多了点诗情画意，只要看它一眼，你就想在上面走走。

但是绵羊们的感受截然不同。我和多明戈商量了一下，觉得最好还是晚点再把它们带进巴莱罗农场，于是便在河对岸，也就是拉科尔梅纳农庄旁边，准备好一间羊舍，让它们安顿了下来。

我敢说，新郎官张罗新房，都没有我布置这件羊舍那么殷勤。我清理粪便，擦洗地面，杀菌消毒；然后花了一大笔钱，装上自动饮水槽，这样的装置在阿尔普哈拉斯地区以前从未见过。准备好一切之后，我用一张废弃的铁床，把门挡住，一边欣赏我的杰作，一边耐心地等候。羊群已经到了，我把它们一只只从货车上抱下来，送进羊舍里。绵羊们一齐挤在了阴暗的角落中。

我每天走到河那边给羊喂麦秆和谷物，让它们习惯我的存在。走近羊舍时，我能看见它们都卧在那儿晒太阳，羊毛雪白蓬松，干干净净。冬日的阳光穿过门窗栏杆，投射在地上，印出道道条纹。但是，我一进门，绵羊们就会跳起来，慌乱跑开，远远地挤在一个角落里。有时候，我会坐在门边的阳光里，读书或写字。一旦绵羊们习惯了我待在那儿，就会渐渐回到原来的地方，温柔地躺下来，看着我，眼神里充满了怀疑。如果我动一动胳膊挠痒，或者翻过一页书，它们就会再次惊逃，奔进那个角落，气喘吁吁地挤成一大堆羊毛状，76只眼睛齐刷刷地望着我，脸上全是同一种憎恨的表情。

进展十分缓慢。绵羊们看起来始终对我不太习惯。我不知道一旦让它们出了羊舍，还能不能控制得住，更不知道要怎样控制它们。我没有牧羊犬。羊群中，本来应该有只领头羊会一直跟在牧羊人脚边，带领身后的羊群。但这些羊羔们都来自不同的群落，而且年龄尚小，还没有群体意识，一旦羊舍大门打开，它们就会奔进山谷，无影无踪。

几经尝试，甚至混了几只山羊进来，还是徒劳无功。多明戈建议我把这些绵羊和他的羊群混在一起。于是，我们去多明戈那边，抱来大约12只大一点儿的母绵羊，塞进了羊舍里一起喂养。情况看起来不错。第二天，我们把羊群放了出来，在拉科尔梅纳农庄的山坡上吃草，它们全都安安静静地待在一起。接着，每过一天，我们便带走多明戈的一两只羊，直到羊群里只剩最后一只。

“这只皮包骨给你了。”多明戈老爹说道，“它从来没下过羊羔，但在你的羊群里当领头羊应该还不错。”

这只有问题的羊，是个瘦骨嶙峋的老家伙，耷拉着耳朵，鼻涕长流，表情怯懦。它还极度狡诈。就因为生性狡诈，又长得瘦削，她才能一次次钻进留给小羊羔的特殊食料区中，大嚼特嚼。那里是羊舍的一部分，没有围栏，只有个小空隙，本来仅能容羊羔通过。最后，我们在它脖子上用绳子系了根小棍儿，那根棍子会在洞口被卡住。

因此，我们的羊群首领就得了个绰号——“小棍”。它每次都把那根棍儿像勋章一样骄傲地挂在身上，一边抽着鼻子，一边领着一群小羊，奴隶般地跟在牧羊人身后。

不知不觉，到了月底，我带着羊群上山吃草。那里有新鲜湿润的迷迭香和百里香，我只需站在一边，手里撑着木棍儿，透过潮湿的雾气看着它们。下面的山谷中，雾霭如潮汐般环绕。绵羊们踩踏在植物上，引出阵阵清香。那边的山脚下，传来多明戈羊群中的铃声，悠悠扬扬，混杂在急流的咆哮声中。

多明戈从下面出现，上身穿着夹克衫，下身是蓝色棉裤，脚上还是那双快要烂了的运动鞋。我俩一起坐在潮湿的大石头上。

“我终于可以放羊了，多亏有了‘小棍’。”我告诉他。旁边那只威严的生物，打了个大喷嚏，唾沫纷飞。“待会儿我想试试看，带它们过河，去巴莱罗农庄，只要我能设法让它们走过那座桥。”

“它们会过去的，”多明戈很有信心，“我的羊群现在过桥一点儿问题都没有了。”我低头遥望下面那座桥，远远看去细细一条，不太结实的感觉。

那天傍晚，我带着“小棍”走在羊群前面，来到河边。而多明戈跟在后面。我们都顺利过了桥，只有一只羊羔不敢在桥上走，结果被卷入急流中。我们在下游 50 米处把羊捞了出来，看见它就像只落汤鸡，还在石头上磕了几下，好在没有受伤。我挥挥手，跟多明戈道别，然后带羊群进入山谷，朝巴莱罗农庄的羊圈走去。

成功渡河的第二日，我起了个大早，刮过胡子，穿上干净的 T 恤衫，然后把绵羊们都放出羊圈，让它们第一次在巴莱罗农场上吃草。那是一块肥美的草地，就靠在河边。

我坐在河岸上看着羊群。它们站在橘子树间，膝盖之下，绿草茵茵，野花遍地。只可惜，绵羊们似乎都无动于衷。它们都愣愣地站在那儿看我，不知道该做什么。这些可怜的小家伙们还没习惯。它们从小就被关在羊圈里吃干草和谷物，妈妈又都是高山绵羊，常在山坡上上蹿下跳，满嘴吃的都是干燥的芳香类植物。

我觉得不太对劲，于是把羊群带到野外，爬上了山坡。果然，它们都欢快地蹦进了矮树丛中，忙着咀嚼起芳香植物来。我只好在一旁郁闷地看着，心里纠结那片费尽心力培育起来的茂盛草场该怎么办。

不过，日子一天天过去，绵羊们渐渐也随了我的心意，开始连着每天都在那片草地上吃草。过了一阵子，我甚至不用再带它们去那儿了，只要每天早上打开围栏的门，然后晚上再关好。羊群整天都在那片草地和野外山坡上来回游荡，让农场里也不断回响起清脆的铃声。

只有跟着自己羊群的“小棍”混乱了。连月来，农场上不管路过什么人，它都会靠上前去，亲近一番，让一些匆匆跋涉的旅人感到颇为狼狈。

孕育

我们的第一只羊羔出生在四月。那是个明媚的春日，一大早，我推开羊圈门，发现一堆热腾腾、湿漉漉的羊毛正压在干草堆上。母羊在开心地舔着小羊羔，嘴里发出愉悦的声音，洋溢出羊妈妈的一片爱子之心。喜悦瞬间就跃上了眉梢。接下来的两周，巴莱罗农庄缩入了羊圈的四壁中，因为我和安娜整日在母羊身边转悠，随时准备助产。但是，几乎没有羊需要助产。这些塞古拉绵羊个性独立，跟英国的绵羊很不一样。它们似乎都开心地盼着羊圈门再次关上，才会诞下那些滑溜溜的宝宝，整个过程静悄悄的，不吵不闹，只是干草堆中忽然就多了一只羊羔。

难免有一两只羊需要帮助，而安娜随时可以上阵。她对付羊羔很在行，因为手掌比我小得多，更适合在母羊的骨盆内操作，让羊羔经过产道时头或脚朝着正确的方向。我很高兴看到她能这么投入，即使她对我冒险养羊的事始终有所保留，而且对我扩充羊群的想法也没有一点热情。

头几天，我们把母羊和羊羔关在一起，为了能让小羊羔长点力气，同时也能和母羊建立强有力的纽带。然后，我们就把小羊羔都放了出来。

“你不该把小羊羔放出来。”多明戈说。

“为什么？”

“它们会被太阳烤熟，肺里也会吸入灰尘。附近的羊贩子们都看不中这种羊。”

“那该怎么办？”

“早上放羊吃草的时候，你得把羊羔和母羊分开，单独关在羊圈里。”

我看过有牧羊人这么做。他们的羊羔整天被关在阴暗的羊圈儿里，看上去楚楚可怜。不过，这些小家伙们都有不屈不挠的意志，即使身处恶臭狭小的烂洞窟，也无法扼杀它们生命中的欢乐。堆着粪土的地面上，哪怕有个最微小的隆起，都能变成小丘，任它们跳跃；不管羊圈里多么拥挤，它们都不会失去竞跑的机会，在空中高高扬起它们的小腿。

当然，羊圈里晒不到太阳，也不会让羊羔吸入灰尘，更不会有大量运动而让羊羔减肥。它们只会不停地吃，摄入高蛋白的浓缩食物，然后迅速长膘，将来成为美食。

我和安娜走到河边，看看小羊羔们怎么样了。它们正奔来跑去，时而谨慎地在草丛中嗅一下，看到蜗牛、蚂蚱和蝴蝶时，吓得一惊一乍。大一点的羊羔们，依然是雪白一团，它们在水渠边撒欢狂奔，又猛然一停，转身跑回妈妈身边，匆匆喝几口奶，便在阳光下打起了盹。

我想，看到眼前这番景象，即使是最铁石心肠的羊贩子，都会动容吧。于是，我们决定放养羊羔。它们的一生已经太短暂了，我怎么能忍心再去剥夺它们的欢乐呢，更别说想让它们尽快长大了。

几周后的一天，我回到家，发现多明戈正坐在院子里，等着给我介绍他的"朋友"安东尼奥·莫亚。我爬上了石阶，汗流浃背，衣衫不整，因为刚刚才干完活儿。坐在多明戈身边的人站起身，朝我走来，伸出了手。他表示见到我十分荣幸，而且曾久仰我大名，如今更觉得百闻不如一见。

我目瞪口呆地看着这位仰慕者。他穿着整洁的白衬衫，露出部分光洁的胸膛，脖子上挂着金灿灿的项链。多明戈的这位朋友，是莫雷诺村的羊贩子，奸商。我很难相信，这副嘴脸的商人，怎么能到处和人打交道，做生意。他笑起来，就像要释放喷雾剂一样；他的眼睛比眼镜蛇还冰冷；他脸上的每根线条，他眉毛上的皱纹，他嘴角的褶线，还有他的两只耳朵，都拼凑出了一个词——欺骗。

"多么漂亮的农场啊……还有这么好的屋子。你在这儿一定过得很开心吧。”他对我说话像是在对一只蝙蝠说话，眼睛像是看着蝙蝠住的幽深巢穴。

“这里很适合我们。”

“我也这么想！你们外国人比我们西班牙人要聪明多了。”

“会吗？”

“你们挑选的可都是好地方。多明戈说你有些很好的羊羔要卖。”他的笑容渐渐收了起来。

“都是不错的小羊羔，但还没到时候卖呢。”

“我已经看过了，会给你个不错的价钱。”

“给多少？”

“全买，5000 一只。”

“还没到时候卖呢。”

“我可以等到了时候再来拿。”

“5000 不行，不能卖。”

“但它们是走地羊，肺里都是灰。”

“我不在乎，反正羊羔没长大我不会卖，更不会卖得那么便宜。”

接着，便是连番劝诱，但我不为所动。

“好吧，克里斯，很高兴……不，很荣幸能和你谈生意。我们再会。”于是这位莫雷诺村人和多明戈大步流星地走了。我依稀听到，他在多明戈耳边骂骂咧咧。

“那就是你莫雷诺村的朋友？”第二天我跟多明戈说话，对他有这种虚情假意的朋友感到大惑不解。

“是的，以前常在一起做事。他丢了驾照，所以我总开车带他转悠，四处找羊倌儿。他会教我一些做生意的诀窍。”

“认识个可信的商人，肯定会带来很多好处。”

“可信？别开玩笑了！转眼就成了农夫和蛇的故事。”

“但你说他是你朋友……”

“哦，是的，是我朋友。但他还是会给我下套，就像对其他人一样。他给每个人都下套。”

“天哪，那算什么友谊？”

“他说这是为我好。吃一堑，长一智。让我不会再上别人的当。”

“在我看来，太没道义了。所有羊贩子都这么无耻吗？”

“这是他们的工作，一直以来都是这样。他们靠嘴吃饭，所以整天油嘴滑舌，编故事忽悠人。这是个技巧，就像你一样，你也有自己的本事。不管做什么，反正能养家糊口。”

多明戈一直不太清楚我们究竟是怎么过活的，可我确实这么过来了。

“同样，羊倌儿们对付这种人也得有一套。如果他们只知道放羊的话，是没法活下来的。他们也得知道怎么卖羊。生活就是这样，智慧的较量。拿我表弟曼努埃尔来说吧，他就是个反面例子。那天，他把所有的羊羔以4000一只的价格卖给了那个莫雷诺村人。所以这一年来，他无所事事，身无分文！”

“那你就袖手旁观吗？”

“当然，是我开车送莫雷诺人去的。”

“你都没有暗示下曼努埃尔，以防他被骗吗？”

“事情本来就是这样，不是吗？从画眉鸟嘴里救一只甲虫能有什么意义……”

“但如果这只甲虫刚好是你的亲戚……”

“哼！你必须从画眉鸟那吸取经验。”

那个莫雷诺人一定已经听到了小道消息，知道我的小羊羔们还在等候买主。第二次，他就一个人来了，想必是以为和我认识了，不再需要多明戈引见。那天下午，5点左右，我们正坐在院儿里，和几个从奥尔希瓦镇开车过来的英国朋友聊天。

莫雷诺人拍拍我后背，诉说他再次见到我有多么喜不自胜，接着自我介绍了一番，让几位客人感到分外高兴。他坐下来喝酒，而我们都在喝茶。朋友们都被他迷住了，还不到10分钟，每个人都已经在仔细听他说话，竞相博取他的注意。

就在那时，他引入了羊羔的话题。“我们下去看看吧，不知道小羊羔们都怎么样了。”他建议说。

大家都靠在马厩的门上，瞅着里面拥挤的羊圈。

我在等莫雷诺人开口谈生意，但他什么都没说，只顾打量这些羊羔，闷闷不乐。我忍不住先开口了。

“怎么样？”

“瞧，都没怎么长肉，不是吗？”

“它们可以长到二十多公斤。”

“不可能！”

“它们都是大块头。这些塞古拉羊，全是肉，你知道的。”

“好吧，那你打算卖多少？”

“它们已经相当重了，而且没搞错的话，听说最近行情涨了……如果你全要的话，那就6000比塞塔一只吧。”

“没门！现在的行情要低得多。”

“……但如果你只想挑几只最好的，那么7000。”

莫雷诺人摇摇头，开始耍诈了。“拿着。”他递过来一叠钞票，“我给你 4500——也就是 900 银元。你说有多少羊来着？ 37 只羊羔？那就是 33300 银元。这儿是现金。来吧，数数。”

我以为，谈到绵羊的价格，我的心算速度应该够快了，但显然还不是莫雷诺人的对手。他的速度和准确度都很惊人。他知道自己有这种优势，还故意增加了我的困惑，一边用比塞塔计算，一边换算成银元。

银元是西班牙通行的货币单位，1 银元约合 5 比塞塔。这里上了点年纪的人，通常都不太会用比塞塔计算。有一天，我在面包店里听到有客人问：“我该给你多少钱，玛丽·卡门？”“395 比塞塔。”那人听了，回答道：“姑娘，别傻了，那是多少银元？”“79。”“好吧。终于听明白了。”

莫雷诺人把钱递了过来。我把手缩在身后，眼睛看墙，以免被那一大捆钞票催眠。

“拿着吧！”

“说了，我不接受 4500，也不接受 5000，我要的是 6000。”

“好吧，如果你一定要这样！”他抓住了我的手臂，把一张诱人的万元比塞塔纸钞，拍进了我颤抖的手掌中。然后他又开始计算，一堆大小钞票，还有更低面额的脏兮兮的纸钞，都叠放在一起。他不停地在银元和比塞塔之间换来换去，低沉地吟唱着能令人催眠的数字。

“呃——我数晕了。”

“好吧，我们从头再来，10，20，30……”他数了下去，把纸钞一张张摞起来。

羊羔们瑟瑟发抖地挤在角落里，看着我们的眼神里充满了怀疑。莫雷诺人在牵着我的鼻子走。除了让人头晕脑涨的心算，他的另一个手段，似乎就是确保我总是拿着他的那些钞票，但绝不直接回答我的问题。

“算不出来，”我恳求道，“现在你要给我多少？”

“我要给你一大笔钱，但不会比 980 银元更高了，这是我的上限。”

“哦，我不会低于 5500 比塞塔卖出去的。你和我都很清楚，那样的价钱相当于白送。”

“瞧，你一路把我拽到这儿……”

“你自己来的。”

“我大老远跑来，浪费了这么多时间。我是个生意人，忙得很，没工夫在这里扯淡。”说完，他转身气冲冲地往山下走。我也开始往屋里走去。

“可恶！”我低声说道，心里不想丢了这笔生意，“或许我要的太多了……”转眼就见莫雷诺人已经出现在我身边。

“给，伸出手来，数一数，5，7……”

最后，我把羊羔卖了，5200 比塞塔一只，也就是说，每只卖了 1040 银元。一共卖了 192400 比塞塔——或者说 38408 银元。感谢上帝，西班牙羊贩子在他们的货币武器库中，没有几尼、英镑、先令和便士。

买家预先付了百分之十的定金，等到把羊带走的时候，再把余款付清。第二天，莫雷诺人和一辆大卡车以及四个同伙出现了。我们从羊圈中数出了羊，全部装进卡车里。这时候你不会想到一只一只数 37 只羊羔还会引起什么纷争，但的确有纷争。这些人在欺骗的艺术上，技巧那么高超，乃至我差点严重怀疑自己数数的能力。

每只羊羔 5200 比塞塔，并不是什么好价格，更奇怪的是，我终于还是决定，要和一个骗子做生意。不过，我有自己的原因。我们当时并没有更好的选择，而家里却急需用钱。莫雷诺人第一次来访之后不久，安娜就宣布了一件事，让我觉得立刻要在家里准备点现金。

“我想我怀孕了，克里斯。”她对我说道。但那天普通得不能再普通了。我们站在院子里，一边整理出一袋杏仁，一边看着绵羊在荒野上吃草。

“怀孕了……”我心不在焉地重复着。

“我就要生宝宝了。”

“你要生宝宝了……但是……但是……”

在她面前，我手足无措，表情诧异。慌乱了一阵子之后，我才终于咧嘴一笑，深情地抱住了她。

“上帝啊，太好了……我……呃……见鬼，我几乎不知道说什么……”我们紧张兮兮地笑了起来。据说这是生命里的一个关键时刻，却被我搞得乱七八糟。

我并不是不想要孩子，我想要。一直以来，孩子是我们搬到巴莱罗农庄这个伟大计划中的一部分，但尽管我们全力以赴，孩子还是迟迟不肯出现。同时，其他的计划和快乐渐渐占据了我留给当父亲的那个空间。我也在想，我俩是不是真的能承担起父母的责任。我们选择了这种奇特的生活方式，但对柔弱的孩子来说，这样的生活究竟合适吗？所有这些忧虑之下，流动的是我一直在摸索着，想要得到的深深喜悦。

那天晚上，我们打开了一瓶上好的红酒，用一根蜡烛和几朵花，让桌上的煎蛋卷和西红柿色拉变得明艳动人。晚餐时，我们一直在讨论未来家里的小淘气，想象着有孩子的生活，但言辞谨慎，浅尝辄止。如果不是心里清楚彼此已经十分满足，我们或许会以为对方有些沮丧。

几天后，我给母亲打电话，告诉她这个好消息。这将是她的第一个孙儿。

“妈妈，看来你终于要当祖母了。”

她愣了半晌，爆发出一阵开心的大笑。在此之前，我还没见过有人“爆发出”笑声，哪怕隔着远洋电话，哪怕信号中还夹杂着电离层的尖啸声，我还是被这一阵笑声淹没了。“好吧，”我想，“天知道这孩子会怎么样，天知道我是不是自作自受。无论如何，只要听到母亲快乐的声音，一切就已经值了。”

我也告诉了多明戈，说得有点唐突。“En hora Buena——恭喜恭喜！”他回答，然后加入了一种不同寻常的深思语调，“我以前就跟你说过，你们在巴莱罗农庄肯定要生个孩子。只有你们两个人，待在河那边荒无人烟的地方，生活会很孤独。”然后他转身拍走一只马蝇，那东西正在“肥臀”的肚皮上贪婪地吸血。

十月初，我去瑞典剪了一个月的羊毛。冬天就要来临的时候，我还去北欧国家剪羊毛。看起来似乎有点奇怪，但瑞典人就喜欢那样。我十月里去，正好赶上那些羊要入户过冬；然后三月份再去，赶在它们见上帝之前。瑞典绵羊，一年要剪两次毛，至少大多数是这样。从收入的角度上来看，这于我有益；但是对瑞典的牧羊人来说，有点悲催，他们不得不付两次剪羊毛的钱，即使卖掉了羊毛，也几乎什么都赚不到。

15 年来，我每年都去瑞典两次。尽管在那儿也有好友，但不知何故，那个北欧的乌托邦国家，始终不能在我心里占据一席之地。那片土地未曾受过污染，却缺乏生气。我在那儿，总是感到莫名伤怀，觉得那些缺少灵动的乡镇和城市，枯燥乏味。有时候，我会一连几天地开车，在皑皑白雪中，穿过绵延数公里的松林，找到某个偏僻的农场，进入黑乎乎的谷仓，在北半球阴森森的天空下，在昏暗无光的白日里，给黑羊剪毛。工作收入虽然不错（马上就要有孩子了肯定用得着），但很难说愉快。

我以前每次去，安娜都会独自照料农场。“啊，胆子真大！”当地人听到后会这样说，“一个人待在那样恐怖的地方，我的老天哪！”但这次，有位朋友主动来和她做伴。她叫贝琳达，荷兰人，是我们的邻居，也是后来慢慢熟络上的。她是个能干活儿的女人，除此之外，还对接生略知一二。

剪羊毛通常要一个月的时间，安娜推算孩子会在十一月中旬出生。如果没有贝琳达在，我俩都会觉得不轻松。

在瑞典工作的那一个月，时间比过去走得慢了很多，但我最后终于干完了活儿，带着银行里多出来的一大笔钱和一个塞满了咸鱼、烟熏金枪鱼和瑞典奶酪片的袋子，踏上了回到奥尔希瓦镇的巴士。汽车从海边进入格拉纳达南部山区，驶过蜿蜒的山道。当最后一缕晚霞照在皑皑白雪的山峰上时，大巴终于停了下来。出生在这里多好啊，我心里想着。

到达车站时，天色已晚，但安娜还在那儿等着我。我离开那阵子，她已经有了明显的怀孕迹象，而这会儿，她的身体看上去比那时又大了可爱的一圈儿。她难为情地挪动了一下，身子稍微向后仰着，保持重心平衡。我们局促地拥抱过彼此，接着，我往后退了几步，欣赏着一个身体，两个生命的非凡现象。

“真高兴你回来了，我觉得快要生了！”她坐在旁边，等我把车开动起来。

“我也很高兴，上帝啊，回家真好。”

偶尔消失一阵，对任何关系来说，都是一剂很好的补药。每次回来看到安娜，我都会很开心。而这次在瑞典呆了一个月，心里忐忑不安，天天只想着未出生的孩子。是的，一回来看见安娜，我便觉得欣喜若狂。她看起来气色也很好，一路喋喋不休，尽管前面将有奇景，也惊人地从容。

回到农场上，绵羊们看起来也都胖乎乎、乐呵呵的。树上暗绿色的橘子，似乎很快就要熟了。我们不许绵羊靠近的那棵无花果树，树下已经散落了很多熟透了的紫色果子。

若不是安娜指给我看，我还没发现，农场上有的地方已经变了样。我不在的时候，绵羊曾经失去控制，在农场里乱跑，啃光了灌木丛和野草，只剩下地上的灰尘。那件事本来并不足以引起警惕，但安娜指给我看，梯田上有些地方，石壁已经开始碎裂倒塌，只留下满是灰尘的小路和泥土石头的小丘。

这是因为，绵羊们不太会绕过墙尾，从梯田边上下，它们直接在中间跳来跳去。每跳一次，都有百来个小羊蹄踩踏，渐渐造成了损失。它们还爬上了我在新种的杏树旁围起来的铁丝网，把头上的树枝给啃了下来。羊群还侵入了花园，吃掉了醉鱼草和我们种进去的所有棕榈树；然后，它们造成了终极破坏，摧毁了巴莱罗的无价之宝——安娜的菜地。它们倒没怎么理会茄子和辣椒，但把其他菜都狼吞虎咽地吃了个干净。

“我担心它们会把这地方变成一片沙漠。”安娜忧郁地说。

“即使那样，也比没有它们的茂密丛林要好些吧。”

“但我宁愿要鲜花绿树的丛林。”

“是的，你说的没错……但我们肯定能找到解决方法。”我在院子中最喜欢的一处角落里伸了个懒腰，“初次尝试，不可能每件事都一帆风顺，不是吗？”

我不知道该怎样度过成为父亲之前那段飞逝而去的自由时光，可能只是和安娜一起，坐在院子里，一边喝茶，一边看着自然美景出神吧。但我没想过，自己每天早上会被扔出门外，在农场上四处游荡，手里提着一桶脱了水的狗屎。

有人给安娜推荐了一种混合物，名叫“看家犬”，说是能让绵羊不敢接近。于是，她下定决心，要在每棵树下都洒上这种东西。当然，我和安娜一样关心橘子树和橄榄树的未来，而且我明白，最好不要干涉怀了孕的女人筑巢的本能欲望。但是，要欣然接受这个任务，对我来说，还是有点难以理解。

要在细茎针草的草丛中泼洒这种混合物，技术是最为重要的，一旦没做对，后果不堪设想。我忍受了一切，甚至忍受了令人气馁的现实，那就是这种混合物的威慑力会迅速减退，尤其是下过一场大雨之后。所以，等你终于涂完了最后一棵树时，羊儿们已经开始去啃第一棵了。

那些日子里，我每天下午都和早上一样，忙得不可开交。我要在农场上建起一道篱笆，让绵羊们绕开那些不该去的地方。首先，就是按照安娜的设计，为她的宝贝菜地围起集中营一样的防护网。如果安娜对绵羊稍有好感，过去发生的就全都过去了，但眼下，它们只能寄希望于坚忍和宽容了。

“我说，很抱歉，但您还是在外面等吧。我们没办法照顾您，说不定待会儿您又晕倒在地，还把脑袋撞破了。瞧，我们的事儿多着呢，根本顾不上担心您。”

我走出产房，来到走廊上，一脸苦闷地看着窗外。外面的运土机像一群巨大的鸟，在格拉纳达市的新环线公路地基上啄来啄去。我努力不去想产房里安娜大汗淋漓、气喘吁吁的样子。可是这一切是为了什么呢？我和安娜自由快乐的日子，就要一去不返了吗？生活会不会越变越糟？如果现在旁边有个啤酒罐，我会狠狠一脚把它踢出去。但圣洁医院的洁净走廊上，没有提供这类安抚设备。

情况是昨晚开始的。凌晨两点，安娜把我摇醒，说羊水破了。我起身要给她倒杯茶，让她吃点消化饼干，等她从洗手间出来后，再把车准备好。显然，她没说要上洗手间，是我听错了。但我们不是应该风驰电掣般把车开到城里，一路尖叫着开进医院再停车吗？显然不是。十一月那个温柔的夜晚，凌晨两点半，安娜不紧不慢地，把湿漉漉的地垫和提桶递给了我，然后才让我扶着她上了车。

黑压压的一片柑橘叶，托着一轮满月。我们一路颠簸着，驶出山谷，向沉睡的格拉纳达市奔去。在通往兰哈龙垃圾场那条路的转弯处，我们忽然紧急刹车，因为前面有些人为了道路安全，正要把小山丘炸平。我们不得不掉头驶回奥尔希瓦镇，穿过那座七孔桥，从海边绕远道去格拉纳达市。

静谧的夜，如梦似幻，空气里还散发着松香的味道。而银色的月光和轻柔的魅影，似乎让梦幻变得更加真实了。那次旅途中的美景，我俩至今难忘。前方是很长一段盘山公路，通往格拉纳达市。我们开上盘山公路之前，先在小路边停了一会儿，让安娜可以小解，也好抬头看两眼月亮。那时候，安娜的宫缩已经是5分钟一次了，却仍然安慰我说，只是小幅度宫缩，真的不太疼。

我们进城时，天刚破晓，淡淡的霞光从山顶蔓延开来，融入了街灯的亮光里。我直接停在了医院急诊中心的门外。

“你不能停在这儿，”安娜说，“这是给急诊病人停车的地方。”

“但我们现在不就是去看急诊吗？”

“听我的。把车停在那边的普通停车场里。”

“好吧，亲爱的。”安娜还在宫缩，和她起争执似乎太不明智了。

我们匆忙走进了急诊部的大门。医生们询问安娜的详细情况时，我感到自己十分渺小和微不足道。现代社会中的男人应该看着孩子出生，而且，我和以前一样，想抓住安娜的手，如果她需要我这样做的话。但在西班牙的偏远地区，这样的新事物还从未有过，所以为了能进产房，我不得不想点办法。

“我必须和妻子在一起，因为她不会说西班牙语，我可以给她做翻译。”我撒谎了。安娜刚刚还在用流利的卡斯蒂亚诺语交代详细情况。

“一般不允许男人进产房，但如果你坚持的话……”

“我坚持！”语气斩钉截铁。很快，安娜被带进了产房。

我跟着护士来到了一间明亮的产房里，看见安娜穿着白色罩衫，两腿放在脚蹬上悬空，身子正平躺在一张绿色的产床上，那东西让我想起了一种新式浸水凳。在她身边还有一排电子仪器，正哔哔作响，指灯闪烁。

以前，我从没想过产房是什么样子的。记得山谷里有位旅行者跟我们讲过一个故事，说的是印第安人点着蜡烛在帐篷里生孩子，旁边会有鼓手和吹笛手，一直演奏着悠扬舒缓的音乐，还有17个女人手牵手，围在生产的女人旁边吟唱。那时候，我听到这样的描述，又想到农场有被河水封路的危险，便迫不及待想早点去格拉纳达市医院报到。然而，看到眼前的景象，我忽然觉得还不如在帐篷里生。

安娜在一堆乱七八糟的电线那头，紧张地对我笑了笑，然后伸出了一只手。两个矮胖的年轻人进来了，身上穿着皮夹克。

“你好，”他们咧嘴一笑，“我们是接生员。”

他俩洗了手，进入工作状态，把安娜和那些所谓的“宫缩数字测量仪”连接起来。她每宫缩一次——现在已经到了每2分钟一次——红灯就在机器上闪动一下，屏幕报出宫缩强度的相关读数。“2”在仪器上静静地显示着，又是一个“2”……还是“2”。安娜正在规律地产生宫缩，在她身体里，有人正慵懒地考虑着要出来。

但这些“2”对接生员来说，还不够好，所以他们给安娜接上了输液管。仪器发出了“16”的尖叫，霎那之间，温柔的宫缩变成了强烈的抽搐。“16”……“19”！哦，上帝，我觉得她快要爆炸了。那个可怕的产房热得透不过气来。我的双腿慢慢开始发软。

那些细节就让它过去吧。最后阶段的分娩过程，持续了一个半小时。听说这样的时间并不算长，但对我来说，却像经过了一生一世的痛苦。安娜在分娩中大汗淋漓，使出了吃奶的劲儿，眼睛都快要暴出来了。而我一直捏着她的手，又一次晕了过去。于是，他们把我请了出来，让我就站在走廊里。

分娩的过程看起来的确恐怖。那样的时刻，意味着地球上又诞生了一个新的人类，本来应该是充满了神奇和欢乐的，但我满脑子里，只有安娜痛苦抽搐的景象。结束了走廊里的短途流放，我回来看见接生员们忧心忡忡的表情。他们一直在联系妇产科主任，请求帮助，却哪儿都找不到那个人。宫缩仪器上还在自动闪烁着一些数字。另外一些设备跟尚未出世的宝宝连了起来，分别测量心跳和脉搏，测出来的结果却越来越低。仪器的警示灯开始闪亮。电子警报响了起来。“别晕——千万别晕……”我喃喃自语，并抓住安娜的手。大家一团忙乱，全然没有注意到，我再一次倒下去，又爬了起来。

安娜奋力一搏，终于把宝宝生了下来。她立刻筋疲力尽地蔫了下去，软塌塌的，但气息尚存。有件橡胶一样软绵绵的蓝色物体，被“扑通”一下放在旁边的毛巾上。

“你还好吗？”我目不转睛地看着安娜，还没心思去看那个蓝色物体。

“是的，还好。”

我溜出去买了些鲜花和红酒，想让那个经历苦难的房间里恢复一些欢乐的氛围。回来时，我看见安娜躺在那张坚硬的床上，笑得虚弱无力。她身边有个摇篮，里面的被子把那个小东西盖得严严实实。我把鲜花送给安娜，然后温柔地亲吻了她。那种温柔以前从未有过——我差点以为要失去她了。

“你最好看看孩子。”过了一会儿，她说道。

我站起身，依然冷静，只是伸手把被子往下拉了拉，看见一个可怕的紫色脑袋，上面还有薄薄的几缕头发，湿漉漉地粘在头顶。我低头看着熟睡的孩子。你肯定没法喜欢上那样的东西吧？……心里好像起了一点变化……就像一股暖流忽然流遍了我全身。我看着这个小生物，不由自主地颤抖起来。我呆在那里，瞬间被奴役。各种荷尔蒙，还有不知什么液体，反正之前从未在我身体里出现过，也没发挥过什么作用，现在却让我在爱的潮水中沉溺。我一屁股坐到床上，松弛下来，什么都说不出来。我想把这种感觉告诉安娜，却什么都说不出来。

“我知道，”她笑了，“我刚刚也这样。”

几个小时后，我才依依不舍离开摇篮，开车回去喂养动物们。而且，我还有极为重要的消息要传达。

克洛艾来到了我们中间。

几天后，我们把克洛艾包好，载着她回了家。巴莱罗农庄对这个柔嫩的小生物来说，似乎是个十分简陋，而且环境恶劣的家。鲜花和阳光，青山和绿水，还有这里的祥和宁静，只要沾上了蝎子、蜈蚣、蛇和老鹰，便全部失去了光彩。两只能把人黏到窒息的猫，躺在她的摇篮里；大个儿的狗儿们，用猎食者的眼光，看着这个小宝宝。

我们知道，博纳是安全的，只是有点担心邦卡会嫉妒这位新成员，说不定一发脾气就把她给吃了。但情况并没这么糟。一开始，邦卡完全漠视克洛艾的存在，后来，它再也没办法忽视下去的时候，就敞开心扉接纳了她，把她当成了一位合格的家庭成员。克洛艾对两只狗都颇为喜爱，甚至把博纳当成了自己的同类，每天和它滚来滚去，还蜷在它的窝里睡觉，以至于我们好不容易才让她相信，其实她是个实实在在的人类。为了阻止两只猫本能地把人黏到窒息，我们在摇篮上挂了一张收集水果的网。至于蝎子、蜈蚣，还有其他不速之客，我们就只能双手合十，向上帝祈祷了。

环境虽然艰苦，却挡不住克洛艾茁壮成长。新生的宝宝，像施了魔法一样，源源不断地吸引着人们，大家不畏河流和谷道中的艰难险阻，为她带来各种美好的祝愿。一天下午，多明戈和他父母带了几袋糖出现了。糖是阿尔普哈拉斯山区看望新生孩子的传统礼物。伊克丝比拉看到克洛艾简直欣喜若狂，她捏捏小家伙的脸蛋，嘴里发出“咯咯咯”的声音逗她，毫不掩饰对她的喜爱。

“我以前就说，你们得生几个孩子。”她兴高采烈地说道，“瞧啊，这个小宝贝多么可爱！你们还得多生几个，别再耽误下去了。”

多明戈起初默不作声，只是站在他父母身后，偶尔对克洛艾看上两眼，这时候也走上前来，轻轻把她抱在臂弯中，手法熟练，摇起来时，还会托着她的脑袋，那样子就像专门受过训练一样。我自己做得都没那么好，只是在医院里看过医生的示范。多明戈抱着克洛艾走到屋外，小心地用手遮住她的小脸蛋，避开阳光直射。我一直看着他，心里满是好奇。

克洛艾诞生的第一个月里，我逐渐了解到多明戈不为人知的一面。他经常把克洛艾从毯子里抱起来，带她在农舍旁的小丘上走走。克洛艾在他的臂弯中，似乎和在妈妈臂弯中一样满足。我有点嫉妒他的天才——对于克洛艾，我还能对付得过来，但换了其他人的孩子，我就完全不知道该做些什么了。不过，最让我惋惜和伤怀的，还是多明戈决心不当父亲的事。

“不可能。”他三言两语就否决了，“我养活自己都还困难，怎么负担得起妻子和孩子呢？”说完就此不提。

多明戈似乎说得很认真。他明明白白地放弃了自己，只想当个单身汉，而不愿冒险在贫穷中养育孩子。看到这一点，我深深感到痛心。你不必很会看人也能看得出来，多明戈会是个多么好的父亲。但他小时候的成长环境和我截然不同，他亲眼见过饥饿和贫瘠会怎样折磨家人。

最初几个月很快过去了，我们习惯了生活中有克洛艾的存在，也渐渐明白过来，过去朋友们对我说的天伦之乐，到底是什么样的感觉。无论人们说得多么天花乱坠，待自己亲身体会的时候，还是觉得以前种种都不及万一。回头看看过去，我们曾对生活会发生怎样的变化和混乱，感到忧心忡忡。而现在看来，那些想法简直是杞人忧天。这种感觉，就像是我们刚刚得到一条线索，可以破解人生密码的下一部分。生命中因为有了克洛艾，各种爱的感觉，开始在我心里慢慢滋长。如果没有这样的经历，我们无法想象这一生会怎么过。

克洛艾开口说的第一个词是"博纳"。她的声音那么快乐，让她爸爸听得都有些傻了。那时候，她还是个站不稳的小不点儿，还要多练习几个礼拜，才能站得像那只狗一样稳。后来，她脱口说出第一句话时，内容也和博纳有关，不过听起来却让人心碎。

那年秋天，我又去了瑞典剪羊毛。回来的时候，安娜和克洛艾来巴士站接我。我把克洛艾抱了起来。"博纳，"她在我怀里叫得声嘶力竭，"博纳走了！"

博纳真的走了。我去了瑞典还没一周的时间，博纳就患了瘟病，没几天便死了。安娜悲痛欲绝，克洛艾也是。到了农场，我们默默走着。克洛艾向前面一指，那里有片疏于照顾的橄榄树林，安娜把她的狗就埋在了那里。

人生总是悲喜交加。那一周，我们发现邦卡怀孕了。她生了八只小狗仔，我们留下了两只：一只因为和它妈妈有同样的毛色；另一只，因为它耷拉着一边耳朵。这两只狗分别叫做巴克斯和博吉尔，它们都成了克洛艾的忠实伙伴，陪伴她一起长大。

“爸爸，我们是怎么来的？”克洛艾第二个生日后，过了几个礼拜，忽然蹦出了这个问题。

“我也不太知道，克洛艾。”我佯装不知，“不过，你妈妈知道。”

我很有技巧地把令人尴尬的问题转到了上级领导那里。不过，问题如果简单一点，我觉得自己可以表现得更好些。

“空气不是空的，对吗？”克洛艾有天问道。

我非常高兴一个两岁的孩子就会问这样的问题。我曾经从书中读到，阿道斯·赫胥黎六岁的时候，就常常陷入沉思。有人问他在想什么，他回答说“皮肤”。克洛艾三岁不到，就开始思考空气的问题，我想，这是个好现象，说明她对思考有天分，而这种好奇心，会让她踏上正确的道路，迈向我为她设计的看似渺茫的未来。我得认真对待这个问题。

“是的，其实空气里有些很重要的东西。”

“那有些什么呢？”

“哦，很多东西，主要是气体……”

“什么是气体？”

“这个……唔……气体非常像空气……你看不见……至少通

常是看不见的。不过我觉得，有一些看起来像烟。气体就是那种装在橘黄色瓶子里，可以用来做饭……唔……”

“你能帮我的芭比娃娃扎头发吗？”

“好的。”

我手粗脚笨地给这个可怜的芭比扎起了马尾辫，心里还在想着刚才的蹩脚回答。空气到底是什么鬼东西？我该怎么解释好呢？我把那个问题搞砸了——可能阻碍了她的发展。

我笨手笨脚地摆弄着手中讨厌的娃娃，克洛艾若有所思地在一旁看着。“房子对我们很重要，对吗？”

我环顾四周，看着我们的房子。这里地方不大，但意义不小，而且最让我骄傲的是，这栋房子是我亲手修建起来的。那时候，我们从河里拖了石头，堆在脚手架上，然后一步一步——不是没有技巧地——挪到位。一座石头房子的重量很难估计，但肯定有一百多吨吧。

“是啊，房子对我们很重要，里面有石头、水泥、沙、水、木头、蔓藤和泥土……还要花很多力气。”

她沉默了一会儿。

“你觉得哪个芭比更漂亮，是这个，还是粉红的那个？”

国外的外国人圈子

只要你生活在国外，只要那里还住着其他同胞，那么不管你如何挣扎，还是会成为所谓“外国人圈子”的一部分。初来西班牙时，我曾努力想摆脱异乡人的身份，但在这里生活了多年以后，我已经看得淡然多了，更愿意用欣赏的眼光看待我和祖国同胞之间的关系，因为我们都说同样的语言，有相似的幽默感，还有共同的生活经历。

在外国人的圈子里，就有点像在学校里，越年长资深的人，地位越尊贵。在我们阿尔普哈拉斯山区的圈子中，无论从年龄、居住时间，还是资深程度上看，最资深的一位成员是珍妮特。她于 70 年代初搬到这里，并在蒂霍拉斯郊外建了一所大房子，就在山谷口，房子外，还修建了高高的围墙。

罗梅罗有次傻笑着告诉我，他认识的一个马贩子，如何偷爬进那堵墙的遭遇。那人把马拴在了附近，然后借着旁边的一棵树，顺利地翻过了围墙。本来他打算忽然出现在花园里，让屋里的女主人吓一跳，但人算不如天算，等他从墙头落下来，摔进灌木丛里时，珍妮特的一群阿彭策尔山犬朝他扑了过来，其中一只在他屁股上狠狠咬了一口，吓得他飞奔而出，跃回了墙头。然后他痛得半死不活地骑马到了镇上，立刻向警方报案，说珍妮特养了一些危险的动物。

我们不是那种意图不轨的人，所以宁愿选择在那扇蓝色的小门上敲一敲。搬到巴莱罗生活的第二年夏天，我和安娜应珍妮特之邀，去她家吃午餐。我俩很有礼貌地在外面敲了敲门，然后像初来乍到者拜会社交圈名流一样，在门口耐心地等候着。半晌，上边的半扇门打开了，露出了那群凶猛的看门狗。珍妮特站在它们中间，手中紧握着一根长鞭的把手，不时左右挥动，嘴里还咒骂着这些狗。

“快快快，进来吧，进来！别担心这几只狗。把手放在头上就行了，它们会习惯你们俩。趴下，混蛋！”她熟练地一踹，又挥了两下皮鞭，让一只龇牙咧嘴的恶犬趴了下来，那副利牙刚才就在我俩喉咙旁边徘徊。

我俩双手高举，唯唯诺诺地蹭了进去，然后听到大门在身后“咣”一声关上了。“亲爱的，欢迎欢迎！”珍妮特高亮的嗓音，盖过了身边可怕的低吼声，“你们在那儿等我一会儿，我把这些畜牲搞定了就来，几块肉就能让它们闭嘴。”说完，她带着身后的一群狗消失了，把我俩留在门边瑟瑟发抖。没过多久她就回来了，手里拿着六块牛头骨，上面都是猩红的肉。她用力往草坪上一扔，那些口水直流的猛兽，就像离弦的箭一样，欢快地冲过灌木丛，朝这些头骨扑了过去。

“看看它们，都是我的孩子啊，”珍妮特笑容满面，扔了手里的鞭子，“好了，午餐前我们该喝点什么呢？”

大家都想喝点红酒。于是，我们走进了一座木棚，在桌子边坐下。这座木棚像是珍妮特自己捣鼓出来的，棚顶爬满了葡萄藤。棚外的草坪上种着几棵外来的树木，沿着起伏的草坪望去，那边还有个大水池，池边铺着巨大的石板，尽头处是一座古典的凉亭。我们抿下一小口酒，彬彬有礼地赞叹起这座花园。

“实在不好意思，我得离开一小会儿，因为午餐差不多就要做好了。你们随意，多喝点酒吧。”

于是，我们随便喝了点酒，然后去看珍妮特的鱼池，里面都是鱼和青蛙，还有一只稀有的绿色小树蛙，是珍妮特专门从异域引进的。回到桌边坐下，我忽然看到，有条蛇正在水池边逍遥自在地吃鱼。

“这情形真的很少见啊。”我对安娜说道。

“我们要不要问一下……”

“珍妮特，你放了条蛇在池塘边吃鱼吗？”

“什么？”声音从厨房里传来。

“蛇，有条蛇在吃你的鱼。”

她嗖一下从厨房冲了出来。“蛇？在哪儿？……啊哈，在那儿。我认识那家伙——它这两个月快把我池塘里的鱼都吃光了。这次我决不饶它。等着，克里斯，你让它待那儿别动，我去找东西宰了它。我知道什么东西可以把它搞定！稳住，不管你做什么，别让它跑了！”然后她嗖一下回到了厨房里。

我迷惑地看看安娜，又看看那条蛇。

“天知道我怎么做才能让它待那儿不动？”

所幸，这条蛇并没打算要动。它还在安静地吃着它的鱼——或者说珍妮特的鱼。我能听到厨房里“乒乒乓乓”传来翻箱倒柜的声音，还有狂暴的叫喊声。

“该死的敲肉锤在哪，噢，在哪儿？这天杀的东西跑哪儿去了……找到了、找到了！它还在那吗，克里斯？你还让它待那儿的吗？”

“是的，还在。”

她猛奔出厨房，挥舞着敲肉锤，跳进了灌木丛，然后用她的武器刺向那条蛇，还没刺到，锤头就先掉了下来。

“混蛋！锤头掉了！这个烂地方的人，就不能把东西做得好点儿吗？现在这条该死的蛇又溜了。”

她在桌子边坐下，喝了一口酒。

“我的天哪，费了好大力气。说不定下次会逮住它。好吧，我们来吃午餐！”

她准备了一顿丰盛的午餐，六道菜的印度美食，味道鲜美可口。席间，她对我们讲述自己的生活经历，说到当初在肯尼亚的诸般努力，为了得到兽医资格证，却受到矛矛党人各种阻挠，以至于不得不在家自学，结果无师自通，掌握了所有的动物疾病知识和治疗方法。现在，她在家中免费看诊，而且业务水平一流，为当地所有猫狗还有马治病。这样的工作，让她觉得生活充实而快乐。

珍妮特还告诉我们，不用给动物看病的时候，她会继续学习。现在，她正在看数学和物理，还有兽医学；为了避免自己的人生观过于严肃，她还会读瑞士的杂文期刊，法文或德文版。我绞尽脑汁也无法想象出瑞士人的黑色幽默，便对珍妮特说出了我的想法。“是的……是的，克里斯，你说得太对了。他们没有任何幽默感。可能，他们还不如你们家的狗有趣儿呢！”

感谢上帝，珍妮特是个如此特立独行的人。感谢上帝，她不但性格率直，而且慷慨大方。她成了克洛艾忠实可靠的朋友。“安娜，我从来没时间照顾孩子，”克洛艾出生后，她第一次来看望我们，说话时嗓门儿洪亮，“动物们麻烦要少多了，而且一般来说，会对你服服帖帖。但我不得不承认，你们的孩子实在太可

爱了。我要告诉你我会做什么，我要给她织个鹦鹉。像那样的小可爱，需要的就是个合适的羊毛鹦鹉。你知道，我以前编起东西来，可厉害了，但阻碍了兽医学习，所以就停了下来。”

果然，不出几个礼拜，漂亮的羊毛鹦鹉就出现了：身体是个没有形状的羊毛袋子，两侧耷拉着翅膀，缝了两粒扣子当眼睛。珍妮特还织了一顶白色苏格兰呢帽——给这只鹦鹉的脑袋保暖。如果在里面填上些稻草，这东西就可以变成个有用的驴鞍。不仅如此，她还用木头做了把漂亮的高脚凳，座位上装了垫子，那个垫子显然是用某种罕见的民族风织染布做的；此外，还做了个木质衣橱给克洛艾放衣服。这些礼物都无比珍贵。

这里的外国人，大多是古怪的女人。她们当中，有些人和丈夫相伴，但那些丈夫们都十分无趣，退居在她们身后，实在乏善可陈。阿曼达和莫克姆就是这样一对夫妻，他俩是奥尔希瓦镇“先锋派”的典型代表人物。莫克姆留着一头白色长发，尤其爱穿宽松飘逸的衣服。他俩一直和罗德利戈有纷争，因为罗德利戈的羊群破坏了他们家周围的土地和自然环境。而罗德利戈一直无法接受莫克姆是男人的事实。他曾多次提起他们，每次说起来的时候，都会称他们为“那两个英国女人”。

阿曼达来西班牙以前，是英国威尔士边上种有机作物的农民，所以搬到阿尔普哈拉斯山区后，她在侨民的圈子里，很快成了农耕顾问。人们在植物和种植方面，不管遇上什么问题，都会来找她咨询。于是，六月里一个炎热的清晨，我出发去找她，想问问一种名叫“花葵”的植物，听听她有什么建议。花葵据说是安达卢西亚中西部地区土生土长的一种开花植物。我在英国的朋友，一位种子商人，已经给我下了张订单，想买这里的野生花卉种子。他订了一公斤的花葵。但我四处奔波，始终没找到这种植物，连样品都没有。于是那一天，我开车去找阿曼达，想看看她是否精通植物学。克洛艾就坐在我身边，咯咯咯地笑了一路。

我远远地看见了她，身穿白色长袍，站在菜地里，手里挥舞着鹤嘴锄。我在车上颠簸着，从坑坑洼洼的山道上，向她家的方向驶去。她看见了我，直起身子，把额上一缕头发甩开，问我：“当月亮从水瓶座升起时，来看望我的人是谁？”

虽然我早就听说过阿曼达酷爱天文，但被她这样一问，还是有些局促。我低头看看克洛艾，希望她能给我点灵感，但她抵挡不住正午的炎热，已经酣睡了起来。

“呃……我叫克里斯，克里斯·斯图尔特。听说您是这里的植物学专家，所以想来问问关于本地植物的事。”

“大家这么说，实在有些言过其实了，我绝对不是什么专家。不如进来喝杯茶吧，我看看有什么可以帮你的。”

阿曼达没见过我要找的花葵，但她对阿尔普哈拉斯山的植物，的确知之甚广。我们坐在玫瑰花覆盖的凉棚下，一边喝茶，一边海阔天空地聊。极目远眺，地中海那边，里夫山的轮廓若隐若现；而眼前，克洛艾还在我膝头打着瞌睡。阿曼达谈起了罗德利戈。

“那个人太缺德了。你知道，他的山羊在大肆破坏乡里的环境。我反反复复对他说过，但他就是当作耳边风。用不了多久，罗德利戈和他那群该死的山羊，就会让我们都住在沙漠里。你知道的，撒哈拉沙漠曾经也是肥沃的绿土，如果不是有罗德利戈那种人的话，也不会是现在的样子，不是吗？”

“我听过这事儿，没错。”

“嗯，我相信，最好的解决方法，就是在山上所有干燥的地方，都种上金雀花。这种花什么都不怕，就是怕山羊。”

“金雀花？你不是开玩笑吧？”

金雀花是一种高大的乔木，有长长的银色叶子，树根扎得很深。每到春天，黄花开满枝头，漫山遍野地盛放，让西班牙南部的高山深谷中，香气四溢。这里到处都是这种花，用途不大。想让罗德利戈在山上种满金雀花，无异于让英国奶牛场的农夫去种酸模草和刺蓟花。

“我是认真的，”她坚持己见，“就是要种金雀花。其实我跟罗德利戈谈过这个想法，我相信他会慢慢醒悟过来。”

“对于新颖的想法，我总是第一个支持。”我努力不去否定，“话虽这么说，但我看不出来，这种想法能落地生根，成为现实。

金雀花的确很漂亮，而且根系发达，能够耐旱，但除了给山羊做饲料……”

“该死的山羊！我不会把金雀花种来给山羊吃的，克里斯。为了这里良好的生态环境，我们必须把山羊从生态链中赶出去。”

我们围绕这个话题谈了一会儿，直到说得有些乏味了，这时候克洛艾醒了过来，她的晚餐正在发出召唤。我起身告辞，发车前，邀请她周六到巴莱罗吃午饭。“哦——记得带上你的……呃……”

“莫克姆，你是说莫克姆，我明白。行，我会把他叫上。”

“那东西，”阿曼达把长袍的袖子往上推了推，指着我挂在马厩墙上的一个苍蝇诱捕器说道，“那东西真恶心。你怎么能那么做？”

那个让人恶心的诱捕器，是美国人的专利，也是让我觉得十分自豪的一样东西。其实就是一个装满水的塑料袋，还有些恶臭的粪便，但那些粪便显然让苍蝇们欲罢不能，兴奋地爬过漏斗，淹死在水中，和旁边一堆湿漉漉的同伴尸体躺在一起，闻起来很恶心。我看到外包装上的奇特广告语，忍不住诱惑，才买了下来，上面写着：“有了这个绝佳的苍蝇诱捕器，我们就能享受每年一度没有苍蝇的烧烤了。我们吃烧烤的地方，就在猪圈边！”

“毫无疑问，阿曼达，人总是有底线的，”我申辩起来，“但苍蝇的所作所为，总是远远超出我们所能承受的底线。看看吧，那些马和羊都成了什么样子，更别提苍蝇给我们的生活带来多少麻烦了。”

“我们？你的意思是说你吧。苍蝇根本不会烦着我，也烦不到莫克姆。”我左肩后立刻有人哼哼唧唧表示同意。“如果你和周围的大自然相处和谐，那这些苍蝇就不会给你带来麻烦。就那么简单。”

我明白，阿曼达对苍蝇的事并不是小题大做，因为以前有个女人在她家住过，我听那女人说，阿曼达对蝎子也有类似的感情。一般来说，蝎子不喜欢水，但不知什么原因，四面八方的蝎子总是窜入他们家，一头栽进阿曼达的水池里溺死。阿曼达伤心极了，于是准备了一张网，专门来捞这些可怜的小家伙——她就是那么叫的。然后，把它们放回石头和灌木丛的世界里，也就是它们来的地方。

告诉我这件事的人，之所以印象深刻，实在情有可原。她住在阿曼达那里时，曾经在床上被这样一只“小家伙”，在嘴上叮过一口。尽管她是个与世无争、安静祥和的女人，但这件事还是发生了。不过，自然而然，经过这样的事情之后，任何人对之前“和谐共处”的信念都会有所动摇。看来不是所有的生物都抱有和阿曼达一样的世界观，真是不幸啊。

阿曼达和莫克姆来的时候，午餐时间还没到。于是我俩带着他们，看了看安娜的菜地。安娜很有技巧地把对话从那个涂炭生灵的苍蝇诱捕器上引开，转而提起一个安全得多的话题：自然肥料。我们还顺道把克洛艾从沙坑里强行拉了出来，带到屋子里。

“难道这不是自然界最伟大的奇迹吗？我是说，动物的粪便可以给植物提供养分，而植物又成了动物的食物，而动物们又为植物提供肥料……诸如此类。”我东扯西拉地显示自己在有机种植方面具有资质，“这事儿我越想的多，就越觉得这个秩序井然的世界让人感到高兴。”

“作为素食主义者，我们肯定不用动物粪肥，”莫克姆回答，“只用我们自己的排泄物，还有海藻。”

一阵沉默。

“那你们会给自己带来很多麻烦吧，不是吗，莫克姆？”我提到，“我是指，你们住在山区，动物粪肥随处都是，却要进口海藻做肥料？”

“是的，困难很多，但动物们都在受剥削，所以我们尽量不用粪肥。那些动物们本该是野生的，像我们一样自由自在。”

我费解地看着莫克姆。他让我最先想到的词，肯定不是“野生”和“自由自在”。

“我们也不穿皮鞋，或者羊毛衣服。”

“嗯，那你们肯定选择了一条艰难的道路。对了，午餐已经准备好了。安娜亲自下厨，希望能合你们的胃口。你们还得享用人间烟火，实在不好意思。”

安娜真的超常发挥了。她给我们端上来一道菜，里面有辣椒、茄子、西红柿、马铃薯和大蒜，酸辣味的酱汁还在沸腾冒泡，看上去美味可口。

“很抱歉，我们恐怕不能吃。”

“你说什么？”

“辣椒、茄子、西红柿，还有马铃薯，这些都是茄科植物，我们全都不吃。因为它们含有毒素，容易致命。”

“那你们会喜欢大蒜的，从里面挑出来吃吧。”

声音从远处传来。你最先听到的是一声口哨，有点像杜杜比亚鸟的叫声，只不过杜杜比亚鸟常在山坡的高枝上呆着，很少飞下河谷。然后，传来绵长而悠扬的铃声。这时候，你会明白过来，是罗德利戈在呼唤他的山羊。他带着羊群顺流而下，在岩礁和巨石间跋涉。羊群停在水边吃草的时候，罗德利戈会等在岸上，眼睛从草帽边沿下往外看。

阿曼达抱怨山羊的破坏力，并不是无中生有。绵羊们已经够坏了，而山羊完全是另一回事。它们可以直立后腿，够到两米高的地方，糟蹋它们能碰到的所有叶子和树枝。山羊是灵巧的攀爬者，不但爬起山坡来四平八稳，而且还毫无畏惧。它们小巧的尖蹄，就像个小手提钻，可以刨开土堤、石墙和梯田的边缘。

不过，小山羊肉质鲜美，所以价格也比小绵羊更高。在其他动物无法生存的荒凉地区，山羊不但能活下来，而且还能每天产两升羊奶。这不是普通意义的奶汁，而是营养丰富、包治百病的神奇奶水。所以，尽管生态主义者强烈反对，阿尔普哈拉斯山区还是有很多牧羊人饲养山羊。

我常常穿过柠檬树林，走下乱石坡，来到河边与罗德利戈待一整天。

“你好！”我跟他打招呼。

“que？”他问候我。

那句“que?”意思是“怎么样了？”但绝不是一句寻常的问候。首先，他说出这句话的样子很有气势，脑袋高昂着，手掌朝天，而且向前伸直了手臂，声音也十分洪亮。其次，这句话包含了太多的意思：你怎么样了？你妻子和小家伙还好吗？生活过得怎么样？农场和收成怎么样？……诸如此类。我没办法像罗德利戈那样说出这个词。只有长年独自放羊、独自思考的人，才能掌握到这个“que”的说法。所以，我的问候要具体得多。

“你妻子怎么样了，罗德利戈？”

“唉，克里斯，她糟糕极了，非常糟。她现在几乎不能走路，过得很辛苦。”

“听你这么说，我也很难过。”

“你瞧，克里斯，活着就是一口气儿。我们进入了悲伤之谷，我们活着的每一天，如果能有个机会做点好事，给别人帮个忙，那么我们就做得非常好，可能会快乐一点。但很快我们就结束了、消失了，只剩下骨头和尘土。其实，我们和这些不说话的动物没有差别，和我放的这些羊没有差别。”

听到这番话，最好一言不发。我对罗德利戈的了解，足以让我尊重他言语后面的真诚。尽管他这番哲学思考听起来比较别扭，但他确实是个心胸宽广的人。

“我看见你昨天和那两个英国女人说话了。她们是不是说了我和山羊的事儿？”

“嗯，他们主要在说山羊，罗德利戈。他们一点儿也不喜欢它们，那是肯定的。他们似乎忙着在山坡上种金雀花，然后你的山羊跑去把那些植物都吃了。”

“克里斯，为什么有人想在雨养山坡上种金雀花呢？我不明白。”

“我知道，是有点奇怪，但他们说对土壤有利——金雀花能防止土壤风化。无论如何，他们不想看见你带着山羊靠近他们的地方。”

“那里有一条牧道，我必须从那条路走到皮卡乔农场上面的地方。人们有权在牧道上放羊啊。瞧，克里斯，我不想成为她们的坏邻居。如果她们想在山上种金雀花，我没有意见。但皮卡乔农庄上面的雨养地，牧草肥美，我离不开那儿。所以，山羊路过她们的山坡时，肯定会吃掉刚长出来的金雀花，这是山羊的天性。你明白我的意思吗？”

“我懂，我懂。”

就这样，生态主义者和游牧者之间，一直战火不断。

罗德利戈孤独地在河边放羊。他和山羊从早到晚地走，一年四季每天都在走，而且他在山里、河谷中已经这样走了50年。寒来暑往，花谢花开，他什么都看见过，也什么都经历过。大旱年月，他的山羊瘦成了皮包骨，不得不在尘土中踏着蹄子，寻找最微弱的水源；在连月甚至连年滴雨不落之后，他需要凭借游牧人的本能，找到几乎看不见的湿润和潮湿之处；洪涝成灾的日子里，他有时几个月都没法让羊跃过高涨的河水，只好顺流而下，走到下游的七孔桥，才能让山羊回到羊圈里。所以，他告诉我，只要能坐在羊圈三里之外的大石头上，看着山羊吃到再也吃不下了，那就是轻松的日子，哪怕外面大雨滂沱。而他惟一的避雨方法，就是用几个化肥袋系在一起，罩在头上和肩膀上。

罗德利戈已经习惯了这样孤独而艰苦的生活。他从未想到有一天，自己的重担会有人来分担，更没想到的是，来为他分担的人，是一位看着很柔弱的荷兰女雕塑家。但事情就这样发生了。

我们提到的这位荷兰女人叫安东尼娅，她夏天来拉奥亚农场度假。我们遇见她的那天，刚好是她来山谷的第一个夏季。那时候，她正溯流而上，带着一只难闻的大狗，一片梯田接着一片梯田，追踪着我们那只公绵羊。她的眼睛从宽大的帽沿下看出去，手上捏着一团蜡，手指不停摆弄着，渐渐塑出形状。

“如果你喜欢，我可以把它单独关起来。”我提议。

“不，我宁愿看它跟羊群一起走动。那样我能描摹得更自然。”

公羊似乎不愿当模特，安东尼娅一找好角度，它就挪开了。于是，她也跟着在乱石草堆中，跌跌撞撞地转来转去。炎热的天气让她的活儿更难了，因为蜡一直在融化，每隔大约 15 分钟，安东尼娅就要把蜡浸在渠水中冷却。等她再拿起来的时候，当然，羊群已经消失了；而当她再找到羊群的时候，蜡又开始融化了。所以，我给了她一个提桶，她在里面装了水，可以随身带着。

用这种方法，安东尼娅渐渐有了进展，手里的雕塑也慢慢地成了形。那年夏天，她做了很多绵羊模型，还有些公牛和山羊模型；甚至还为多明戈的驴子“肥臀”，惟妙惟肖地做了雕塑。之后，她要回荷兰去把一些模型制成铜雕。走之前，留下了一堆蜡像小动物在我们屋子的抽屉里，这让克洛艾特别开心。

罗德利戈住在拉奥亚上面的拉瓦伦西亚娜农场，骑马要一个多小时，但他把羊圈建在了下面的农场里。每天早上，喂过了猪、马、牛和鸡，他就会跨上马鞍，来到山下的拉奥亚农场，照顾有需要的山羊，然后把它们带到河边，或者爬上山坡。即使天气热得像着了火一般，他也从未睡过午觉，因为根本没时间睡午觉。山羊们是不怕热的。

突然之间，罗德利戈单调乏味的生活，就起了一点小小的变化。敬爱的安东尼娅——他这样称呼她——和他一起在河边放羊了。有时候，他们走着走着，安东尼娅就会用蜡做出一只动物的形状。罗德利戈甚至有个专门为他做的公山羊铜像，恐怕他是西班牙惟一有这种待遇的牧羊人了。把蜡模做成铜像，确实价值不菲。

有时候，山羊需要照顾，比如打针、驱虫、洗澡，诸如此类。安东尼娅常常会花一早上的时间帮忙，两个人一起干活儿，肯定比一个人做要容易很多。

日复一日，安东尼娅渐渐改变了罗德利戈的生活。而罗德利戈的妻子卡门病倒住院后，安东尼娅的存在就更为重要了。傍晚时分，罗德利戈把山羊关到圈里之后，安东尼娅会开车送他回家，并帮他照料其他动物，然后再带他到格拉纳达医院。罗德利戈会整晚待在医院里，妻子的病榻边。按照这里的习惯，家人通常要承担大量照顾病人的活儿。

罗德利戈连续在医院守了9晚，然后卡门便出院回家了，身体稍微好了一点。从那以后，敬爱的安东尼娅就成了他们家最受欢迎的尊贵成员。她每次去拉瓦伦西亚娜农场吃晚餐时，罗德利戈总是舍不得让她离开。我从未去过罗德利戈家里，但安娜曾经去过。她有天和安东尼娅一起上那儿，当然，卡门邀请了她俩。结果，她们不吃点屋里最珍贵最美味的食物，简直走不出罗德利戈的家门。安娜说，那感觉就像和女王一起去看他俩一样。

安东尼娅在西班牙和荷兰之间往来，有时候会在荷兰待很长时间，为了赚钱来西班牙做雕塑，也为了筹得一些资助和捐款，可以把她做出来的蜡模铸成铜像。她每次离开山谷回到荷兰，罗德利戈就会一边放羊，一边默默流泪。“克里斯，我觉得是上帝把安东尼娅送来的。”他对我倾诉。安东尼娅不在的时候，罗德利戈常常在我们旁边转悠，打听她的消息，仔细判断何时会有一张明信片到来。

安东尼娅是个真正的艺术家，她在生活中投入了很多精力和技巧，就像她对作品的投入一样。她不断给予他人，尽管没有强壮的体魄，却没有什么能难倒她。于是，生活给了她回报：这里的人都很爱她。在阿尔普哈拉斯山区，在我认识的外国人中，她是惟一融入了当地生活的人，仅仅因为她很真诚。

我们对克洛艾感到担心，不只因为农场上有蝎子，或者有其他威胁到幼小生命的东西，我们还担心，在这与世隔绝的农场上，只有溺爱她的中年父母和她相依为命，克洛艾可能会觉得孤单。她一个人的时候，可以和周围的野蛮动物们做伴，可以观察蝼蛄和蚂蚁，可以辨识农场上所有的植物和灌木。虽然这些活动对她来说，已经很让人开心了，但有的游戏，只有和小伙伴一起玩，才会有乐趣。我们知道，克洛艾迟早会需要一个玩伴。幸运的是，她找到了一个，而且近在咫尺，就是贝尔纳多和伊莎贝尔的小女儿。她比克洛艾大一岁，就出生在河对岸的那个农场里。

从相遇那天起，克洛艾和罗莎就以姐妹相称。她俩常在一起捡石头扔绵羊，或者把卡带扔进洗手间。只要腻在一起，她们不管玩什么都不亦乐乎。罗莎不会说英语，而克洛艾从没说过一句荷兰话，所以她俩用西班牙语交流。我们颇感欣慰，因为女儿是土生土长的格拉纳达人，而且说一口地道的西班牙语，这让我们终于感觉自己在这里扎了根。“你在我们这儿播了种，现在，你是我们这里的人了。”多明戈老爹曾经这样对我说。

农场上的生活渐渐安定下来。我们养羊、卖种子、剪羊毛，赚的钱已经足够过日子了，于是开始酝酿新的计划，想把靠近多明戈农场那边的一栋废弃屋子改成一间度假小屋。我俩住的屋子虽然远远算不上奢华，但是修葺一新，冬可避雨，夏可遮阳。此外，农场里其他的事情，也在有条不紊、健康有序地发展着。但是，仍然有个潜在的威胁，随时会爆发出来，毁掉我们苦心经营的和谐生活。——狗和羊起了冲突。

博吉尔和巴克斯已经是两只大个儿的土狗了，但个性都很友善。它俩的体形甚至比邦卡都大了，除此之外，那个宽大的鼻子，还有笨头笨脑的样子，像极了罗莎那只名叫塞斯的狗。我们听说，塞斯刚刚被送回原来的主人那儿，因为和农场上几块鸡骨头的事情有瓜葛。

博吉尔的耳朵还是一边耷拉着一边竖起来，看起来和小时候一样可爱。而巴克斯也长得英姿飒爽了，就是有点低智商。它的大脑袋里，每根神经都拒绝开窍，不管我们怎么教导，它还是会每天追着绵羊跑，积习难改。有一次，它把羊群赶得在山坡上狼奔豕突。那些受了惊吓的绵羊们，低着脑袋，奋蹄疾奔，扬起漫天灰尘，却让它看得乐不可支。后来，它只要看到羊群，就会让它们重复这种表演。这样的事让我抓狂。没有哪个牧羊人会让自己的羊群受到如此虐待。那次从屋子里走出来，我发现绵羊们又被搁浅在附近的山坡上了，一只只恐惧得在发抖，我终于忍不住爆发了出来。

“安娜，我受够了，到此为止！我要把那个混球一枪崩了！你瞧瞧，它又把羊群赶到那个该死的山坡上了。那些羊都吓坏了，紧张兮兮的。”

“多给它一次机会吧！耐心点，求你了。”

“那只蠢货，我已经给了它无数次机会了。骂也骂过，训也训过，打也打过，费了多少心思，可它就是没大脑。没什么好说的了，它必须消失！我也不想这么做，毕竟是只可爱的狗。但如果我再不管，它就要把那些绵羊给咬死了，我不会眼睁睁看着它这么做的。”

安娜和克洛艾吓得呆若木鸡，看我大步流星走出农场，怒气冲冲地去山谷那边，找多明戈借猎枪。我心意已决，一定要枪毙那只没有大脑的杂种狗，从此一劳永逸，再也不让绵羊们惊慌失措地过日子。但多明戈不在家，所以，我又一阵风地回来了，心里有点窃喜。

我沿着小路吃力地爬上梯田，那里就是埋葬博纳的地方。我看见了克洛艾在那儿，正用小铲子胡乱挖土。“爸爸，我们要把巴克斯埋掉吗？”她低头看着刚刚挖好的，只有仓鼠那么大的一个洞，问道。

我把她扛在肩上，不想让她看见一张由于内疚而痛苦的脸。“不，克洛艾，我不会对巴克斯开枪。”屋子里，安娜正手忙脚乱地，准备去看望其他的养狗人，想为巴克斯再找个新家。珍妮特把这个任务揽在了身上。

与此同时，巴克斯对自己被判死缓的情况毫无察觉，依然由着性子，把整群羊赶到了河下游的拉埃拉杜拉农场，然后又直接赶到了卡迪亚尔河另一边，赶到了拉塞雷塔农场的陡峭山坡上。我碰巧没看见这场恶作剧，但牧羊人罗德利戈见到了整个过程，并果断漠然置之。

住在格拉纳迪诺农场的马诺洛，把羊群大批出走的消息告诉了我。那天下午，我在镇上遇见了他，得知我的羊群正在本塔德山杏树林上面吃草。他提醒我说，如果我不尽快把羊赶下来，就会有麻烦。

“等天黑了，羊群呼啦啦地下山，会把路上的菜地全毁了，你就倒了大霉。”

“马诺洛，你也太夸张了吧。不过你说得对，我得赶紧想办法解决。”他的想法的确很怪异：一大群羊，像亚述人部落一样，白天躲在人迹罕至的山里，晚上发动偷袭，呼啦啦全跑下山，把农民的蔬菜都踩烂……

从镇里回来的路上，安娜开车送我到了本塔德山，给了我一根香蕉，一小片面包，还有一口水，就把我抛下了。我找了根结实的棍子，沿着河谷出发了。一路上，我左顾右盼寻找羊群，还竖起耳朵，听远处是否有铃声。二月里的下午，天气晴好，暖意融融，太阳被薄云笼罩着。我沿着去拉奥亚农场的路慢慢晃悠，走到河边，看安娜和克洛艾渐渐远去，消失在山后。但是，绵羊连影儿都没有。我只好转身，走回头路，走了大概 10 分钟后，才依稀听到了一点铃声。羊群就在我上方，远远地沿着山脊前行，背后是湛蓝的天空。但从我脚下那片山坡，无法爬到羊群那边的山脊上，因为整个山坡上，都长满了齐胸高的金雀花。于是，我换了个方向，往东走，希望能找到一条路。

走到山坡最东边的路口，仍然没看到其他的路，我只能顺流而下。本来打算把羊群赶下山后，就走这条路回家，但走了半晌，前面还是没有上山的路。我恼怒起来，直接攀岩而上，爬啊爬，脚步不停。空气中弥漫着松香和迷迭香的味道。最后，爬上一个小山峰，我终于找到一条不太明显的小径，在山峰之间起伏延伸。

我坐下来喘气，也好晒晒太阳，欣赏山下的风景。巴莱罗农场远在河那边，小得几乎看不见了。极目北望，路的尽头是一片雪域，高高的山峰被裹在白雪中，四周乌云滚滚。但我坐着的地方却十分宁静，山下河水的咆哮声到了这里，只剩下温柔的沙沙声，偶尔还能听到杜杜比亚鸟的鸣叫。绵羊们把我引到这里来，或许是想让我独享午后漫步的时光吧！想到这里，我笑了起来。

沉醉中，忽然欣喜地听到远处传来叮叮当当的铃声。羊群就在那儿。不到两公里远的地方，灌木丛中藏着一些小斑点，离我之前看到它们的地方不远。我拨开茂密的灌木丛，经过几座倒塌的碉堡——西班牙内战的最后几个月里，拉塞雷塔曾经是共和党人的据点。我又走过一段长长的碎石坡，在齐腰高的迷迭香灌木丛中穿行。攀山途中，艰险重重，我心中开始愤恨："我的老天，绵羊能爬到这里来吗？山羊可能还行，但绵羊，哈，怎么可能！你们到底发现了什么吃的？这种鸟不拉屎的地方！"

环顾四周，我开始琢磨要怎么把羊群赶下山。看得出来，它们根本不想下山。"好了，我们回家吧！"我煞有介事地吆喝了起来。几只羊犹疑不定地转了个方向。

我仔细想了想，眼前情况复杂，我既不知道自己在哪，也不知道该往哪里走。周围到处都是悬崖峭壁，要么就是齐腰高的灌木丛，挡住了你的视线，让你一不小心就会跌落悬崖。我想用石头朝绵羊扔过去，让它们动起来，但它们一往前走，很可能就直接掉下悬崖了。我绕着羊群走了一圈，考察了一下地形，发现的确很危险。

我骂骂咧咧，还扔了好几块石头，才让羊群终于调转了方向，慢慢往我来时的方向走。让羊群动起来，真的比登天还难。我大声呼喝"喔咿——"同时挥舞着手里的棍子。十来只绵羊往前挪了挪，但其余的依旧无动于衷，只顾着一边吃草，一边扬起蹄子跳下山坡。于是，我在岩石和荆棘丛中，上蹿下跳，赶着后半部分绵羊跟上队伍。这些羊勉强动了起来，没走几步，前半部分又不肯走了，还跳上高处一些奇形怪状的石头。我又跳了过去，刚把它们赶到正确的方向，后面的羊群又……我开始诅咒自己的愚蠢，竟然没养只合适的牧羊犬！

一路大呼小叫，石头乱飞，我终于把羊群赶到了那条依稀可辨的小路上。我瞻前顾后，一边认路，一边对绵羊甜言蜜语，让它们可以放松心情。“好好儿往前走吧，小宝贝。对了，没错，就这样往前走，看着脚下的路哦。别担心，我们还有大把时间呢。”

虽然山中景色美得让人窒息，但一想到脚下的万丈悬崖，我的大脑就迟钝了很多。不过好在我还十分清醒，只是为这群绵羊操碎了心。领头的几只羊，坚持要不偏不倚走有路的地方，而不肯抄近道。这意味着整群羊必须爬上爬下，在犬牙交错的山脊上行走。远远看去，我们前进的行列，样子肯定十分滑稽，而背后的天空渐渐暗沉了下来。

太阳要落山了，我开始觉得情况困窘。羊群在陡峭的山峰上，缓慢移动，我时而跟在后面，时而走在中间，但怎么都找不到下山的路。天色渐晚，之前让我心旷神怡的山景，现在越来越让我感到恐惧。我知道，如果一直往东走，根本找不到路让羊群下山。即使我能把它们赶到山下那条路附近，也得设法让羊群转道从河边走，避开山脚下农民的菜地。山下的公路，远远看去，就像条灰色的缎带，路上不时有车辆呼啸而过。对筋疲力尽的牧羊人来说，这是个艰巨的活儿，我只能碰碰运气了。

太阳沉入了山谷，黑云涂脏了天空，夜色越来越浓，绵羊们却溜达得越来越慢了。我的脑袋里冒出各种恐怖的画面。之前让我陶醉的那些美丽植物，现在成了我脚边的羁绊，在我路过的时候恶意地阻拦我；而那些岩石仿佛从地上凭空冒出来的一样，一不留神就撞上我的脚踝。

“我们该从这儿抄近路，”我对羊群大喊，“虽然看上去像是垂直落下去的，但比我们待会儿要面对的情况来说，实在是容易得多啊。好羊儿，不管你们想干吗，反正别想朝北走！那是条绝路！”我大声嚷嚷，掩饰内心的惶恐，这个时候任谁都挡不住想说话的冲动，哪怕对着那些不会说话的绵羊。

看起来，绵羊们也不太喜欢北边的路，那条路要经过陡峭的石坡，石坡上还长满了灌木丛，附近就是悬崖。我在山坡左侧的矮树丛中穿梭，比之前赶得更卖力了，一边用力地朝羊群扔石头，叫起来像个报丧女妖。“下去！下去！你个混球！瞧，我知道这条路看起来很险恶，但是听我的话，其他的路更难走，不要再沿着刚才的山脊走下去了！”它们看着我，嘴里蛮横地咀嚼着，直接走上另一座山峰，也是最高的一座山峰。

“该死的诺拉！你个没脑子的混蛋！看看你搞的一团烂摊

子！以魔鬼的名义起誓，你知道我们要怎么下去吗？”山下的汽车在路上悄无声息地往来，已经亮起了车灯。夜空中，一轮弯月在云中穿梭。

我踯躅不前，在山峰北边徘徊。这时，后面的羊群悄悄掉转头，又跑回我们来时那条路上去了。我停下脚步，惊恐地看着它们，觉得自己就像西绪弗斯一样，要带着这群不开窍的动物，在山上来来回回，永远不停地走。羊群开始分裂，一部分走回了来路，一部分继续往北；还有一两只，在我要它们走的那条路上吃草；但绝大多数都站在那儿，若有所思地看着一片漆黑的天空。

我拼尽全力，疯狂地驱赶羊群，跳前跳后，在黑暗中，跳过脚边的大石头，大吼大叫，用棍子抽打矮树丛。全然无用。我不得不承认失败，因为山坡已经埋入了夜色中。

我只好继续往前走，嘴里模仿当地人赶羊的吆喝声。绵羊们很有礼貌地听了听，却仍然不理不睬。往下走了 50 米，我终于找到了上山的那条路。

第二天，多明戈和安东尼奥主动来帮我赶羊。“太感谢你们了，”我说，“我完全拿它们没办法。”

我们往山坡上爬。多明戈带了五只土狗。爬了一个小时之后，我们找到了羊群，差不多还在原来的地方，就是昨天那个陡峭的山坡。

"让它们就从北边下山，"多明戈说道，"它们从哪儿上来的，一般就喜欢从哪儿下去。"

"你在开玩笑吧，多明戈。那边的山崖基本上是垂直的。"

安东尼奥卷了一支烟，没发表意见。

"切！"多明戈不屑，只是吹起了他赶羊时常吹的鸟哨。绵羊们惊讶地抬起头，然后排成一列，翻过了山崖。

我惊惶失措地冲到山崖边，以为会看到那些毛茸茸的小身体滚落万丈悬崖，在谷底河边的大石头上摔个粉身碎骨。但是没有。它们稳步下山，从一个岩石突起处，跃到另一个岩石突起处，屁股向上，耳朵向下，从那个看上去几乎无法翻越的山坡上，跳了下去。只花了七分半钟，它们就全部到达了河边，冲进了农场里，很快消失在橘树林中了。

"好了，没什么难的！"多明戈爽朗说道。我们在大石头上坐了下来，看着远处的风景。淡淡的烟，从安东尼奥手边腾起，飘向远方。

不久之后，珍妮特听说了绵羊出走的消息。她风风火火赶了过来，过河的时候，在桥上遇见了一些旅人。"让开！让开！前面有只狗出事了！"

来到农场里，她大声对我们宣布："我为巴克斯找了户好人家，夫妻俩都是欧洲人。"她的意思是说，他们不是西班牙人。

“告诉我，那只狗有多重？他们很关心体重问题，最好不要超过20公斤，因为他们不想被狗拉着走。多重？30公斤？好吧，那就30公斤吧。反正它是个可爱的小伙子，给他们养最好不过了。我今晚就给他们打电话。他们明天就会来把狗带走。”

那时候，两条狗身上都长了跳蚤，因为工作间旁边的马厩里，刚好爆发了跳蚤疫情，而博吉尔和巴克斯的窝就在工作间里。晚上，我们把跳蚤粉扑在它们身上，希望第二天它们看起来能体面一点。

正如珍妮特所说，巴克斯的新主人第二天一早就出现了，还带来了一台浴室用的秤。跳蚤粉看上去也起作用了，因为所有跳蚤都从狗毛里跑了出来，但依旧疯狂肆虐。所以，两只狗扭着身体，转来转去地挠痒，痒得不行了，还会狠狠咬自己。你几乎可以看见那些恶心的跳蚤在跳。不管怎样，巴克斯还是利用机会，展现了它的吸引力，把乔治和艾利森逗得很开心，当天晚上就把它带回了家。

巴克斯踏踏实实地跟了它的新主人。他们有个养兔场，常常会用死兔子给它加餐。他们每天带它去山上散步，周末还会带它上教堂。在这种温柔的呵护下，巴克斯茁壮成长，把追逐绵羊的事抛到了九霄云外。但后来不幸的是它被猎人毒杀了。

阿尔普哈拉斯山区的猎人们常常会投放毒饵，杀死危害鸟类的野兽。但这种行为属于严重违法，而且也很残忍，让很多宠物狗死于非命。只是，很少有人愿意为了一只狗而大动干戈。但乔治和艾利森夫妇不在此列。当牧羊人马里亚诺把狗带给他们时，他们看到巴克斯在牧羊人的双臂中已经断了气，于是，伤心立刻变成了愤怒。很快，他俩发起了一场运动，把怒火公之于众。他们给市长递交了请愿书，向律师咨询了刑事犯罪方面的司法程序，并和村里的药商一起，研制了一种催吐药，免费分发给养狗的人。他们做的一切都是为了巴克斯，只可惜，巴克斯已经不能亲眼看到了。

其实，巴克斯也不是惟一有可能屠杀绵羊的狗。如果有机会，所有的狗都有冲动追着绵羊跑，只不过，有些狗更加冲动罢了。有一次，夏日清晨，绵羊们都在梯田上徘徊，渐渐靠近安娜的菜地，让人看着很担心。我跑下去，想把它们赶开。两只狗也跟来了。我把羊群赶过大门时，只有邦卡站在一边，看上去有点兴奋。但博吉尔不知道去哪儿了。我心里有些不好的预感，赶紧跑到梯田那一头，看见了令人震惊的血腥一幕：有只绵羊被卡在篱笆网里，无助地挣扎着，而博吉尔正慢条斯理地撕扯着它。

我冲狗大喊大叫，扔了一块巨石过去，却没砸到。然后我把这只可怜的动物剩下的半截身体从篱笆网中解救出来。它站得有点不稳，过了几秒便颓然倒在血泊中。我把它翻过来，看了看伤口，又转过脸去，咬牙深吸一口气，等那阵恐惧的痉挛消失。我没想到那些牙齿会造成这样骇人的伤口。绵羊的前后腿都被撕开了，就像屠夫在案板上切的肉。它的小腹被割开一道很深的裂口，浑身都是带血的牙印。

我从未见过这么残忍的场面，转身立刻跑进屋里，拿了一把刀，想了结它的生命，让它不再痛苦。但我回到那儿时，它竟然艰难地站了起来，正蹒跚着往羊圈里走。

“既然它那么坚强地活下来了，”安娜说，“就应该继续让它活下去。我们必须治好它。”

“你见过这种伤口吗，安娜？太可怕了，它不可能活下来。”

“我们可以试一下，不管怎样。我会咨询朱丽叶。”说完，她转身回到房子里，开始仔细钻研《畜牧业草药大全》，作者朱丽叶。这本书一直放在我们厨房的桌子角上，伸手就能拿到。

我帮绵羊回到了马厩，为它隔了个小羊圈，里面用新鲜稻草做了个窝，然后把它的羊羔和它放在一起。虽然它还经受着难以想象的痛楚，但它做的第一件事就是吃力地站了起来，给羊羔喂奶。这的确是一只值得去救的羊。我给它打了一针抗生素，然后喂了点吃的。

安娜下来了，找到了清洗伤口的方法。我们抓住绵羊，按照朱丽叶的提示，小心地在伤口周围清洗着，把那里每一处污渍都清除了，还清理了粘在肉上的羊毛。

我不忍去看那个伤口，血肉模糊的景象让我不寒而栗。但安娜很有耐心，双手也很灵巧。那次清洗伤口，我们花了整整两个小时。做完后，我们把能打上绷带的地方，都轻轻地打上了绷带，以免四面八方的苍蝇聚集在它身体上尽情饮血。

第二天早上，根据朱丽叶的药方，我第一件要做的事，就是把尿撒在桶里，再拿这种液体来清洁伤口。安娜和我下到马厩(那只桶在我手里尴尬地晃动着)，然后把这只羊翻了个身，解除它的绷带。伤口已经止血结痂，羊身上还盖着一点干草。当安娜用我的晨尿，把伤口打湿的时候，这只羊还在心满意足地咀嚼着。就这样，我们日复一日地照料着，试过朱丽叶在书中提到的各种草药。大约过了一个礼拜，我们终于看到这只母羊身体渐渐复原了。在这段时间里，它仍然坚持哺乳，把小羊羔们喂养得活蹦乱跳。

母羊的伤口基本上都愈合了，只有一处肌腱撕裂，让它的前腿瘸了。这个问题已经超出了朱丽叶的能力，必须要动个小手术才行。那以后，母羊还生了两对双胞胎，而且性格也变得十分温顺。

至于博吉尔，是的，我们已经加强了对它的防范。

多年来，朱丽叶对我们家影响巨大，甚至可以说，是我们家里的一位名誉成员，也是决定我生命历程的三位女性之一。20 世纪 50 年代，朱丽叶就住在去兰哈龙那条路的下游。如今她已经成了传说，据说生活在赫尔蒙山的松树丛中。那里介于以色列、叙利亚和黎巴嫩之间，是一处很有争议的地方。这个女人一直痴迷草药和自然疗法。让她名声大噪的一段经历，是她生活在西班牙期间，治好了自己和儿子的斑疹伤寒症。当时，她和兰哈龙的医生公然对抗，坚持自己的疗法，只用草药和普通的水。

认识朱丽叶，是因为一本旧得发黄的二手书《西班牙山区生活》。她意趣盎然地描写了那一年住在兰哈龙的生活，让我对她的其他作品也发生了兴趣。后来，朋友们送了我一本《畜牧业草药大全》，封底是各种权威组织的推荐语，诸如“英国马协会”和《农民周刊》等等。朱丽叶因此被盖上了受尊敬者的印章。

不知多少个夜晚，我从地里或山上回到家中，疲惫不堪，尘土满身，却每每发现安娜沉浸在一本名叫《个人草药图解手册》的书中，让人担心她走火入魔了。这本书很快被她昵称为“用草药让丈夫变得更健康”之书。安娜看书时，会把我作为思考对象。有一次，我清理水渠的时候，不小心撞上了镰刀，让刀尖插进了膝盖里面。这事儿明显让她兴奋了。在阿尔普哈拉斯山区，这种伤很常见，大家都说，男人生来就是握着镰刀的，所以常常把它弄到膝盖里去，也没什么稀奇。但那次伤口很深，我的膝盖肿得像个足球。

安娜翻了翻朱丽叶的书，然后用草药做出一种药膏，还有一种难喝的药水，里面含有同一种成分：紫草。药水里还用了大量的艾叶和大蒜，以防我觉得它不够恶心。我想，这药多少起了点作用吧，因为伤口很快就愈合了。而安娜对这种草药疗法，也信心徒增。她迫不及待地希望再有个机会，让她试试这种新技能。

膝盖事件过了不久，我又大病一场，给了她大显身手的机会。一天下午，安娜发现我正在玫瑰丛中剧烈呕吐，快要把五脏六腑都吐出来了。她在我身边的一块石头上坐下来，迅速翻阅这本烂书。“朱丽叶在这里说，人们总是想停止呕吐，真是件奇怪的事。呕吐是身体的自然反应，有益于肃清体内病毒，让身体更健康。你觉得怎样，嗯？”

“呕～～～呜～～～唠～～～”

“唔，看起来好像很糟。如果你觉得这么不舒服，可以吃点榅桲、丁香、生姜，再加点柠檬汁。很快就好了。”

果然，药到病除。不过，那味道让我此生都不想再去碰了。

朱丽叶给我们的建议一直很有效。而在巴莱罗农庄，她的药方人畜通用，一视同仁，尤其是猫喝药的时候，出奇地随和。农场上的猫儿狗儿、羊儿马儿什么的，都一律自觉排队，每周领取大蒜、蜜糖，还有艾叶丸配额。看到这幅场景，我总是觉得很有趣。满月的时候，邦卡和博吉尔，还可以得到石榴汁和大蒜，来对付寄生虫。即便如此，安娜偶尔也会抱着“尽信书不如无书”的态度。必须要说的是，这本书很有点清教徒的特色。

比如说，朱丽叶强烈反对“熟食”，也就是经过烹饪的食物。她认为熟食破坏了营养成分。她还说，你不该穿橡胶底的鞋子，因为这让你无法接触地气。尽管如此，在一些不太看得明白，又让人感到困扰的问题上，还是有必要咨询一下朱丽叶的。比如说，怎样处理莫名其妙出现在花园里的腐烂残骸。

在巴莱罗农庄，如果绵羊莫名其妙地死亡，就不能放进锅中成为食物。它会被绑在手推车上，堆到河谷里。狗儿们看到了，先装作无动于衷。等过了几天之后，死羊开始发出一种别样的味道，它们就来破坏了。接下来10天左右，这只羊会鬼魅般再度出现在我们的生活中，通常的形式是几块烂肉，或者撕烂的肢体，要么就是羊毛。狗儿们把这些东西拖回了屋子里，丢得花园里到处都是，它们不知道并不是每个人对此都饶有兴趣。

情况愈演愈烈，献祭品逐渐到了让人无法忽视的程度。一天晚上，我摸黑走出卧室，发现自己踩到了什么东西，黏乎乎的，很大一块，而且十分尖锐。我尖叫一声，冲去拿手电筒，然后发现了一只野猪头骨，上面还粘着一点猪头肉。狗儿们在河里发现了这东西，拖了上来，然后骄傲地站在一边摇尾巴。

安娜咨询了朱丽叶，她当然很支持给狗儿们吃没煮过的新鲜肉。于是在某种程度上，我们打消了内心抗拒，努力接受现实，忍受这种东西的味道总是在屋子周围飘荡。为什么要抗拒呢？就算闻起来让人作呕，呕吐也有益身心健康呢。不过，朱丽叶确实有个解决方法，能让死了的动物不会贻害无穷，还会给狗儿们提供一些便宜的吃食。这个方法就是，剔去肉骨头，把肉铺在草药垫子上，用草药垫子来保存肉。

作为屋里的男人，我被派去挖洞。那是个炎热的夏日，地面硬得像块水泥。我在安娜的监督下又刨又挖，心里千万遍诅咒朱丽叶。“已经挖得很深了。”我抱怨起来。

“还不够。朱丽叶说要有一米深才行。”

“反正朱丽叶不用自己去挖这个该死的洞。”

“的确不会，但她会很聪明地让男人来为她做。书上说，要比那样子还深一点……四周要弄整洁。我去拿草药。”

不一会儿，安娜拿着草药回来了。她轻蔑地看着地上的洞。不是朱丽叶指定的那种，但只能这样了。我把肉骨头剔了出来，而安娜和克洛艾在一边看着，保持安全距离。夏日里，你通常不会做这种事，理由相当充足，苍蝇和黄蜂太多了。干活儿的时候，让几十只黄蜂在你手旁边转来转去，并不是件快乐的事情。不过很幸运，它们只顾着眼前的美餐了，根本没闲工夫来叮咬我。

很快，我把几个桶里装满了油亮亮的肉，上面黑乎乎扒着的都是苍蝇和黄蜂。我小心翼翼在水龙头下洗掉苍蝇卵。同时，安娜在洞里亲自铺上了用几种草药做成的垫子。

“把肉放在垫子上，等下我会放点柠檬百里香、迷迭香、青蒿和芸香在上面。”

“听起来和狗的驱虫药一样啊！其他药也差不多。”

“嗯，不管是什么配方，反正可以把肉至少存上三个月，还能保留里面所有的营养成分，不会受到昆虫骚扰。我肯定这是个不错的解决方法。”

她把草药铺在了肉上。“书上说：现在，你得在上面压块大石头，以防野兽把肉挖出来，然后再把洞填上。”

六周之后，时间到了，我们要把保存的肉挖出来喂狗，你可以想象，当时我俩的心情有多激动。我们把洞挖开，抬起石头，看见保护垫还在那儿，完好无损。可是，等我们把草垫掀开时，事实摆在了眼前，肉没了，消失得无影无踪，既没有污渍，也没有碎屑，一点肉的痕迹都没留下。洞口封存的样子一点没变，没有任何刨过的痕迹，却只剩下一个空洞和几张草垫。我们愣愣地站着，目瞪口呆，摸不着头脑。

“肉去哪儿了，爸爸？”克洛艾问道。她隐隐觉得神秘事件背后的主谋似乎是我。

“我不知道，克洛艾。我以为是你，半夜起床，把它挖了出来，狼吞虎咽地吃完了。”

“唠～～～”她嚎叫着跑到了灌木丛后面，像是要躲开这个想法。

“不错，这的确是次有益身心的练习。我很想知道下一只死羊什么时候出现，那样我们就能再来一回了。”

“唔——”安娜说，“有得有失吧。你这样油嘴滑舌的，也于事无补。”

后来，我们没再理会这个存肉配方了。虽然这次经历不太愉快，但我宁愿把失败藏在袖子里，下次碰上朱丽叶的蛮横规矩时，再拿来提出反驳。至于地里那些腐烂的骨头，我们现在只会略加掩埋，任其长草。

剪完了一整天的羊毛，我和多明戈来到潘帕村下面的树林中，在埃内斯托的酒吧，和一群高山牧羊人吃着烤肉塔帕，喝着科斯塔酒，热闹非凡。大家谈论着自己多么热爱那些牲口：我们的羊群。这样的话题看似奇怪，但在当地非常流行。

牧羊人们抒发着自己对羊群的感情，声音抑扬顿挫。这时，我发现埃内斯托的儿子正在看着我。他好像没听大家说什么，满心踌躇地只想问我一个问题。最后，从酒吧回去的路上，他靠上前来小声问我："你也热爱牲口吗？""我只能说'我爱'，但实际上也真的很爱。"我小声回答，然后彼此不好意思地笑笑。

多明戈听出来我言下之意。"你什么意思？"他蹦出一句，"你连自己的羊都认不出来。上次放羊是什么时候，还记得吗？你甚至在农场上修篱笆，让羊就在里面走走，好让自己可以偷懒。你吆喝它们的时候，那些羊都不会跟你走。这叫爱吗？"

他的话虽然伤人，但无可否认，并不

是胡说八道。自从上次发生了绵羊出走的糗事，我就一直忙着在山坡上修篱笆，让自己可以放下牧羊人的活儿，去做点更棘手的工作。而且，我和羊群之间缺少一种默契，不会像这里的牧羊人一样，大步流星地走在羊群前面，吹一声口哨，就能让羊跟着自己。相反，我总是要在羊群后面驱赶，不但要大呼小叫，还得扔石头。相比之下，我也自惭形秽。尽管我的绵羊条件不错，膘肥体壮，还生了很多小羊羔，但他们挑剔的是我，而不是我的羊。想到这些，我便缩了回去，打算等多明戈生完气，再转移话题。

很快，大家对绵羊的温柔赞颂，变成了对羊贩子的愤慨谴责。上一轮买卖中，似乎每个人都吃了亏，大家都发誓，下次一定要多加忍耐，等待更好的价格。

“我不懂为什么要找羊贩子。”我煽动起来，“如果我们绕过中间商，自己去市场上卖羊羔，价格再低也不会比现在更糟。”这是个大胆的提议，大家都听得愣了，鸦雀无声，我开始有些沾沾自喜。“羊贩子把羊羔价格砍下来之后，转手就在巴萨市场上高价卖出，”我不顾后果地继续说道，“所以，我们为什么不碰碰运气，自己直接去卖呢？反正我会去试试。”几秒钟前，我完全不知道大家会有什么反应。但人们脸上渐渐露出的惊疑表情，让我心里的模糊想法越来越清晰，这是我一个人的事了。成了第一个吃螃蟹的人，感觉不错。

巴萨市场是安达卢西亚最大的牲口市场，建在格拉纳达省北部的高原上，开车去大约要三个小时。能在巴萨市场上混的羊贩子，都是牛人。哪怕是当地的农民，自己跑去卖羊，也容易跟他们起纷争，更不用说我了，对市场一窍不通，还是个外国人。但事已至此，我已经骑虎难下。

"羊贩子们肯定会跳起来的。"一个牧羊人大声说道。听到这个想法，他眼睛里闪现出兴奋的火花。"没错！"另一个人说，"但该来的总要来，他们不用永远把我们这样耍下去。"

"嗯，羊贩子们要怎么样，是他们自己的事。"我回答，"我有 40 只羊羔可以卖了。有人想和我一起来吗？"

可能这个问题问得不是很清楚，反正大家争来争去，都是一些细枝末节的事，没有人正面回答我的问题。最后，多明戈的声音打破了喧嚣。"我跟你去，"他说，"你去找巴尔塔萨，问问他拖车的事。下个礼拜，我们就去市场上看看情况。"

巴尔塔萨是跟我们一起剪羊毛的朋友，他有辆大货车，四轮驱动，动力强劲，后面还挂着拖牲口的车厢。他同意带我们去巴萨市场，因为他刚好要去买点干草，给羊群囤着做饲料。因此，一个寒冷刺骨的冬夜，我们把羊羔装进了拖车，就启程出发了。为了平衡车头车尾的重量，几个搭车的人都挤在驾驶室里。除了我、多明戈以及开车的巴尔塔萨，同行的还有多明戈的表弟基基。小伙子基基以前我没见过，听说刚刚出狱，以前犯的事，貌似涉及一把短猎枪和迪斯科舞厅。另外，还有巴尔塔萨的父亲曼努埃尔。不用说，我是为这次探险行动掏钱的人。

晚上9点钟，我们从容发车，这样可以在午夜时分赶到巴萨市场。这个高深莫测的想法出自多明戈。虽然市场在早上6点钟开市，但多明戈觉得，最好在集市变得川流不息之前到达那儿。其他人都觉得午夜到那有点太早了，只有多明戈坚定不移。于是，跟往常一样，大家讨论了一阵，就不了了之。我们路过奥尔希瓦镇时，不得不总是停下来，因为每个认识多明戈和巴尔塔萨的人，都要跟我们攀谈几句；甚至有人把车拦下来，只是好奇拖车里为什么装了羊羔。等我们终于可以离开的时候，镇上每个人都知道了我的疯狂计划：绕过本地的羊贩子，直接去巴萨市场上卖羊羔。

在兰哈龙，同样的事又上演了一遍，因为那里是巴尔塔萨的老家。不过最后，我们把一切都抛在了身后，离开阿尔普哈拉斯山区，爬上悠长的盘山公路，向格拉纳达驶去。冬夜里，寒意袭人，车里开着暖气，所以空气混浊，让人昏昏欲睡。很快，其他人都睡着了，只有巴尔塔萨、曼努埃尔和我还醒着。巴尔塔萨没睡，因为他要开车；曼努埃尔没睡，因为他正滔滔不绝地说话；而我没睡，因为我太礼貌了，不好意思在听别人说话的时候睡着。其他人早就都听过了他那些故事。

曼努埃尔是个江湖医生，这是介于正规医生和乡村医生之间的某种职业。他擅长诊断骨骼、肌肉和神经系统，整个安达卢西亚地区，几乎无人不知，我之前也在朋友那儿听过他的故事。他仪表堂堂，举止谦恭，尽管个儿小，却拥有几乎超自然的力量，以及无限谈话的能力。他和巴尔塔萨坐在前排。这是他的车，所以他当之无愧有这个体面，但他决不会冒昧一试，摆弄驾驶那玩意儿。和读书写字一样，开车是文化人的事儿，要更年轻，更进步，更有技术头脑才成。

他坐在前排高高的座椅上，扭转身子，对我滔滔不绝，确保我还在倾听。“哦，是的，”他解释道——刚才我打断了他的话，提了个问题，“战后不久，镇上来了个医生。他不喜欢我去给人看病。他自己把生活过得很艰难，却找来公民警卫队骚扰我们，因为他是镇上司令官的朋友。你知道，教堂不喜欢江湖医生，而他，除了是个给镇上有钱人看病的二等医师之外（那太坏了），还是个对教堂马首是瞻的家伙。于是，我只好艰难从医。一个冬天，警卫队把我关进了镇上的监狱，关了三个礼拜，没有暖气，没有吃的，还毒打了我一顿。”

“但你没有因此放弃行医吗？”

“没有。那是本能，就像听觉和视觉一样，有了就没法不用。人们到我这儿来，不是病就是痛，而我知道自己能帮助他们。所以我一直在行医，我忍不住。我并不收钱，只是人们给我什么，我就拿什么。但我从中得到了无比的快乐。

“不管怎么说，后来某天深夜，有人敲门。我打开门时，发现一个女人从头到脚裹在黑漆漆的毯子里。我把她带到亮堂的地方，转头去看她，这才明白她为什么要那样裹着自己，因为她是司令官的妻子。她告诉我，腿疼得受不了，几个礼拜都没睡着，而其他医生都告诉她说无能为力。

“我很快发现了她的问题在哪——神经绊住了。这个可怜的女人几乎不能走路。那一周我给她做了几次治疗。她总是晚上来，躲躲藏藏，因为司令官的妻子不应该和江湖医生有来往。那周结束的时候，她病情好多了，没有一丝疼痛。从那以后，警卫队再也没有找过我麻烦。”

曼努埃尔的故事十分精彩，让人听了不打瞌睡。他讲得也不错，语言流畅，前后一致，时间安排戏剧化。那些不能读书写字的人，在这方面很有优势。识字以后，人脑中记忆长篇故事的能力反而退化了。

他又开始讲另外一个故事，说的是那个医生后来怎么样了。当然，他遭到了应有的惩罚。而我毫不怀疑这个故事是真的。然后，他讲起另一位医生的故事。什么屠夫啦、面包师啦、喝驴奶长大的咖啡店主啦，镇上各色人物，都在他的故事里进进出出。他一直不停地说，每隔几分钟转过身来，看看我是否还在听。我前倾身，从引擎的轰鸣声和拖车的哐啷声中，仔细辨识他轻柔的嗓音。

我们转向东行，爬上了洛沃港。这时我才意识到，曼努埃尔的独白，已经进入了一个全新的领域。他所描述的平凡世界，渐渐被一些不太可能的角色渗透进来。一个渔夫出现在故事中。而兰哈龙坐落在高山上，距海边三十多公里，那里最不可能出现的东西，就是渔船。接下来登场的那些角色，听起来都莫名其妙的熟悉。我惊讶地发现，曼努埃尔已经天衣无缝地转移到了一千零一夜的故事中。嫉妒的医生和贪污的神父，很快被王子、妖怪、长老与智者的行列慢慢蚕食了。

午夜后不久，我们转了个弯，开进了市场大门。

"你们是第一批来的，"门房里一个快冻僵的人说道，"500比塞塔，你就能得到最上面那个羊圈，最好的位置。"

"太好了。"我把钱递了过去。"来得早就是好。"巴尔塔萨带有点鼻音。其他人很快又睡着了。

穿过集市里空旷的水泥地，我们在最上面一排羊圈旁停了下来。巴尔塔萨把引擎熄了，长叹一声，伸了个懒腰。我打开车门，让双腿伸直，立马又关上了车门。西班牙竟然也有这样冷的天气。直到第二天读到报纸上说，巴萨是安达卢西亚气候最极端的地区之一，我才知道当时气温是零下10度。

如果说，人体颤抖发出的热能，相当于一千瓦的热量，那么我们五个人，应该能让驾驶室热得像桑拿房，但是却没有这样。五分钟内，所有人都醒了，牙齿打颤，辗转反侧，难受到不行。“肯定有酒吧什么的，让我们能进去坐着取暖吧！”

“待会儿才开门。”

“那就把引擎开起来吧，兄弟，看在上帝的分儿上！”

“这会儿不行，我不能让引擎转一早上。”

4 点钟，酒吧开了。外面零下 10 度，里面零下 10 度。酒吧里很空旷，石板地面，雪白的墙壁，顶棚上亮着霓虹灯。设计成这样，是为了在炎炎夏日，让人感到凉爽。我们让门开着——关上似乎也没什么意义。招待走了进来，瑟瑟发抖，痛苦地抱怨着。我们喝了点白兰地打发时间，等着咖啡机冒出腾腾的热气。服务员出去了，拿了点橄榄枝，放在厨房门旁边的角落里，点着了准备做烧烤。我们都蹭了过去。几个女孩摇摇晃晃地走了进来，似乎刚从酣睡中醒来，还在梦游的边缘。她们站在熊熊燃烧的火堆旁，冷眼打量着这几位客人。

大约 4 点半，其他人开始三三两两地进来了。先来了几个裹得严严实实的货车司机和牧羊人。然后又来了个羊贩子，里面西装革履，外面罩了件带帽子的厚夹克，看上去十分引人注目。他身后几个阿谀奉承的随从，都在听他滔滔不绝地说着什么。一个穿着皮夹克戴着贝雷帽的矮个子男人，一瘸一拐走了进来，坐在火边一把椅子上。

“你们来了个讨厌的瘸子！”曼努埃尔兴致高昂地喊了起来。

贝雷帽惊诧地看着他。虽然说西班牙人传统上不去避讳他人的不幸，但一般也不会这样直接。“讨厌的瘸子？”他慢条斯理地说道，“关你什么事！”

“你这种情况，我很感兴趣，因为我能让情况变得好一点儿。那条腿怎么样了？”

“哦，两条腿都坏了，已经坏了20年了。医生说是在山里冻坏的，他也无能为力。”

“你可以把双腿这样伸直吗？”

“不能。”

“这样弯曲呢？”

“不行，也做不到。”

“那你就要好好锻炼了。我每天都锻炼腿，看，就这样——我甚至从来没感冒过。”

这不是乱吹。因为巴尔塔萨家的农场，在兰哈龙镇最高的地方，那里的气候像个能吞噬一切的巨人，而曼努埃尔大半生都在那儿工作。但贝雷帽男人半信半疑地看着。他不会做这种锻炼，我看得出来。他跛脚走过去，又要了杯白兰地。曼努埃尔起身在酒吧里走了一圈，看能否找到其他人有类似情况。

我们让巴尔塔萨留下来照看基基，以防他在酒吧里制造麻烦。然后，我和多明戈去把羊放进羊圈里，顺便看看对手的情况。但我们的羊圈，和其他人似乎隔了很远。而交易一般都在下面的集市里进行。这里有的羊个儿更大，一个羊圈里关着一两百只。我的 40 只羊倒也不错，就是比大多数羊个头小点儿，而且都瑟缩在羊圈的角落里，没有展现出它们的优势。

左边羊圈里，是山羊大杂烩；右边羊圈里，有只难闻的公羊，在一小群难看的羊羔中间溜达。而我们身后，所有羊圈都是空的。用脚趾头也能想明白，这是他们专门给菜鸟安排的地方。可以想见，旁边两个羊圈的主人，肯定也是没什么生意头脑的牧羊人。

我花了 500 比塞塔，就租了篷屋下一个水泥羊圈，陈列出我的商品，展现它们的优势。而我靠在门柱上漠不关心的样子，就像我对它们是否卖得出去，一点兴趣都没有。商人们在羊圈间穿梭，后面跟着一群人，有拿钞票的，有主动提供意见的，有拍马屁的，还有走投无路的牧羊人。供应商们窜到其他羊圈里打听消息，不管听到些什么，都以此为准绳，和买家达成交易。

6 点钟，下面的集市里热火朝天。这是黎明前最黑暗的一刻，也是清晨最寒冷的一刻。我以为自己已经穿得够多了，但冷到这个地步，恐怕还不够。我从脚趾到耳朵全都冻僵了，几乎无法走路，肯定没办法四处走动去卖羊了。多明戈从下面羊圈那边跑了上来。

“坏消息，价格更低了。下面最大羊圈的牧羊人，刚刚接受了7000的价格，他的羊羔是这儿最大最好的。小一点的羊羔快卖不出去了。路易斯·瓦斯凯斯也在下面，如果我没听错的话，他是在散布谣言，说没有人会对你的羊羔感兴趣。”

“为什么？”

“因为他很生气，他去农场找你的时候，你不肯把羊羔卖给他……”

“我当然不卖，就他那么离谱的价格！”

“好吧，不管怎么说，他，还有其他羊贩子，都不想看到有牧羊人自己带羊羔来市场上卖，这会让他们没生意做。”

“也是件好事。”

“是的。但他们不会束手待毙。路易斯已经跟市场上所有的羊贩子说过了，他们想让我们所有人都得到教训。”

像是为了让多明戈的话更有分量，有时候，某个买家会带着一队随从，离开下面熙熙攘攘的市场，悠哉游哉地走上来，路过我的羊圈，看看我的羊，脸上带着讥笑，然后一句话不说地走过去。多明戈竭尽全力和他们攀谈，让他们注意到我羊羔的优势，但都徒劳无功。

我孤零零地靠在墙上，看着羊圈里那些吓坏了的可怜生物。这样的痛苦还要持续多久？我到处能看到成批的羊，被乱推乱挤赶到走廊那头的装运港。大腹便便的买家们，正爬进他们的奔驰车里，风驰电掣地驶出大门。看来，我不得不忍受屈辱，再把羊羔们带回家，让它们经受来回两趟的颠簸，还有一晚上的凄冷。

“不过，我们还是等等吧。”多明戈说，“越接近市集关门的时候，价格往往越好，这事儿常有。有时候，买家没买到想买的数量，那时候可以选择的羊羔也不多了。所以好运还在后头呢！”

我们没赶上那种好运。这场买卖过了高潮，也过了低谷。苍白的太阳从身后地平线上爬起，用完全没有暖意的阳光照亮了这个可怕的地方。大羊圈空了，大商贩一个个走了。屋棚旁边的停车场中，一些乡下来的买家和小规模的经营者，在廉租羊圈地带来回徘徊。那里的牧羊人都精打细算，不会花 500 比塞塔来租个地方陈列他们的商品。这里本来是个破败的雷诺 4s 店，窗玻璃上都是羊呼出来的热气凝成的水珠。一只山羊被捆了起来，系在拖拉机后面；还有个老人，孤苦零丁地站在那儿，用一根绳子，牵着两只瘦弱的绵羊。没人来买我的羊，甚至没人看一眼。我感觉迷茫和孤独，像个刚入学的新生。

我和巴尔塔萨喝了杯咖啡，让多明戈在剩下的买家中尽量招揽点生意。

“看上去你今天卖不成了。”

“是的，我想，我得把它们再带回去了。”

“我说，你应该小心点啊。你已经得罪了好几个羊贩子了，他们都不是什么好人。你永远不知道他们会干些什么。像这样的白天肯定没事，但到了晚上，在一条偏僻的山路上……”

他没有把话说完。虽然我觉得他可能想多了，但谁又知道呢，说不定真有这么严重。我已经打破了常规，把自己脖子伸了出去。有勇无谋只会惨遭滑铁卢。我们又把羊装进车上，开回了家。经过兰哈龙和奥尔希瓦镇的时候，我们开开停停，为了满足路人的好奇心。他们中有些人已经跟羊贩子说过话，听说了我们这趟耻辱之旅中最琐碎的细节。

可以想到，买羊人中爆发了一股热潮，想来看看他们能否捡个便宜，得到这群没卖出去的羊羔。我得卖掉它们，否则，再过不久，它们就过了黄金期了。到那个时候，我真的就只能白送了。一个吉普赛人给了我最合理的价钱。他叫弗朗西斯科，就来自奥尔希瓦镇。他是个小个体户，穷得没钱去巴萨市集上买羊。多明戈告诫我要当心，听说他是个赖账的人，但他先把所有款项都付清了，第二个月才分了 4 批，每批 10 只，把羊运走。

从那以后，我就开始卖羊给弗朗西斯科了。迄今为止，他从来没让我吃过亏。如今，我更喜欢把羊就地销售。这是目前看来最经济环保的一种做法，既免了羊羔一趟紧张的长途旅行，又省了运费成本，还为我生活的地方提供了羊肉，这让我觉得很开心。有时候，人们会走过来，赞不绝口，说弗朗西斯科铺子里的羊肉质量好。弗朗西斯科自己也坚信，坎贝罗肉羊具有最上等的口感。

“把羊羔关起来，只给它们吃高蛋白的饲料，这是现代人的养羊观念。在我父亲卖肉的年代，羊羔必须在高高的草原上，吃上一个夏天的草，才能拿来卖。那时候，人们吃的羊羔，年龄大一点儿，个子也大点儿，但味道美极了。我那些老客户都抱怨说，再也买不到那样的好肉了。他们现在买回去的肉，放到锅里就缩得没影儿了。所以，我真的很高兴看到你在养坎贝罗肉羊。不管你养出来的是什么，我都买了。”

这不是什么“十月革命”，我只是带着阿尔普哈拉斯山区的牧羊人，试图抛开身上的锁链。虽然尝试并不成功，但对我来说，正像是“山重水复疑无路，柳暗花明又一村”。

克洛艾的洗礼

克洛艾刚出生时，我们想办个派对来庆祝她降临人世，同时也顺便给她做个洗礼。安娜从小在教会学校读书，深信洗礼的重要性。而我一直生活在混沌之中，不解宇宙之谜，认为洗礼的事，可有可无。但后来还是下定了决心，因为想到有个好处，那就是，我们可以让多明戈当克洛艾的教父。

多明戈是那种天天做好事但从不爱听感谢话的人。付出什么，他从不放心上，却总是把慷慨给予我们的时间和精力，说得不值一提。如果我要再三感谢，他甚至会疾言厉色。所以，有了个聊表谢意的正事儿，其中包含了我们的欣赏和尊敬，是个再好不过的机会了。就在我们决定找个教父的那天，我跟他提到了这件事。

“我要做什么？”他有所疑虑。

“哦，不多。就是抱着克洛艾，让牧师洒洒水。”

“那就没问题。”

“然后，当然，你得看着她灵魂获得

拯救。”

“那我也做得来。”他咧嘴一笑。

“就这么多，你能接受吗？”

“没什么大不了的，”他似乎仔细思考了一番，“如果那天我没其他事情的话。”

多明戈十分清楚怎么占你的上风。显然，这个主意还是让他高兴了，也让伊克丝比拉和多明戈老爹很开心。于是，播下了种子之后，我开始让这个计划开花结果。第一件要做的事，就是去找到教区牧师。

除了做弥撒或午睡，你通常会在教堂旁边，一间不太亮堂的小办公室里，找到唐·曼努埃尔。他的女管家把门打开，手上握着一把扫帚，听了我的来意，便把我领到他的房间。他正在一堆乱七八糟的文件中翻找着什么，看到我进来，便停住手，站了起来。他是个单薄干瘦的男人，脚下穿着拖鞋，身上是一套灰色的旧西装。他的手那么小，那么娇弱，握起来，让我惊疑是不是握到了全部手指。

“请问，您能帮我女儿做个洗礼吗？”我提出了请求。

“你是天主教徒吗？”他怀疑地看着我。

“不是，但我并不介意女儿受洗后成为天主教徒。”

“那你信仰什么宗教呢？”

“可能我受洗的是圣公会教徒，但我比较倾向于各教一统的想法。”

“哦，我也是，我也是。但对这个洗礼，我不太清楚这种情况下应该有哪些程序。”

他好像在对桌上的那堆文件说话，而不是对我，让人觉得这项活动的热情并未把他征服。可能在一个小人物身上大费周章，有点不值得。但眼下他还是觉得拖延一番比较好。“我周五要去格拉纳达，”他明确告诉我说，“到时候，我会问问主教大人要怎么做。下周再来找我吧。”

于是，过了一周，我又去见了唐·曼努埃尔，但他没见到主教；又过了一周，他忘了去提这件事；再过一周，主教大人要仔细想想这个问题。在那之后，我就把这事儿抛到了九霄云外。因此，从某种程度上说，我们暂时搁置了洗礼的事。

不管怎样，我脑海中浮现的洗礼仪式，跟唐·曼努埃尔的做事方式不尽相同。我有个浪漫的想法，就是在一个僻静的乡村修道院举办个小小的洗礼：法蒂玛修道院就是个特别漂亮的地方，坐落在陡峭的山坡上，俯瞰巴莱罗农庄。我所想象的洗礼派对上，有一队骡子，鬃毛里点缀着鲜花，身上披着喜庆的华服。它们走过漫漫长路，爬上修道院，把人们送到祭坛；接着，会有一场简单而神圣的仪式，烛光摇曳，香气氤氲，偶尔能听到克洛艾心满意足地咯咯笑；然后又回到家里，大家围着一张长长的桌子，上面铺着雪白的桌布，摆着几只闪闪发光的玻璃杯，还有堆积如山，让人口水直流的食物和红酒。

但我这样的想法，不太适合坐在格拉纳达坚实的堡垒中，忧国忧民的大主教，也不适合教堂边那间不太亮堂的办公室中，为普世教会运动认真工作的唐·曼努埃尔。所以，克洛艾没经过宗教洗礼，就开始了她的生命历程。而且看起来，没有这些仪式，她也依然能茁壮成长。然而，伊克丝比拉和多明戈老爹，感到非常失望，一连几个月他们都在谈话中，绕着弯儿问洗礼推迟的事，希望能听到一个新的日期。但日子久了，他们也就淡忘了。

差不多三年过去了。五月一个美丽的清晨，我远离已知世界，踏上探索植物的征途，去寻找夏天可以收集种子的花花草草。前面就是萨法拉雅山，收集植物种子的最佳去处，远在几公里之外，被悬崖峭壁隔绝。我沿着一条羊肠小道，手脚并用，攀来爬去，好几次险象环生。

那里海拔较高，空气稀薄，让人呼吸困难，而且和五月安达卢西亚的其他烤炉山一样热。我来到一个人迹罕至的地方，忽然看到前面有个身影，不觉吃了一惊，心里难免有些郁闷。那人一头白发，正蹲在一朵鸢尾花旁，暗自欣喜。他看得出神，浑然不觉有人正气喘吁吁，一路披荆斩棘地走过来。

他终于从太虚幻境中回过了神，看见了我，于是慢慢站起身。我赫然发现他身高一米九。“早上好。”我用西班牙语对他说。

“哦……你会说英语吗？”

“不仅会说，我还是英国人。”

“太好了。这么偏远的地方能遇上英国同胞实在让人开心。我叫理查德，理查德·布莱克威·菲利普斯，很高兴见到你。”

我们握了手。

“你刚刚看到我了吧，我在欣赏一朵奇丽的鸢尾花，不是西班牙鸢尾，就是亮叶鸢尾——一般很难区分这两种植物。”

“哦，我们很快就能分辨出来，我身边刚好带了‘波留宁’。”

“啊，‘波留宁’。感谢上帝，我们得救了。”

你只要在植物学典籍中查过某种花，就一定会知道奥列格·波留宁这个名字。即使是很有成就的植物学家，也会觉得胳膊下不夹本波留宁的大部头，就跑到门外去冒险，会是一种愚蠢的行为。无论你去往何处，波留宁总是在你前方，为你确认、归类，用一丝不苟的细节描绘出当地的花草。他是20世纪最令人惊叹和尊重的植物学家，也是我在学校读书时的老师。在学校里，人们都叫他奥列·波列。很遗憾，我天生不是学生物的，对于有这样一位伟大的老师是何等的幸运，我一点概念也没有，只会在实验室后面胡闹，浪费了大好机会。现在，因为每天都在用，我开始了解波留宁的著作，也每每想起从前，悔得肠子都青了。

理查德技巧熟练地翻起这本书页浩如烟海的大部头，手指顺着相关条目游走，嘴里还低声念出来。

“当然，垂坠花瓣中间有金色的斑点——佳美鸢尾。我们真蠢。更蠢的是，我竟然贸然跑来这里，没带装备……”

“没带装备？”

“我的意思是说，没带波留宁。”

我继续聊起了这位植物学家，其间说到我早期的求学经历，末尾充满渴望地表达了我想再见到他的希望，尽管心里认为这不太可能是双向的。

“我觉得，你现在想再看到他，恐怕有点难了。”理查德的表情里，看起来有点批评的意味，“他几年前已经去世了。”

我们陷入了哀思。站在高原上，身处杜杜比亚鸟、金雀花、岩蔷薇和西班牙鸢尾，不，佳美鸢尾之间，我们沉痛怀念着波留宁，同时也细心钻研着他的书。这一刻，我为自己是英国人而骄傲。我几乎期待理查德会说：“想喝杯茶吗？我刚好带了茶具和一些正山小种。”但他没有，而且那个点儿上喝茶，时间也有点不对。我把身上汗涔涔的皮酒囊，塞到看不见的地方，以免朋友看到了会失望。

这位理查德，或者称呼得更加正式一点——理查德·布莱克威·菲利普斯大人，是英格兰中部教区的主教，现已退休。他最大的爱好，就是在植物的世界中漫游。偶遇主教大人，让我心里萌生出很多想法。我在花丛和灌木林中，像蜜蜂一样横冲直撞，一边收集植物标本，胡乱往包里塞，一边想起了克洛艾洗礼的事。

言谈间，我转入退休主教和家庭洗礼的大方向，然后激动地告诉他，在阿尔普哈拉斯山区，他会发现一个有趣的植物世界。

“我们农场上有栋给客人住的小屋，不知道您愿不愿意来住上几天。您要是来看看的话，能不能给我们的女儿做个洗礼？”

“好吧，”理查德松了松领带，与炎热抗衡，“我必须得说，这听起来非常诱人——很高兴能给你女儿做洗礼。”

就这么说定了。我乐颠颠地赶紧回家告诉了安娜。

过了快两周以后，理查德坐着巴士，从格拉纳达赶来了，同行的还有他妻子埃莉诺。他利落地弓起身子，把自己塞进路虎车的后座，样子像只巨大的蚂蚱；而埃莉诺坐在前排，和我侃侃而谈。她已经陪伴理查德走过了半个地球，看过各地的植物，习惯了每到一处都小心谨慎地应付新环境。可能理查德没有意识到，她就像个先驱者一样，把大山磨成了鼹鼠丘，才让他们采集植物的有趣事业成为可能，才让他们能安然无恙地搭乘巴士，在阿尔巴尼亚这种混乱的地方旅行。

埃莉诺不但健谈，而且很优雅。她和理查德不同。理查德不会把衣着打扮放在优先考虑的位置——他会穿一双巨大的网球鞋，一条过膝短裤，一件歪领口的衬衫，领带垂挂在脖子和胸骨之间的某个地方。而埃莉诺则风姿卓越，走在前面，不像是在吃力地攀爬灰扑扑的山间小道，倒像是在主持主教居所草坪上的派对。

克洛艾，不知什么原因，比普通三岁大的孩子懂得多多了。当我们把这件事情告诉她时，她对圣水和圣油之类的东西，完全不接受。到孩子有了自己意愿的时候，我们才来管这事儿，当然会出现这种问题。她带着不祥的预感，把头扭了过去，清楚表明，不想再听到有关这个话题的任何一个字。安娜焦急地搓着手，眼光恳切地看着我。"到晚上就没事了，"我让她安心，"你知道事情总有个过程。"我躲在习惯性乐观的后面，寻求庇护。

午餐时，他们彼此认识了。克洛艾认为理查德和埃莉诺身份可疑。但他们都彬彬有礼，把她当成了一个小大人来对待，以此打消她的戒备，而且他俩毕竟都是高个儿，仪表堂堂，所以克洛艾只好躲进了沉默中。第二天，她终于同意陪我们的客人去山谷里观赏植物。这是她的拿手活儿，让她有机会背出那些植物的冗长名称，而那些名字，是她跟我外出拾种子的时候学到的。她真心热爱大自然里的植物，而不只是迷恋优美动听的拉丁文。她还知道哪些植物是有毒的，因为安娜在她学会走路以前，就把这些知识一股脑儿教给了她。

对于不懂植物学的人来说，听到一个三岁大的孩子口齿不清地说出一些名词，比如“脱皮腺果类植物”、“大戟属植物”，或者“绒毛全雀花属植物”，或许会觉得那孩子特别老成；尽管城里的孩子们，说起他们喜欢的恐龙名字，可能也一样流畅。不管怎么说，我们这些溺爱孩子的父母，会觉得特别非凡，而理查德和埃莉诺也对此印象深刻。那些名称对他们来说，就像面包和牛奶。他们和克洛艾同样热爱植物，这一发现打破了坚冰。回到屋里后，两边阵营的人看上去都惺惺相惜。于是，安娜开始计划做一份巨型的西班牙什锦饭，而我就被派出去买东西了，顺便通知之前听到消息的客人，说下周六一切就绪。

住在小镇另一边的苏珊，成了克洛艾的教母。她和多明戈一样，都是我们想拉入家庭圈子里的人。她之所以会成为我们的邻居，按照她的说法，是因为在欧洲地图上先确定了一个点，然后一股脑儿就搬过来了。苏珊也和乔治娜一样，是个了不起的英国女人。这些女人按照既定的路线，在世界上穿行，无视到处存在的危险。苏珊是个天才艺术家，她游荡在阿尔普哈拉斯山区，开着一辆破破烂烂的车，用铅笔和水彩做风景写生。在阿尔普哈拉斯山区，艺术家就像多如牛毛的占星家一样，到处都是，并不缺乏。但苏珊的作品，具有独到的创造力和精致的笔法，超凡脱俗。

后来那几年，苏珊被困在了轮椅上，都是风湿性关节炎惹的祸。但她还是一如既往的幽默，总爱随意调侃，让人和她相处起来十分轻松。她用低沉沙哑的声音告诉我，她在早年生活中所做的诸多不可告人的违法事件，怎样给她埋下了这该死的病根。那些事情大抵和她把含铅的化妆品，供给克里特岛的迈诺安女人们有关。她对其中的有害物质一清二楚。她用惊心动魄的口吻，讲述了这个奇怪的故事，眸子里闪烁着快乐的光芒。

克洛艾喜欢苏珊，因为她属于那种从来不太忙，也不太累，也不觉得孩子们在旁边闹腾很烦心的人。在阿尔普哈拉斯山区，我常去拜访的外国人不多，她是其中之一。每次她都能让我开怀大笑。于是，洗礼前一日，我和多明戈帮苏珊骑到了“肥臀”的背上，那只耐心的驴把她背过了河。那天一早，安娜就把车开去接她父母了，两位老人正在海边度假公寓里等着呢。苏珊没指望那辆车，她宁愿骑着驴子过来，也成了惟一一位实践了我那个浪漫洗礼计划的客人。

我还邀请了镇上的一些朋友，又喊上了约翰和卡西，还有跟他们同车而来的胡维莱港一半村民，不多不少，正好一半。无论约翰和卡西去哪，他们村里都会有一半人搭车一起去，因为整村人分成了两派，原因要追溯到 50 年前，跟一棵杨树和一只山羊有关的纷争。所以，每次只有一半人能沾上光。在这次的洗礼上，我们看到的是河西边儿的那派。当然，多明戈老爹和伊克丝比拉也来了，准备参加他们正式当上教祖父母的仪式。然后，还有贝尔纳多和伊莎贝尔，带着他俩的孩子法比安、麦蒂，还有克洛艾挚爱的罗莎。安东尼娅此时已经成了我们家里非常特别的一位朋友，但她正在荷兰做展览，所以不能来。鉴于不能出席，她送了克洛艾一个铜铸的小绵羊。

算上安娜的父母，来宾大约有40人。所以，我借了两个巨大的盘子，用来装西班牙什锦饭，又用迷迭香和橄榄枝生起一堆炉火，在火上架了个三脚架。整个早上，这堆火都在熊熊燃烧，让微风里带着些甜美的烟味。厨房里忙得乒乒乓乓，女人们正在做色拉和小点心，还有一大盆果味的科斯塔伴汁酒。无论如何，我们找齐了足够的桌子、椅子，还有电缆线卷筒，给客人就席。安娜在卷筒外套了一层我梦想中的白布做装饰，又在每张桌子上放了一束野花。而克洛艾正在开心地和罗莎还有可恶的芭比玩耍。她俩在娃娃的生活中杜撰了新的剧情，安插了那只铜铸绵羊。她并不知道我们都在忙些什么，只是沉浸在自己的幸福世界中。

最后，客人们都陆续到达。他们把车停在桥边，个个身穿华服，爬上灰扑扑的山坡。年龄大的客人们，不想吃力爬坡，便乘我们的路虎车来到农场。我把什锦饭放在火上，给客人们倒酒。

理查德开始整理身上的长袍，西班牙代表团则在一旁饶有兴趣地瞧着。年长的客人们对我们的宗教信仰一无所知，或许还在期待着某种异教仪式。他们小心地挪到一个位置，以便场面失去控制时，可以拔腿就跑。我高喊一声“a la misa”，成功地让几个大胆的西班牙人还有英国人聚在了圣坛周围。那个圣坛也是用电缆卷筒做的，上面铺着绣花桌布，还摆了花儿。我示意人们安静下来，让理查德可以简单做个演讲，说几句感人的话，并宣读祷告。

“为什么你不把他说的话翻译过来，让大家都能听懂？”安娜小声嘀咕。

“因为我被这庄严的一刻征服了，安娜。”我撒了谎。实情是，我没有必要的设备来做这次从圣经英语到阿尔普哈拉斯山区西班牙语的同声传译。

克洛艾听话地放下了娃娃和罗莎，穿得漂漂亮亮，跟多明戈和苏珊走上前。她是个壮实的小娃儿，刚学会走路，又躲来闪去地不让人抱，所以这对教父母不得不放弃了老传统，没有把孩子抱起来，只是尴尬地站在她旁边。克洛艾耐不住要发作的时候，安娜就把口袋里藏着的巧克力条，闪了一条边出来，然后意味深长地指指圣坛，成功地贿赂了她，令她犹豫不决地配合起来。克洛艾往前挪了几步，眼角的余光看着这块巧克力，就像水手在浪潮中归航时始终保持灯塔在视野中那样。

理查德身穿圣袍，站在金合欢树下斑驳的阳光里，看上去很庄严。他弯下腰，把手轻轻放在克洛艾肩上，念念有词，然后用圣水和橄榄油在她皱起来的额头上画了个十字标示。当克洛艾抓着巧克力溜回罗莎身边的时候，我和安娜都松了一口气。我想，她俩应该一起分享了这块巧克力吧。只走走形式不太好，你还得遵守承诺。

洗礼仪式达到高潮，也让西班牙人都摸不着头脑，因为英国人一起唱起了《万物有灵且美》。这是我们都会唱的圣歌。和声，独唱，再和声，然后是理查德为这次仪式特别写的一句歌词，最后再来段合唱。开唱的时候，声音有些参差不齐，但很快，旋律汇集到一起，洪亮的歌声响彻了整个山谷，随着湍急的河水一起澎湃。河谷那边，响起了夜莺的啼鸣声。

我们在巴莱罗农庄生活的最初几年，天气变化多少还可以预测得到。那几年，夏天炎热，冬天温暖。尽管我们一想到热浪凶猛的夏日，就会感到一丝焦虑，但是等夏日真的来临时，我们发现自己竟然能适应得很好。我们很快学会了把床拖到屋顶平台上，在星空下睡觉；学会了在门口挂张厚厚的毯子，把凉爽的空气留在屋子里；还学会了在电力不足的冰箱里，放上一瓶凉水。到了冬天，天气凉爽，气候宜人，阳光也很温暖，只是雨水有些稀少，不能让山坡上的鲜花保持娇艳。我们虽然在这里生活的时间还不长，但也已经注意到，这些年的冬天越变越干燥了。高大的树木都萎靡不振，而那些根系浅的植物，更是死气沉沉。

整个冬天，河里水流平缓，没什么冲击力。到了夏天，情况也差不多。六月的高温天气，让山上的积雪有些融化了，河水才涨了一点，但很快又回到了有气无力的状态。雨水和河水，各自得过且过，都不愿给我们造成任何麻烦。等到克洛艾洗礼后的那个夏季，我们第一次尝到了严重干旱的苦头。

那年冬天，山上几乎没有落过雪，春雨也下得有气无力，地面若稍有湿润，遇上从撒哈拉来的一小阵热风之后，也马上就干了。到了六月，河水已经缩成了巨石之间几处小小的咸水洼。而到了七月，卡迪亚尔河那条涓涓细流就彻底没了。在我们印象中，这样的情况，还是第一次发生。

死鱼躺在干涸的水潭中腐烂，山谷小径上灼热的尘土没到脚踝。巴莱罗农庄上，草地枯黄，踩在脚下咯吱作响，树叶也都萎缩卷曲了起来。前些年，每当炎炎夏日的夜晚，我们一家人都会走下山坡，到河边散步，有时还会泡在水潭里，或者在微风中坐着乘凉，看燕子和蝙蝠晚上做特技飞行表演；但那年夏天，河里就像再也不会有水了一样。河流的沉寂，被疯狂的蝉鸣烘托得尤为不祥。

各种议论甚嚣尘上，温室效应，臭氧层空洞，厄尔尼诺，行星排成直线……老人们摇着头，预测黑暗时代即将来临。干旱影响了整个安达卢西亚地区，乃至大部分西班牙地区。河水和泉水彻底干了；水井里，只剩下底部咸咸的淤泥；整片树林都失去了生命，就连顽强的阿勒颇松树都枯萎死亡了。奥尔希瓦镇限制用水，每天只能用一小时。西班牙各处还爆发了几次灌木林火灾。

我和安娜隐隐觉得被河水辜负了。我们买下了河那边的农场，价钱便宜，因为没人想冒险被河水隔绝。我们在这里住了这么久，这条河对我们来说，一直是个好邻居，白天带给我们快乐，晚上安抚我们睡眠。它没有破坏我们的木桥，一年中大多数时候，允许我们开着路虎驶过浅流；而且，它还能让我们在里面洗凉水澡，度过炎热的夏天。那条清澈的水流也灌溉着我们的菜地。它非但没有像人们警告的那样险恶，现在甚至还断流了。

我曾经以为，生活在原始而危险的自然力量附近，会非常有吸引力，但这种力量，已经变得像都市公园里的鸭池那般原始。看上去，它正在衰亡。我把这些想法告诉了多明戈和他的家人，他们摇摇头，惊恐地看着我。尽管如此，随着九月到来，仍然没有任何雷雨的迹象，炎热的天气，固若金汤，人们开始变得越来越焦虑。

悲剧愈演愈烈。高耸的雷雨云会在山脉周围聚集，乌云能把山谷焖到沸腾，但仍旧没有一滴雨落下来。夜晚降临的时候，星星会在云缝里出现，而到了午夜，天空会再次清澈起来。也许这真的是最普通的天气现象吧？

外国人觉得情况不妙了，说要放弃他们在安达卢西亚的家。巴克斯的拯救者，乔治和艾利森，住在孔特拉维耶萨山上面，他们正考虑搬去北边雨水丰沛的加利西亚市。本来，他们在屋子旁边弄了个水泽花园，有水池，也有瀑布，但供水的那汪泉眼早在一年前已经断流了，现在几乎没有足够的水养兔子。

对我们来说，要想搬走，几乎没有可能。当初我俩都破釜沉舟，才买下这个没人想要的农场。所以，我俩也松了一口气，不必为走或不走的问题而烦恼。像多明戈一样，不管前面是晴空万里，还是风雨交加，我们都得留下来。这种风雨同舟的信念，让我们之间的纽带更加牢固了。

九月中旬，终于下了雨。稀疏的雨点，沉沉地落在地上，把地面厚厚的灰尘砸出一个个小坑。接着，雨点变成了一片毛毛细雨。大地露出深沉的颜色，空气中满是湿热尘土的味道，还夹杂着一点松香。河里的石头渐渐有了光泽，过了几个小时，细流和池塘开始出现。之前一片沉寂的河床中，开始有轻柔的哗哗声，声音越来越明显。到了早上，还是没有大雨，但河水又开始流淌了。乌云压顶，人们也随之兴奋了起来。小雨连下了三天，带走了所有的灰尘，送来了欢畅的河水。然后，雨停了。人们纷纷抱怨雨水还不够灌溉地里的辣椒，欢庆的时刻并未到来。

进入十月，还是没有更多的雨水，但河流仍在继续流淌。到了十一月，大雨倾盆，但不是那种狂风暴雨，而是喜人的持续大雨，一直不停地下，昼夜不舍。到第二天早上，黑色的洪流从峡口奔腾而来，不费吹灰之力，就把桥给冲走了，甚至冲去了桥下的石墩，木头也被远远冲到了河下游。每过一个小时，河水就涨

得更高一点，还夹带着一些巨石，发出隆隆巨响，像是一台加农炮。河水是黑色的，闻起来恶臭，周围所有山野，之前那么安静，现在却回响起洪流野兽般的吼声。

一连几天下雨，变成了一连几周下雨。我们的屋顶开始漏水，太阳能坏了，所有的柴禾都湿得不能用了。河水滚滚，咆哮而来，山谷里弥漫着一种不祥的预兆。土壤吸收了雨水变得极其湿润，山体开始滑坡。我们会听到一声咆哮，然后看见上百吨重的泥石流冲下山坡，里面夹着树木和灌木丛。大部分水道在山体滑坡中被摧毁，变得面目全非，甚至无迹可寻。大堆的乱石滑落下来，倒在水道边的小径上。现在要把东西拿到屋里的惟一方法，就是用手推车。我从未见过这么可怕的泥石流，可以毫不夸张地说，这些山都被冲进了海里。

农场上没有电话，这让我们与世隔绝的情况更为严重了。不过，我们也不用告诉别人情况有多糟糕，让人们担心了，于是反而心下释然。屋里各处放了 14 只水桶和水盆来承接漏下来的水滴；惟一让人欣喜的，就是烟囱里还煨着点儿火。

安娜一贯都有先见之明，她囤积了一些番茄罐头和干通心粉，另外还有些马铃薯、洋葱、面粉、蛋糕粉，以及凤尾鱼，不过也只有这么多了。房子里到处都在漏水，我们穿梭其间，凌波微步，逗得克洛艾咯咯直笑，让她忽略掉正在我们之间传播的小疫病——咳嗽、打喷嚏、痰多，还有疲乏。这些是朱丽叶湿漉漉的书页和浸了水的草药花园很难减轻的。

我想起伊克丝比拉和多明戈老爹，想起来他们以前关于这条河的警告，想起他们讲的那些恐怖故事，什么聋子的女儿啦，得了急性阑尾炎的女人啦，还有被河水冲走的驴子啦，等等。看来，这就是他们所说的情况了。

遇上紧急状况时，有一条路能从巴莱罗出去，但这是条山路，要爬四个小时，而且会路过梅西纳河。梅西纳河上有一座古桥，建在一个狭窄的隘口里，比河面高出 15 米，所以不管洪水有多凶猛都能使用。紧要关头，如果要出去买东西，这条路也许是个选择，但碰上急性阑尾炎就一点用都没有。

我们与世隔绝的状况日益恶化。水声咆哮不停，雾霭不离山谷，每多过一天，我们就变得更灰心一点，甚至开始有些不安了。若是平时，我们都尽可能不去镇上，但现在，只要一想到这种无法拥有的快乐，就泪水盈眶。

有一天，我正在河边徘徊着往下走，一眼看见多明戈来了。让我吃惊的是，他竟然过了河。当我表达完惊讶之情后，他告诉我，刚才找到了河面一处较窄的地方，用一根结实的棍子撑着过了河。他要过来看看，我们是否还安好。“我们要做的是在河上拉一根钢绳，”他大声说道，“以前没人这么做，因为人们都太守旧了，没想过什么新方法，但我想这应该可以解决你们的问题。”

第二天早上，我站在河岸上，就在浅水处上游一点，等着多明戈在那头整理好乱成一团的细线和钢丝绳。试了几次之后，他成功地把一块绑着细线的石头扔了过来。我不断拉扯细线，直到把钢丝绳拉过了河。钢丝绳上还挂了个袋子，里面装着一个扳手和几只弹簧夹。我把钢丝绳绕在一棵结实的矮树上，然后用弹簧夹固定好。

等我弄好了，多明戈也把他那边的钢丝绳在一棵柽柳树干上绑好，和我这边绑得差不多，但上了螺丝，又使出浑身力气拧紧了。然后他把一副手铐"啪"一声搭在钢丝绳上，悬空吊起来，一寸一寸地跨越了水面。当他到达中间的时候，钢绳绷紧了，但他仍然离水面有一米多的距离。不到一分钟，他就在我们这边的灌木丛里着陆了。

我拍拍他的背，看到他毫发无损，松了一口气，也很高兴这东西起作用了。然后，我们又上了一两颗螺丝，让固定的地方更结实。不到一个小时，我们就有了个安全的空中缆道，可以一直用到水位回落，能重新建一座桥的时候。

接下来几周，我们添上了皮带滑轮系统，加了个舒服的斗式帆布座椅，又在河两边各设一处着陆平台，让这条"空中飞狐"缆道变得更加好用。惟一的小小不便就是，除了那些性格非常外向活泼的人之外，一般要有两个人才能顺利通过，以免发生意外。克洛艾喜欢被拉着过河，这是她碰到过的最好玩的秋千。久而久之，我们也都用得得心应手了，传过煤气罐，传过饲料袋，传过几袋买来的东西，传过一个新水箱；传过朋友和邻居，还有他们的孩子；也传过几只公羊，甚至有一次还传过一只生了病的野生山羊。

那天晚上，我们在浅水处的灌木丛里发现了它。这只野山羊患上了疥螨病，已经奄奄一息。这是种皮肤病，是从普通绵羊或者山羊群中感染来的。当时，疥螨病在野山羊群落中蔓延，引起了自然保护组织的极大关注。多明戈建议我们把它拉过河，带到镇上的自然保护组织兽医所那儿去。于是，我们抓住了它，把这个可怜的东西四肢绑在一起，然后挂在手铐上荡过了河，接着，扔进佩佩的路虎后车箱里，吓得他的狗惊慌失措，挤到一边去让出了地方。兽医给野羊洗了澡，接种了疫苗，一周后，它就完全康复了，重归山林。不过，可怜的佩佩又花了一周的时间，才让他那几只狗摆脱了染上疥螨的苦难。

风停雨住，云开日明，我们开始动手把房子晾干，无非是把所有能抬起来的东西都拖到外面，打开房门和窗户，让阳光和风畅通无阻。接着，我们重振旗鼓，继续生活。一天下午，我正在浸湿了的马厩中挖水渠，快要完工的时候，我吃惊地看到安东尼娅沿着小路走了上来。

“你好。”她压低了语调，有些谨慎，“我带了点东西给你们这些离群索居没有桥出去的人。瞧，这儿有些蛋糕，还有这瓶东西，我想，会让你高兴的。”看见安东尼娅总是让人开心。对那瓶荷兰杜松子酒，她的判断一点没错。但让我意外的是，她就这么来了。

“你怎么过河的？”我问，“别告诉我你能自己用那根钢索？”

“多明戈帮我过来的。”她简要回答了一句，“他很快就来，正在把钢索弄得结实点。他想借点东西。”

果然，多明戈很快走了上来。看到我辛苦挖出来的排洪沟，他眼光中全是批评——沟太小了，挖得也太迟了点。他跟我们一起坐了下来，喝了杯茶，甚至还拿了块安东尼娅的蛋糕吃。这种事以前从未有过，安娜和我没看过他在我们屋里吃蛋糕。

“我想来借把钳子。”

“怎么了，你要做什么呢？”

“竖儿道篱笆起来，让绵羊不要在安东尼娅的院子里拉屎。”他回答道，就好像这只是件农场上的杂活儿。

那个秋天，安东尼娅搬到了拉埃拉杜拉的房子里住，就在山谷那头，远离拉奥亚新建养兔场和养鸡场的喧嚣。拉埃拉杜拉的主人很高兴安东尼娅能搬来住，只象征性地收了点租金，因为这儿的房子没人住就会慢慢倒塌。多明戈的羊群不能过河，那个冬天就在拉埃拉杜拉吃草。而这些羊总共两百多只，喜欢挤作一团在安东尼娅的屋棚下躲雨——羊屎的问题由此而来。

拉埃拉杜拉的篱笆修得怎样，我们不得而知。但看起来，多明戈肯定要借很多工具，因为安东尼娅每次来我们这里，他都会陪伴在侧。我们渐渐习惯看到他俩一起走上来。而且让人吃惊的是，多明戈似乎比以前更善于交际了。安东尼娅不知怎么也总是笑盈盈的，兴致高昂。我俩都觉得还是不要戳破的好。

到四月中旬，水势平稳回落，我们可以建一座新桥了。“肥臀”拖来沉重的绿色木头，我和多明戈短短一天就把桥建好了。这是个了不起的成就。我已经吸取了在河上建桥的教训，再也没有幻想这座桥可以永久使用。暑热让高山融雪，河水又上涨了，不断冲击着这座桥，但这次桥没有被冲走。不久，水位又落了回去，河流在山谷中平静地流淌。它曾向我们展示了极度的狂暴，现在又变成一个好邻居。

大雨过后的那年夏天，比往年的夏季更为兴旺。绵羊们漫山遍野啃着茂盛的青草，茁壮成长，羊羔也出得更多了。我们把度假小屋取名为“公爵”，这是原来的名字。前来小屋度假的客人络绎不绝，他们都喜欢看到这里的美景，还有满山盛开的鲜花。我们的种子商人朋友从萨塞克斯郡来住了一阵子，带来了一张大订单，要订几十种不同品种的花，而相关的种子植物也响应了这种积极乐观的情绪，以盛放的姿态开花结果。我们觉得一切都顺风顺水。

九月份，克洛艾要开始上学了。她还没到四岁，但是罗莎比她早了一年上学，所以克洛艾迫不及待想和她一起。她一点儿也没感到父母心里的恐慌。第一个孩子上学的那天，你感觉就像长途旅行中，到了第一处中转站，也像是人生中跳了一次深渊。想到独生女蹒跚着离开我们，踏上去奥尔希瓦的巴士，我俩都非常伤感，但仍然表现得体，分享她成为一名合格的西班牙学校女孩的兴奋。

八月的夜晚热浪袭人。你坐在外面，衣衫单薄，图个凉快，但是仍然汗如雨下。而知了的啸叫，以及其他夜间动物的闹腾，都让你觉得头晕脑涨。

记得那个夏天，我们有过一个特别闷热的夜晚。反正怎么样都睡不着了，晚上吃过晚餐后，我们仨，带着两只狗，走下农场来到卡迪亚尔河边，打算来个午夜河水浴。月光足够照亮我们的小路，但我们还是带了些蜡烛，可以照亮河边黑漆漆的地方。

河里有个池塘，是我们用几根树干横在两块巨石间的缺口处，又填了些石头和灌木枝做出来的。我们在这个水坝上点起了蜡烛，然后跳进了冰凉的水中，先往上游了一会儿，又随着缓慢的河水漂了回来，看着月光和烛火在黑如绸缎的水波中闪着璀璨的光。炎热的夜晚，一丝风都没有，岸上的蔓藤和柳枝垂挂着，一动不动。狗儿们耐心地坐在水边。而克洛艾像条美人鱼一样，坐在一块大石头上，让人昏昏欲睡地重复着一段西班牙童谣，那是罗莎之前教给她的。

突然间，狗儿们跳了起来，看着远处的上游，狂吠不止。月亮已经沉入了拉塞雷塔碉堡后面，除了我们水池边的烛光，河流沉浸在一片黑暗中。我有点焦虑地颤抖着，想知道那里会有些什么。我们一直看着暗处，但什么都看不见。苍白的雾似乎渐渐弥漫了整个山谷。那团东西忽大忽小，离我们越来越近，形状也越来越清晰。我们站了起来，向黑暗中凝视，呆若木鸡。

邦卡开始狂吠，然后我听到了铃声。那是多明戈的绵羊，在月光下的河边漫步。接着，我认出来“肥臀”的高大身影，两只巨大的耳朵竖在脑袋上，挺身走在羊群前面。等走近一些，我又看到多明戈骑在驴子上；他身后的人，双手环抱在他腰间，头部枕在他肩膀上昏睡，那是安东尼娅。

他们经过时，我们相视一笑，又像鳄鱼般滑入了水中。